狼與狐

Wolf & Fox

郭雪波◎著

Contents

一、**沙狐**——*5*

東邊四十米外的一座沙丘下，站立著那隻老沙狐！清晨的霞光中，牠的毛色更顯得火紅而明亮，像一團桔紅色的火焰在閃動，漂亮極了。他下意識地端起了槍，旋即又放下了。

二、**沙狼**——*29*

狼孩顫慄了一下，又向母狼踉蹌著走兩步，終於像一頭中彈的小鹿「噗」地倒下了。黑紅而腥熱的血，從他那左肋汩汩冒出來，帶著血沫子，像一道紅色的泉，浸染了胸脯和頭脖。

三、**蒼鷹**——*93*

鷹懊悔之極，在半空中發出陣陣憤怒的唿哨。牠重新俯衝下來，用翅膀發瘋般地拍打那片苦艾叢。經連續幾次進攻，終於又驚走了那隻趴在草底的兔子。於是，牠們之間又拉開了一場你死我活的追逐戰。

Contents

放下我的娃兒！大狗！放下我的娃兒！臘月丟下手裡抓著的一把黃豆棵子，心慌慌地揮舞著鐮刀，向那條大狗邊喊著追過去。臘月不認得這大狗，村裡沒有這樣的大狗，體魄大得如狼般雄猛，毛色灰花得也如狼……

狼！臘月終於叫出口。同時臉也唰地蒼白如紙。

他霎時感覺到那冰涼而尖利的狼牙嵌進自己喉嚨肉裡，再使點勁橫向咬動，他的喉嚨便可被咬斷。那麼，一切就結束了。他放棄掙扎，雙眼安靜地凝視離他臉貼近的一雙閃射綠光的狼子眼。他等候著那一刻。

一、沙狐

一、沙狐

一

聞名遐邇的科爾沁草原西南部，有一片茫茫無際的不毛之地，當地人稱爲莽古斯・芒赫——意即惡魔的沙漠。

最早，這兒還是沃野千里、綠草如浪的富饒之鄉。隋唐時期開始泛沙，但不嚴重，《清史稿》和《蒙古游牧記》上還記載，這裡「水草豐美，獵物極盛」，曾做爲清皇太祖努爾哈赤的狩獵場。後來，大概人們覺得在這樣廣袤富饒的土地上不耕種莊稼，實在不合算吧，於是人們開始翻耕起草原。由此，人們爲自己種下了禍根。草地下層的沙土被翻到表層來了，終於見到天日的沙土，開始鬆動、活躍、奔逐，招來了風。沙借風力，風助沙勢，從西邊蒙古大沙漠又漸漸推移過來，這裡便成了沙的溫床、風的搖籃，經幾百年的侵吞、變遷，這裡的四千萬畝良田沃土就變成了今日的這種黃沙滾滾，一片死寂的荒涼世界。

莽古斯沙漠往西的縱深地區，是寸草不長的死漠，靠近東側的凸凹連綿的坨包區，還長有些稀疏的沙蓬、苦艾、白蒿子等沙漠植物。坨包區星星點點散居著爲數不多的自然屯落，在風沙的吞噬中，仍然以翻沙坨廣種薄收爲生計。五十年代末的紅火歲月，忽喇喇開進了一批勞動大軍，大旗上寫著：向沙漠要糧！他們深翻沙坨，挖地三尺。這對植被退化的沙坨是毀滅性的。沒幾天，一場空前的沙暴掩埋了他們的帳篷，他們倉惶而逃。但這也沒有使人們的盲目而狂熱的血有所冷卻。

後來，坨子裡的自然屯落都撤到東邊四十里外的綠沙鎮建了一所治沙林場。當時需要一個人留在沙坨裡，看管那些倖存的沙柳條子、山榆叢、錦雞兒。

可誰願意留在這裡呢？

一群低著頭的農民——新建林場職工後邊，傳出一個喑啞的慢吞吞的嗓音：「讓我留下吧。」

當時那位大鬍子主任眼睛一亮：是啊，誰還比這個人更合適？剛從內地遣散到這兒來的「流放犯」，沒有老婆，沒有孩子，一雙筷子連他一起三條光棍，有啥牽掛？主任拍了拍他的肩膀：「他娘的，好樣的！老子先給你摘帽子了，你就是這莽古斯沙漠的主人，土地佬！」

這個「土地佬」，一當就是二十年。也許前半生太奔波，這兒的安寧吸引了他吧，他居然很喜歡這裡。他常常面對那茫茫黃沙低語：「你真是一頭妖怪呵！誰把你從瓶子裡放出來的？這回可怎收回去？這是上天的懲罰喲！」

他天天這樣嘮嘮叨叨，同時在住屋附近的沙窪地裡插柳條、種沙打旺，坨坡上撒駱駝草籽、沙蒿粒，幹起治沙封沙的勾當。大鬍子有時來光顧，勸他：「算了，別折騰了，這片坨子沒救了，早晚你也得撤走！」他聽後心裡嘀咕：撤走，撤到哪兒去？撤出地球？他依舊我行我素。

人們不太知道他的真姓大名，都管他叫老沙頭，大概是由於他長期生活在沙坨裡才這樣稱呼的吧。後來有人傳出，早年他就出生在這片坨子裡的某村，小時候一個風沙夜，土匪洗劫了他家，父母被點了天燈，流沙掩埋了房屋土地，他爲報仇當了土匪，入了「黑河流子」（解放前後流竄於關裡關外的土匪）並爲此蹲的大牢等等。不過大夥兒不大相信，這麼一個三腳踢不出屁的老實人還當土匪？反正大夥兒不大關心他的過去，只知道他現在是個挺能幹、挺厚道的老實人。

有一年，大鬍子主任從場部領來了一個被丈夫和婆婆判定爲「不生育」後離棄掉的女人，對老沙頭說：「交給你了，一起湊合著過吧。」這個「不生育」的女人給他生了一個女兒，生第二胎的時候死掉了。他給女兒取名沙柳。

一、沙狐

從此，在這片柔軟光潔的沙漠上，多了一行嬌嫩的小腳印，就如幼獅跟著母獅蹣跚走過的足跡。

「爸爸，你看，那邊跑的是啥？」小沙柳一上坨子什麼都問。

「一隻跳兔。生活在沙坨上的小動物。」

「爸，逮住牠，我要玩！」

「孩子，不能逮牠。咱們這兒，一棵小草，一隻小蟲子都要放生。」

「放生？爲啥？」

「因爲咱們這兒活著的東西太少了。孩子，在這裡，不管啥生命互相都是個依靠。等妳長大就明白了。」

她真的長大了。十八九歲的大姑娘，出落得黑紅健壯，體態勻稱，就像沙坨子裡的一棵漂亮的沙柳。近兩年，這裡興起了承包和落實責任制的熱潮，老沙頭和女兒向場部申請，把這片被場部準備放棄的沙坨子承包下來了。

「老沙頭，兔子不拉屎的沙坨子，你想賣沙子呵？」

「靠山吃山，靠水吃水，我老漢靠沙子，當然要吃沙！」

「吃沙子？哈哈哈……」

二

沙坨子裡靜悄悄的，出現了那種被稱爲「黃色寧靜」的稀有天氣。空氣紋絲不動，好像所有的風都吹盡了，終止了。沙漠在寧靜中歇息，像熟睡的巨獸。太陽在東南沙漠邊上懸掛著，被一層白色的煙塵遮擋住，像一個焦糊的玉米麵圓餅，顯得黃而暗淡。

老沙頭瞇縫著老沙眼，望了望東南那輪奇特而異樣的太陽，搖了搖頭，繼續低頭尋視起那一行足印。一叢灰白色的苦艾旁，沙地上留有一行清晰的野獸走過的痕跡。他又咳嗽起來，臉憋得通紅，一口痰黏在嗓眼半天咳不出來。他大口大口喘著氣。

「剛走過去，老伙計，你剛走過去……」他興奮了，把手裡提著的幾隻野鼠晃動起來。

「爸爸！」女兒喊他。她在旁邊的一片人工種植的沙打旺草地裡鋤草。

「哦哦，這堆屎又稀又青，可憐的傢伙，看來好多天沒吃著野鼠了……」老頭兒沒聽見女兒的叫聲，兀自低語著，把那幾隻野鼠一一拴在這條野獸出沒的小徑上。

「爸，瞧你，又是那隻老沙狐迷住你的神了。」沙柳撅著嘴，向他走過來，「爸，我們又半年多沒看見人了，我都忘了人是啥模樣，真的，咱們去一趟場部吧。」

「人？呵呵呵，傻丫頭，瞧瞧妳爹，不就看見人了！」

「你？不，爸爸，你我還能代表人嗎？現在，外邊的人說不定都長了翅膀，多了一個腦袋！」沙柳的眼睛無限嚮往地向東方遙望著，輕輕嘆了口氣，「真憋得慌呵，這沙窩子裡透不過氣來，我真想去一趟場部，站在那家小電影院門口，看看那些湧出的人，再看一場電影過過癮……」

「唉。傻丫頭。」老沙頭無可奈何地搖了搖頭。大概他覺得無法解決女兒的苦惱，又低下頭去，忙活自己的事。「乖乖，聞到味你就會來的。唔，算起來四五個月沒見到你了，老夥計，你那一窩崽子下了沒有？怪惦記的……」老沙頭拴完了野鼠，又瞇縫起眼睛長久地注視著那一行足印。

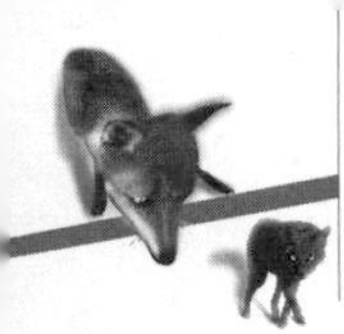

一、沙狐

那年鬧野鼠真邪乎喲。坨子上到處是鼠洞，成群的野鼠在你腳邊亂竄，坨子上好不容易培植起來的植物，都被這些可惡的泛濫的精靈啃了根，一片片地枯黃，死掉。真是個災難。野鼠成了沙漠的幫凶。老沙頭氣得七竅生煙，下夾子，掘鼠洞，從場部弄來耗子藥放，結果老鼠沒見死，倒毒死了自己養的幾隻雞。

後來，不知怎麼搞的，野鼠突然減少了，消失了。他納悶，有一天扛著砂槍在坨子裡打轉，在紛亂的鼠跡中發現了一行獸類的腳印。他順著這行腳印尋過去，很快在一叢沙蓬下發現了一隻毛色火紅火紅的野獸。

這是一隻小沙狐，瘸著一條腿。看來牠是在外邊被什麼大野獸咬傷後，躲進這荒無人煙的沙坨子裡養傷的。小沙狐衝他狺狺地吠叫起來。他下意識地端起了槍，旋即又放下了。一個新的發現使他的心猛跳了一下。那隻小沙狐的嘴裡叼著一隻野鼠！牠的窩邊還殘留著好多野鼠的腿腳尾巴等物。他明白了，隨即悄悄收起槍退走了。

他暗暗高興沙坨裡來了這樣一位客人——比自己能對付野鼠的專家，沙漠植物的衛士。後來聽縣林業局一位技術員說，一隻狐狸一年能逮三千隻野鼠時，他更敬重起這過去自己一直沒有好感的獸類來。他在沙柳叢裡爲這隻受傷的小狐狸搭了一個草窩。從此小沙狐長住下來了，傷好後，有時走出去幾個月半年，最終還是跑回來。

不知是因爲畏懼外邊世界的兩條腿的獵手，還是迴避四條腿的野獸，牠把沙坨子當成安樂窩和休息的後方，跟他一樣喜歡和迷戀沙坨子。他和牠之間有了一種默契，誰也不傷害誰，在這荒漠深處一起生活，相安無事，在漫長的孤寂中成了互相的慰藉。

現在，這隻沙狐跟他一樣老了。最近牠又懷了一窩崽子，不知躲進沙坨裡哪處秘密洞穴去了。他不能去尋訪，下崽的母獸最護崽，他只能逮些野鼠扔在牠常走的小徑上。

老頭兒嘆了一口氣，又咳起來。白天酷熱、夜晚又寒冷的沙漠氣候，毀了他的支氣管和肺，患了嚴重的哮喘病，腰腿也日益不中用了。

「爸爸，你那隻沙狐要是能變人就好了。」沙柳幾分悒鬱地望著迷濛的沙坨深處，「傳說狐狸不是能變美女的嗎？爸，狐狸有沒有變小夥子的？」

老沙頭無言地看了一眼女兒。他臉上的幾層乾硬的皺褶似乎加深了。他突然感到女兒大了，這裡拴不住她年輕的心了，他想找機會要求大鬍子主任把她調到場部去。他一直害怕這一天的到來，心裡一陣淒然。本來他心裡清楚，能陪伴他終生的只有沙漠這頭妖魔，還有這隻老沙孤。自從命運把他拋到這裡，他就發現自己跟這頭妖魔有著打不散的緣分。他一直有某種預感，自己終生坎坷，父母慘死，家破人亡……都跟這頭妖魔有關，都是它在暗中作祟。自己關裡關外闖蕩半生，最終又落到這裡，也是這頭妖魔招來的。

他倒沒有畏懼感，有的只是一股冰冷的仇恨。他又抬頭瞧起那輪異樣的太陽。圍在太陽下層的那團白色煙塵，正在變得濃稠，似乎在緩慢而沉重地移動。老沙頭捶捶腰，嘴裡又嘀咕起來：「你這頭妖魔呵，誰把你從瓶子裡放出來的？哦哦你又要發作了……」

「喂──！老沙頭──！」

突然，從東邊不遠的他們家門口傳來呼喊。那裡出現了兩個騎馬的人，其中一個摘下帽子向他們揮動著。

「啊？來人了？爸，咱們家來客人了！」女兒驚喜地叫起來。

「哦哦，來人了，誰呢？」老沙頭揉著眼睛費力地辨認著，「大鬍子？旁邊是誰？」

「旁邊那個是場部秘書小楊。爸，咱們快回去吧，讓客人等著多不好。」女兒拉著父親的胳膊往家走去。

「老夥計，日子過得不賴吧？」大鬍子主任鬍子還是那麼濃密，性情還是那麼直率。

「湊合著活吧。」

「湊合著活？承包了這麼一大片坨子，又是草木樨，又是沙打旺，光沙打旺草籽一斤就兩塊八！你快發冒泡了吧，啊？」好像承包給老沙頭的是畝產超千金的黃金土地，而那些植物又像雨後的春筍般會生長一樣，大鬍子主任輕鬆地說笑著，拍著老沙頭的肩膀。

老沙頭沒有作聲，只是呵呵笑著。他對老主任懷有一種樸拙的感恩之情，儘管知道他吃治沙林場主任的官餉二十年，在造林治沙方面沒有什麼建樹，卻以酗酒打獵遠近聞名，老沙頭始終還是對他抱有好感。

「老主任，啥風把你吹到坨子裡來了？」

「啊，我要走嘍，這回批下來了，安排到縣林業局當顧問。這不，臨行前來看看你，看看你的坨子。」大鬍子頗爲感慨地說著。「唉，想起來真對不住你老哥喲，把你往這兒一扔就是二十年！老夥計，是否現在趁我離開之前把你調出沙坨？」

「哦不不，我待在這兒挺好的，真的，我哪兒也不去。金窩銀窩不如自己的沙窩好，呵呵呵……」

「你這倔巴頭。好吧，那你有啥要求可以提，我最後幫你一把，滿足你一件要求。」

「這個……倒真是有一個不大的要求……」老沙頭的心動了一下，看一眼女兒，不知怎麼又猶豫起來，「哦不了，沒啥要求，真的沒有。」

這時女兒插嘴道：「爸，讓客人進屋吧，老站在外邊幹啥，我馬上燒火做飯！」她顯得很高興，用眼角瞟一眼那位年輕的白臉秘書。

「是啊是啊，快進屋，我還有幾瓶陳年老白乾！」老沙頭這才醒過來，邀請客人。

「別，先別急，這一天長著吶。」大鬍子看看天，看看沙坨子，「我們先進坨子裡隨便轉轉，看看你的沙打旺，看看坨子。」

「哦……」老沙頭看一眼大鬍子，琢磨著他「隨便轉轉」的意味，心裡「格噔」一下，目光隨即落到老主任肩上背著的那桿老獵槍上。而且那位秘書也背著槍。「噢，隨便轉轉，好好，可帶著獵槍……」

「啊，這是防身的，在坨子裡萬一碰見個狼什麼的。」大鬍子打著哈哈。

「唔。」老沙頭想了片刻，突然說：「老主任，你用不著費勁巴力轉坨子了，這麼著吧，乾脆，你就朝我養的雞群開槍吧，反正我不想養雞了。正愁著怎麼收拾牠們……」

大鬍子一愣，隨即搖頭大笑：「哈哈哈，你這怪老頭子，告訴你，我們真的去隨便轉轉！」

老沙頭無言了，心裡矛盾著，最後，他瓮聲瓮氣地對女兒說：「孩子，那妳就領著客人進坨子轉轉吧！」

「哦哦，不必了，她不必去了，我們都騎著馬，她跟不上。」

「讓她騎驢好了，俺們家還有一頭驢。領導視察，俺們哪能不領路！」老沙頭顯得很固執，硬叫女兒牽出了毛驢。女兒倒很高興。

大鬍子無奈，只好客隨主便。

於是，二馬一驢，一行三人，沿著曲曲彎彎的小徑，向沙坨子深處出發了。

老沙頭心裡疑慮地目送著他們的背影，然後轉過身，抬起發木的雙腿撲向院子裡的雞群。這裡天地廣闊，雞群放進坨子裡野生野長，不用人去操心管理，所以雞也變野了。老沙頭追了一陣，呼哧帶喘，連雞毛都沒抓著。他只好悻悻地撿起那些下在草窩子裡的雞蛋。然後，他回屋子，抓了一把米「咕咕」地叫起來。很快，雞群跟著他走進了屋裡，老沙頭一下子關住了板門。

屋裡立刻傳出了大雞小雞咕嘎亂叫和衝撞碗鍋的動靜。

三

當沙坨子深處「砰」地傳出一聲槍響時，老沙頭正沉浸在殺雞的樂趣中。他殺雞的辦法很特別，先把雞的脊骨用手折斷，然後把雞腦袋擰過來掖在翅膀下，使勁往地下一摔，雞就蹬腿了。他用這種不用刀刃的土法，處理了六隻雞。他計算得很周全：一人吃一隻，帶走兩隻，二三得六。雞在沙坨裡野生野長，不是什麼稀奇貨，他不心疼。聽到槍聲，他愣了一下，驚愕地張了張嘴，隨著跑出門外，向坨子深處側耳傾聽。可是莽莽沙坨子又復歸沉寂，沒有絲毫聲息，沒有再響起那可疑的槍聲。

「獵槍走火了，要不他們隨便打著玩……」老沙頭這樣安慰著自己。他又走回屋裡。地下炕上落滿雞毛，六隻白嫩嫩的退毛雞一溜擺在案板上，等著下鍋。

「砰！砰！」坨子裡又傳出兩聲槍響，接著四聲五聲，槍聲不斷。

老沙頭被火燙了似的跳起來，跑向門外，朝坨裡張望。他的心縮緊了，不敢承認的事情被證實了，他們在坨子裡打獵！

他能數得清坨子裡有幾窩野兔，有幾隻山雞。承包後這幾年，坨子裡有了些草木，好不容易出現了飛禽走獸，現在正是繁殖的旺季，哪堪這般殺戮！老頭兒痛悔不迭。

他突然想起那隻老沙狐！他渾身一顫。不好，牠帶著崽子，千萬別碰上他們的槍口！他焦心了，不由得抬步朝坨子裡跑去。可沙坨茫茫，人在何處？他跑得上氣不接下氣，胸脯急劇起伏。

他停下來歇息，觀望起周圍的沙坨。對這周圍的世界他太熟悉了，熟悉每座沙包，每棵植物。他知道這裡年降水量才幾十毫米，蒸發量卻達到近一千毫米，炎熱乾旱主宰著一切，每棵植物爲生存不得不都畸形發展。它們有的縮小自己的綠葉面積，減少水分的蒸發；如檉柳把葉子縮小成珠狀或棒狀，沙蒿的葉先碎裂成絲狀，梭梭和沙拐棗乾脆把葉片退化乾淨，全靠枝桿進行光合作用。爲了躲避沙坨裡咄咄逼人的紫外線照射，在強光下生存，多數植物又演變成灰白色以反射陽光。爲了逆境中生存，可以說，沙漠裡的所有生命每時每刻都在死亡的鬥爭中成長著。他欽佩這裡的植物和動物，把這裡的所有生命都當作自己的同夥和楷模，當作不畏懼沙漠這妖魔的勇士。這裡，爲對付沙漠這妖魔，人、獸和草木結成了和諧的自然聯盟。

老沙頭振作起來，向前走去。

這時迎面來了一位騎者。原來是他的女兒沙柳！老頭兒默默地望著女兒。女兒臉上那股高興勁

沒有了，不敢正視父親那雙眼睛，低下了頭。緘默。

「他們在打獵……」

老沙頭默不作聲，望著她。

「……打咱們的野兔、山雞……」

老頭兒仍然盯著女兒的那張顯得疲倦的臉。

「他們的槍法真準，該死的！坨子外邊的人都這麼壞嗎？」

老頭兒這會兒才冷冷地開口：「我派妳去是真的陪他們遊逛的嗎？」

「我說了，我喊了……我衝上去奪他們槍了！」女兒急了，嚷起來，「可是大鬍子不理睬我，秘書小楊衝我說：沙柳，兔子山雞野生野長，也不是妳家老爹養的家兔家雞！承包給你們的是坨子，不是坨子裡的兔子山雞！」

聽了女兒的話，老頭兒愣住了。

半天，他才喃喃發問：「叫他們打中的……多嗎？」

「三隻山雞，五隻兔子，還有……」

「還有什麼，快說！」

「還有那隻沙狐……」

「那隻沙狐怎麼了？」

「他們發現了牠的洞穴，正在追擊……」

「啊，天呀！那妳爲啥回來了？混帳！不去擋住他們，不救救老沙狐，妳爲啥跑回來了?!」老人憤怒了，舉起了拳頭，前額上的青筋暴起，血衝到臉上變得黑紅黑紅。

「他們進死漠了，追著沙狐進死漠了，我的毛驢跟不上他們的馬……」沙柳不躲，站在原地望著父親。她的嘴角流露出一絲淒慘的冷笑。「老沙狐，真是好樣的。牠從洞裡跑出來，嘴裡叼著兩隻崽子，後背上馱著另外一隻，跑進西邊的死漠裡去了……」

「死漠？」老沙頭舉起的拳頭垂落下來，塌陷的兩腮抽動著，眼睛移向西方那白茫茫的沙漠深處，「死漠？進死漠了？」

從南頭吹過來一陣風，坨子上的沙蒿、駱駝草、苦艾都急劇地搖曳起來。那股聚集在太陽下邊的白色煙塵，已經向這邊移動過來，馳進了莽古斯沙漠。那是一股強烈的風暴。

「爸……」沙柳惶恐地朝東南望了一眼，但除了一道長長的模糊不清的波浪外，什麼也看不見。這道波浪很快湧過來了，「爸，咱們快回家，咱們家水井還沒蓋！」

老沙頭仍舊呆站在原地向西凝望。「死漠，他們進死漠了……」

沙柳不由分說，拉上父親的手向家跑去。那道不祥的波浪，貼著地面，迅速異常，在家門口趕上了他們。強勁的風打著轉，把坨子上的沙子吹得沙沙地響，落葉和碎草被吹上了半空，四周頓時昏暗下來。太陽被這渾黃的一道魔牆遮擋後沒有光熱了，像一個染上暗黃色廣告漆的皮球一樣懸在那裡，模模糊糊，毫無生氣，失去了平時對沙漠的威懾力。

可是，風是熱的。從沙漠裡蒸騰出來的熱氣被大風裹捲過來，從背後噴射著，猶如火舌透過襯衫炙烤著他們的脊梁。塵沙吹進他們的耳朵和嘴，迷著他們的眼睛。風勢越來越猛，大風搖撼著沙漠。

一、沙狐

「該死的風沙！魔鬼，壞蛋，娘的！」沙柳連連吐著嘴裡的沙子，奔跑著，蓋水井，趕雞群，關門窗。

老沙頭一言不發，皺著眉頭站在窗前，向西凝望著。

「爸……」

「風暴，這罕見的風暴……在死漠裡堵上他們了……」

「活該，這叫報應！」

「風暴會掩埋沙漠中的足跡，所有認路的標記都將消失……」老沙頭臉色變得冷峻，「他們會迷路的，走不出死漠。」

「不是我們趕進去的，操那份心！」

「孩子，去把那個大塑膠桶灌滿水，往口袋裡多裝點乾糧。」

「爸！」

「快去！」

「不，爸爸，你身體弱，有病！」

老沙頭不理睬女兒，轉身走到外屋，往那個塑膠桶裡灌起水來。並把所有的玉米麵餅子和乾炒麵裝進一個口袋。然後，回屋翻找出幾件衣服，又找出布帶子紮腰、紮褲腿。

「爸，你不能去，你不能去呀！」沙柳乞求著，撲過來，跪在父親的腳邊，抱住他的雙腿。

「孩子，沒有水，沒有乾糧，他們有生命危險，老沙妖盯上他們了。還有……那隻沙狐……」

「可是你有病，風沙中走幾步喘不上氣，你這也是送死，不是救人！」

「我能挺得住。我有這個寶貝能壓壓哮喘。」老沙頭從懷裡拿了一瓶老白乾，「咕嘟」地吞了一大口。

「不，那也不成。讓我去吧，爸，你看家，讓我去！」

「死漠裡妳也會迷路的，妳不了解它，我知道這頭妖魔，知道上哪兒去找他們。孩子，妳起來，讓爸快點走！」老沙頭臉變得嚴厲，呈現出毫不動搖的鐵般的剛毅。

「不，我不放你走，不放你走！」沙柳抱緊了父親的雙腿。

老沙頭不知哪兒來的一股勁兒，一腳踢開了女兒。沙柳滾到一邊。老沙頭背起水、乾糧、衣物，一頭扎進門外瘋狂肆虐的沙暴之中。

「爸爸——！」

沙柳從地上爬起來，從門後拿起父親的拐棍，也跟著扎進風沙中。板門在她後邊被風沙來回摔打著。

四

他們父女倆跋涉在昏天黑地的沙漠中。已經走了一天一夜了，沒有發現任何蹤跡。而風勢仍不減弱，以鋪天蓋地之勢席捲、吞沒著一切。沙柳葉子蔫了，低垂下來，好像一條條灰色的碎布。在沙窪地上，每叢沙蓬下部集攏了一堆像黑麵粉一樣的褐色細沙塵。那些艱難地生長在死漠窪地裡的稀疏植物的葉子，都變色了，枯焦了。把葉子摘下來，可以用手指搓成粉末。風，轉眼間把這些枯葉捲走了，光剩下光禿禿的枝。哦，大漠是一個多麼殘酷的世界！

一、沙狐

老沙頭像一頭老駱駝般艱難地邁著步。他用左手擋在雙眼的上方，以防猛烈的風沙擊傷他的眼睛，右手拄著拐杖，走幾步停下來歇一歇，咳嗽一下堵在嗓眼的痰。有時被迎面的強風灌得無法呼吸，臉憋得發紫，這時，他趕緊轉過身，吞一口烈酒。沙柳背著水壺乾糧等物，寸步不離地跟在父親後邊，有時攙著他，把腳從軟軟的流沙層裡拔出來。

第二天下午，風停了。沙漠一下子沉寂下來，那些曾經是跳躍的、活動的、瘋狂的沙粒，此刻都變得溫順、安靜，乖乖地躺在那裡，似做錯了事的淘氣孩子聽候大人發落。這頭惡魔是疲倦了，奔騰了兩天一夜，該休息了。

老沙頭舉目搜索。黃沙起伏，茫茫無垠，四周都是一樣的顏色，一樣的物體，單調乏味，令人目眩，使你不禁疑惑：世界是不是都由沙漠組成？這裡，找不到一株綠色植物，聽不到一聲鳥叫蟲鳴。在這種時候，哪怕是聽到一聲蒼蠅的嗡嗡叫，心靈上也感到一種寬慰和輕鬆，感到生命的存在和可貴，減輕不斷攫住心靈的那個可怕的陰影。

沒有，沒有任何生命的訊息，除了自己燙手背的呼吸。沙柳恐懼地抓起父親的衣角。老頭兒嘴唇乾裂，滲出血。女兒把水壺遞給他。他搖了搖頭。水消耗得不少，可人還沒找到，誰知道在沙漠裡還要跋涉多久。

一面很陡的沙坡下邊，有一個小黑點。沙柳眼尖，跑過來看。這是從流沙層裡露出來的馬鞍橋的尖部。她伸手拉，紋絲不動，一挖開流沙，她倒吸了一口冷氣。原來，馬鞍子下邊連著一匹死馬，完全被厚厚的流沙埋掉了。

「爸，快來看！」沙柳驚叫。

老沙頭走過來一看，明白了。這是風暴中，受驚的馬掙脫了主人，倒在這裡被流沙活埋了。

「那人呢？人哪兒去了？」沙柳著急地問。

老沙頭不說話，環視著沙丘，仔細辨認著地形。

「爸爸，你怎麼知道他們走到這一帶來了？」

「我是猜的。老沙狐帶崽子跑進死漠，證明死漠裡有牠能躲避的洞穴。狐狸是很精的。可是死漠裡都是沙丘，根本不能挖洞築穴，牠能躲哪兒去呢？我想起這片死漠裡有一座被沙漠埋掉的古城廢址！老沙狐的洞穴，只能在這古城廢址裡。有一年我領一支考古隊探過古城廢址，所以，一進死漠就奔這一帶來了。」

「那古城廢址在哪兒？怎麼看不見？」

「一刮風沙，這裡的地形變遷很大。咱們再往前走一走。」

他們繼續前進了。

黃昏時候，他們終於發現了那兩個人。一座光禿禿的高沙丘頂上，兩個人東倒西歪地躺在那裡。大鬍子主任躺得彆扭，被沙子半埋住身子，茂密的黑連鬢鬍子裡嵌滿了沙粒。他緊閉著雙眼，腦袋歪向一邊，由於渴，大概在幻覺中伸出舌頭舔了一口乾沙子，舌尖上沾滿了沙子。那位秘書則完全伏臥在沙土上，臉和嘴貼著沙地，似乎進入了渴念已久的幻夢中，兩手揪著胸口，大概那裡燒得厲害。

老沙頭舔了一下發乾的嘴唇，長吁了一口氣。

「你們呵，何苦受這份罪，爲一隻沙狐，值得嗎？唉。地方選得倒不錯，要是倒在沙坡下邊，

那就跟你們的馬匹一樣嘍！」

老沙頭把拐棍扔在一邊，蹲下來，在女兒的幫助下把兩人一一扶起來。他很小心地把水灌進他們的嘴裡。漸漸，他們有了知覺。老沙頭把乾炒麵和在水裡，又餵進他們嘴裡。

他們清醒了。

「哦哦，是你……老夥計，謝謝你……」大鬍子苦笑著說。

那位秘書也連聲表示著真心誠意的謝意。

唉，我要你們的感謝有什麼用？老沙頭默默地站起來，把帶來的衣服扔給他們。「穿上吧，這死漠裡一到夜裡就賊冷賊冷，會把你們這些獵人凍壞的。」

老沙頭走開去，抬頭尋視起四周。太陽已經落下去了，沙漠裡暮色蒼茫，朦朦朧朧，沒有發現任何東西。這時，果真一股冷氣從沙地裡冒出來，往上昇騰，蔓延開來，空氣變得寒冷了。老沙頭咳嗽起來，咳得很費勁，沙柳輕輕捶著他的背。大鬍子和秘書都瞧著他。

「你們追的那隻沙狐呢？」老沙頭突然問。

兩個人相視一眼，誰也不開口。

「那隻沙狐呢？沙狐！」老沙頭吼了一聲。兩人嚇了一跳，老沙頭的雙眼像冰冷的刀鋒般盯著他們。

「我們沒有追上，真的，沒有追上。沙漠裡牠比馬跑得快，後來風沙中我們完全迷路了……」大鬍子尷尬地解釋著。

老沙頭歪過臉去，他實在不願多看他們的臉。他走開去，久久地凝望著沙漠深處，那裡更顯得朦朦朧朧，清冷而神秘，他的黑蒼的臉上毫無表情。

「爸爸，我們該回去了，這死漠真駭人。」沙柳走過來，輕輕地碰了一下父親的胳膊。

老沙頭點點頭。提過塑膠桶，把水往小鐵壺裡倒滿一壺，然後把水桶遞給女兒。「孩子，妳領著他們出死漠吧，一直往東走，直奔月亮升起的方向。天亮時就會走出去了。」

「那你呢，爸爸？」沙柳的心又提起來了。

「我去找找牠……牠還帶著小崽子，沒有水，牠們會渴死的。」他的眼睛始終沒離開那暮色沉沉的沙漠。

沙柳顫抖了一下，但沒有吱聲。半天，她問：「那座古城廢址還很遠嗎？」

「不知道。應該是不遠了，大概就在前邊……」

「老沙頭，你幹啥去？是去追那狐狸嗎？」大鬍子在那邊隻言片語地聽到父女倆的對話，插嘴道：「好，去吧，這該死的畜牲害得我們好苦！」大鬍子拍了拍手中的獵槍。那位秘書早把獵槍不知丟哪兒去了，他還完整無損地帶在身邊。

老沙頭嘴角掛出一絲苦澀的笑紋，搖了搖頭。這時刻，他不想理解什麼。一生以獵取動物爲樂趣的大鬍子，能理解他對沙狐的感情嗎？他轉向女兒：「孩子，你們走吧。走過那匹死馬時，多割下肉來，你們的乾糧不夠吃。」

沙柳默默地點點頭，望著父親的一雙眼睛淚汪汪的。她把頭巾角咬在嘴裡，以免哭出來。她了解父親，他想定的事情，天陷地崩也休想讓他回頭。沙柳心裡更加責怪起旁邊的這兩個人。都是因爲他們闖進了這裡，破壞了沙漠世界的安寧、和平以及生態平衡，致使這裡的有限的生命都瀕於死

亡的危險中。

「大叔，你別走了，把我們交給她，能行嗎？」那位年輕的秘書說得可憐巴巴。

「哼，有我在，就有你們活！膽小鬼！」沙柳被激怒了，衝這自己羨慕已久的場部的人吼了一聲，並横下了心，「爸，你去吧，我送出他們再回來接你！」

「你們放心去吧，出不了差錯。」老沙頭平靜地說。沙柳走過去，把地下的拐棍遞給父親，又把自己的外衣脫下來披在老人身上。

黑夜中的沙漠，猶如一片黑色的海，在他們面前無邊無際地靜默著，顯得那樣的幽深、神秘而不可捉摸，似乎等候著吞沒所有敢於蔑視它的生命。

老沙頭向前微挺起身子，向這片黑色的大海邁出了大步。

「爸爸，我來接你！你要當心！」沙柳往前跟著走了幾步，眼睛濕潤了。

很快，老沙頭的身影隱沒在沙海的昏黑中，偶爾，從遠處的沙漠傳來幾聲艱難的咳嗽聲。

五

沙柳被一聲叫喊驚醒了。昨夜裡，她領著兩個人走過死馬處時，二人累得說啥也不走了，只好就露宿在這裡。

「那是什麼?你們快看!」大鬍子在喊。

沙柳循聲望去。原來，東邊四十米外的一座沙丘下，站立著那隻老沙狐!清晨的霞光中，牠的毛色更顯得火紅而明亮，像一團桔紅色的火焰在閃動，漂亮極了。牠正給一隻小崽子餵奶，那溫和仁慈的神態，似乎是不忍心打斷正在吃奶的小崽子逃開去。

「好哇，該死的畜牲，原來牠在這兒！」大鬍子一見這隻老沙狐，氣不打一處來，伸手抓起了獵槍。

老沙狐大概是聞到死馬肉味兒跑來的。牠沒有逃開去，牠是餓壞了。牠的另外兩隻崽子呢？身邊只帶著一個，看來這一隻是最弱的，生活中，往往最弱的孩子最受母親的保護，看來動物類也一樣。

牠也瞅著這邊的人們。牠先是衝他們咧開嘴，齜了齜牙，伸出舌尖舔了舔乾嘴唇，接著，這個奇怪的畜牲支撐在後條腿上立起來，袒露出花白美麗的胸脯，衝著人們舞動了幾下兩隻前爪。大概這是牠們狐狸表示友好的禮節吧。那隻小崽的尖嘴始終沒有鬆開母親乾癟的奶子，也隨著母親立在後腿上。站在母親的兩腿中間，像一個吊在那兒的吊瓜。老沙狐似乎感覺到了這邊的仇恨的氣氛，可是牠仍然沒有逃走，兩隻發紅的眼睛反而含滿哀憐、乞求地瞅著人們——這個地球的主宰。

沙柳瞅著這奇異的景色驚呆了。

「媽的，毛色真漂亮！我一輩子沒打著這麼漂亮的狐狸！這次算是沒白受罪！」大鬍子興奮了，有些手忙腳亂。

他伸出抖動的食指瞄準起來。

「不要開槍！我求求你，不要開槍！」沙柳猛地驚醒，發瘋般地向大鬍子撲過來。

可是，晚了。

「砰！」一聲清脆的槍響，震動了寂靜的莽古斯沙漠的早晨，莽莽無際的沙漠裡久久傳蕩著那

個可怕的回聲。

老沙狐倒下了。牠的胸脯中了彈，鮮紅的血像水一般淌出來，染紅了牠雪白美麗的皮毛，滴進下邊鬆軟的沙土裡，那片沙土很快成了黑褐色。牠的一雙眼睛還沒有來得及閉合，還留有一絲微弱的生命的餘光，呆直地望著沙漠的藍天，透出無可奈何的哀怨。眼角掛著兩滴淚。牠那隻可憐的小崽子，仍然撲在母親的肚皮上，貪婪地吮吸著那隻已經供不出奶的帶血的奶頭。

大鬍子見到這情景傻呆了，兩隻眼變得茫然。接著，抱住頭低吟一句：「天啊，我幹了什麼……」

他頹然坐倒在沙地上，望了望那隻死狐和牠的不斷哀鳴的小崽，又望了望手中往下垂落的獵槍。一生認爲捕殺獵物是天經地義的他，今天突然感到惶惑，迷茫，懷疑起自己的行爲。他覺得周圍的曠漠荒沙在擴展，同時向他擠壓過來，人們在這裡顯得多麼弱小無助、孤單而無能爲力啊！

此刻，從沙漠深處，走出來一個人。他一邊走，一邊咳著，一夜間，他似乎蒼老了許多。臉上的皺褶裡落滿沙塵，帽子不知丟到哪兒去了，灰白的頭髮像一把亂草似的蓬著，瘦弱佝僂的身體看上去經不起一陣風吹，可他居然還邁動著堅實的步子。他是循著老沙狐的腳印一步一步找過來的。

他突然發現這邊發生的事情，不相信似地用衣袖擦拭老沙眼，愣怔了片刻，爾後緩緩走過去，跪坐在老沙狐旁。他的手劇烈地哆嗦著，輕輕撫摸死狐的頭頸，慢慢給閉合上那雙含淚的眼睛。這時，兩滴苦澀的淚水從他那嵌滿了沙塵的眼角流出來，通過蒼黑凸出的顴骨靜靜地淌落在下邊乾渴的沙土上，很快被吸乾了。

他垂著頭，默默地跪坐著。驀然。想起了什麼，他的手摸索著，從背兜裡掏出兩隻小狐崽，跟地下的那隻放一塊兒，拿起水壺給這三隻嫩弱的失去母親的小生靈餵起水來。

可這三隻小狐崽，都不吃他的水，吱吱嘰嘰地啼哭著，拼命向母親的身體爬去。那隻最弱的小崽被大的撞倒了，半天亂掙著四肢翻不過身來。牠們各自咬住了一隻奶子，小嘴上沾著血……

老沙頭的臉抽搐了一下，驀地站起來，朝大鬍子一步步走過去。大鬍子一動不動，木呆呆地站在原地，等候著對方的懲罰。老沙頭離他一步遠站住，鐵青著臉，兩隻眼睛像冰冷的刀刃般盯著對方，一句話不說。猛然，他一把奪過大鬍子還握在手中的那桿老獵槍，往膝上一磕，撅成兩截，舉起來向沙漠深處拋過去。同時爆發出野獸般的咆哮和咒罵：

「你這該死的老沙妖！一切禍根都是你呀！我真恨你！……是誰把你從瓶子裡放出來的？是誰?!……」

他嘶啞粗野的叫哮在沙漠裡傳蕩著，沙漠卻靜默著，無邊無際地、呼吸著死亡的氣息猙獰地靜默著，顯得無動於衷。人類對它來說太渺小了。

「爸爸，我害怕。」女兒沙柳走過來抓住老頭的胳膊，輕輕說，「咱們回家吧，我真想家，我才發現哪兒也沒有咱們家好，沒有咱們的沙坨子好，我一輩子哪兒也不去了……」沙柳俯身抱起那三隻小狐崽，緊緊地貼在身上，感到了三隻小生靈的生命的溫暖和親切。

他們出發了，向著東方，向著綠色的家鄉，死漠裡留下了一行不屈的腳印。沙漠的風又起了，從他們後邊呼嘯著、追逐著，掩埋著他們的腳印、驅趕著他們的身軀，欲想吞沒他們，並越過他們一直向東方撲捲過去……

二、沙狼

自從投生到這片古老的沙漠
你一直在尋找——
尋找那綠色的幻夢
——題記

鹿到上帝那兒告了狼的狀。牠忿忿不平地向上帝訴說，牠們鹿的家族生活在荒原和森林中，總受到狼的追捕，整月整年地奔波動盪，沒有個安定的生活，時刻提心吊膽，家族成員也一批批被狼吃掉，這是何等的不公平！上帝既然創造了鹿，為什麼又創造狼來追捕牠們？

上帝撫鬚沉吟，微笑著答允了鹿的要求，把狼召回天上。從此，鹿的家族過上了安定的生活，不再擔驚受怕，整日奔波了。牠們居住在森林湖邊，餓了吃草，渴了喝水，吃飽喝足後就睡覺。牠們不再跑動，變得懶惰，身體肥胖起來，漸漸失去了往日在奔波中鍛鍊出來的強健體質。由於沒有了狼，牠們住地的死屍也無法處理，腐爛起來。

有一天，鹿的家中發生了瘟疫，鹿群一批一批倒下死亡，這比被狼吃掉的還多，整個家族瀕臨滅亡。無可奈何，鹿的代表又到上帝那兒訴苦說，請把狼派回來吧，不然，安逸和懶惰會毀掉我們家族了！

從此，森林和荒原上又有了狼群。在狼的追捕中，鹿的家族又恢復了往日的奔騰的生機和興旺。

一

他像隻烏龜。

那背上的古銅色旅行包，像沉重的龜殼。

那頭豹子，伸出紅紅的舌頭，舔了一下嘴邊的血沫。

無毛狼崽驚恐地瞅著那頭豹子。那頭豹子撕開青眼狼崽的肚腸，一口一口極有滋味地咀嚼那血淋淋的五臟六腑。無毛狼崽與其胞兄長毛狼崽兩個，擠在山崖下縮成一團，牠們嚇傻了，忘了逃跑，渾身篩糠般地顫抖。

無毛狼崽的短尖嘴巴，拱一下擠著牠的長毛狼崽，發出一聲怨怒的低哮。事情都怪這兇狠的胞兄，剛才跟青眼狼崽聯合起來向牠進攻，逼出洞，企圖趁母狼出去給牠們覓食之機，想把牠這身上無毛屁股沒尾的怪兄弟轟走。結果，在洞口廝打時，被這頭惡豹撞見，招致大禍。現在，青眼狼崽的下場等著牠們倆。無毛狼崽哀怨地齜了齜牙。

那頭花斑豹子懶散地轉過身子。伸伸腰，猛哮一聲。眼睛貪婪地盯著兩隻可憐的小東西。牠拖著尾巴，緩緩向牠們走去，像是赴宴會。兩隻狼崽一動不動，當豹子旋風般地撲來的一剎那，無毛狼崽敏捷地一閃一跳，牠的前肢抱住了旁邊一棵白楊樹，「蹭蹭」地攀援而上。

那頭豹子沒料到這一手，惱怒了，尾巴猛地掃向剩下的那隻狼崽。這是雷霆萬鈞的一擊。長毛狼崽慘叫一聲滾倒在地，豹子撲上去，頃刻間，利齒撕開了狼崽的胸膛，伸進嘴酣暢地吞吃起來。

一聲淒厲的嗥叫。只見一團灰色的影子，射向惡豹的咽喉，並牢牢地攀黏在那裡。

豹子一聲驚吼，頭猛力甩動，前爪同時拍出。那個灰色的東西被擊落了，就地一滾，躥出十多米遠，拉開距離站在那裡。這是一隻母狼。見自己的崽子活活被豹子吃掉，牠紅眼了，不顧死活地來拼了。牠的偷襲初步得逞，豹子的脖子上被撕去一塊皮肉，淌出血。不過牠自己也受傷了，豹子拍傷了牠一條腿。

只見牠齜牙咧嘴，頭伏地，「嗚嗚」低哮著伺機反撲。豹子被激怒了。捲起一股風，橫空一躍，撲向母狼。母狼不敢決戰，向一側飛速閃開。牠沒有機會再搞一次襲擊了。一條腿受傷，只靠三條腿躲避豹子的兇猛異常的進攻。牠連連後退，被逼到崖下死角。母狼發出絕望的哀嚎，齜著牙等候最後的決戰。

驀地，有個黑影一閃，從旁邊那棵樹上撲下來，像支利箭。是那隻無毛狼崽。牠不偏不倚正騎落在豹子脖頸上，狠狠咬著抓著。豹子連甩幾次也沒能擺脫，連聲咆哮著，倏然往地上一滾一壓。無毛狼崽機靈地往旁一閃，躲開了豹子的滾壓。狂怒的豹子丟開母狼，追擊這狼崽。無毛狼崽敏捷地跳躍著，引豹子跳上那座山崖。豹子三躥兩跳，快趕上狼崽。很快，狼崽被趕到山崖邊緣，下邊是幾十丈深的峽谷，牠嚇呆在原地。

只見豹子從幾米遠處凌空躍起撲將過來。無毛狼崽無處躲了，千鈞一髮之際，牠不顧死活順崖壁往下一出溜。前兩爪突然碰到幾根藤蔓，緊緊攥住。那頭豹子從空中落下來了，可是前身撲空，收不住衝力，一下子倒栽蔥扎進了深谷裡。無毛狼崽攀住藤蔓爬上崖頂，驚恐不已。母狼跑上來了，尖嘴觸了觸無毛狼崽，發出兩聲喜悅的吠哮。

然後，母狼領著無毛狼崽，迅疾逃離這塊地方，向西邊的莽古斯大漠遁去。

從此，莽古斯大漠邊緣的那片沙坨子裡，出現了兩隻惡狼。一隻瘸腿母狼，領著一隻身上無

毛、時而四腿跑、時而兩腿走的年輕的狼，神出鬼沒，襲擊牛羊，甚至襲擊村民，當獵人們追捕時又變得無影無蹤，使這一帶本來蠻荒的沙坨子，更變得野性恐怖了。

他背著龜殼似的包，喘不上氣來。看上去像背著一塊赭褐色山石。包兩邊帶子，挎在他雙肩上，騰出的手拄一根揀來的拐棍。他走得很慢很累，像跋涉在泥沼裡，兩條腿往前邁動的時候，在沙地上拉出一條溝溝。前邊沒有路，沙坨子茫茫無際，黎明的曙色中黑乎乎地連成一片，似乎是魔鬼佈成的迷魂陣。他在這迷魂陣裡，足足轉了三天。他知道自己迷路了。

三天前，他曾向一個尋駝人問過路。那個一臉黃鬍渣的老漢，抬起一隻睜著的眼睛，冷冷地瞥一眼他，望著落日的蒼茫處，告訴他朝西邊的落日走就是，條條路都能進入莽古斯大漠。他沒搞清楚，老漢另外那隻眼睛，始終被眼皮蓋著沒睜開，是完全沒有眼球了，瞎了，還是覺得在這個世界上只需睜一隻眼就夠了。不過，老漢瞪圓了那隻現在使用著的獨眼，怪樣地盯著他說：「好好一個人，獨條條地進那個死沙坨子幹啥？」他推了推壓著鼻梁的眼鏡，不知如何回答。直接告訴自己是來尋找什麼「人之初」的，尋找那個致使整個研究所分成兩大陣，嚶嚶嗡嗡吵個不休的「寶木巴聖地」的，老漢會怎麼樣？能聽懂嗎？不會罵他是瘋子、魔症、昏了頭吧？

他沒有勇氣向這怪異的獨眼如釘的老漢說出真正來意。他掏出水壺，想喝水。可壺已經空了。他吧嗒了一下乾巴的嘴。

老漢移開那隻「釘子」，歪坐在沙包上，懶懶地望著西邊那蒼蒼茫茫的莽古斯大漠。

「聽說，老爺子，這莽古斯沙坨邊上還留著一個小屯子？」他問。

「小屯子?嗯，你說的是金家窩棚吧！」老漢乜斜著那隻「釘子」，慢吞吞地說著，「你去那個屯子？」

「是這樣。」

「那是個沙子淹到褲襠的屯子，窮得叮噹響，人都窮瘋了，你去那兒幹啥？」

他揉了揉被包帶勒紅的肩，猶猶豫豫。

「去找個人。屯子這麼窮，為啥不搬到外邊去？」他問。

「說的是。可這屯子人邪門兒，說是他們在那兒住了千百年了，老祖宗的骨頭都埋在那兒，捨不得離開。叫我說呀，他們是等死！一場大沙暴，放屁功夫全埋進沙底！呵呵呵。」老漢乾冷乾冷地笑，又問，「你去找誰？」

「老獵戶金嘎達老漢。」他驚悸地瞅著獨眼老漢。

老漢的粗眉揚動了一下。

「找他?你認識他？」

「不認識。」小夥子怕再盤問，站起來，背起他那龜殼式的古銅色包。老漢的獨眼盯著他這沉甸甸的包。他這才發現，老漢手裡當棍拄著的是一桿獵槍!他的心一抖。

「年輕人，回去吧。那老漢是個老瘋子，你找他沒有好果子吃！」

老漢的獨眼重新矚望起大漠，揪起一根枯草放進嘴裡咬著。大概很澀，咧了咧嘴。

「老爺子，您能告訴我去那個屯子的路嗎？」他站在那兒，保持距離，態度恭敬地問。

老漢不理睬他。半天，才說一句：「前邊那座高坨子根，有一條小路。」

「謝謝。」他轉身向那座白得像雪堆般的高沙坨子走去。

「回來！」老漢一聲喝叫。

「啊？」他站住了，回過頭看一眼老漢手裡的獵槍，乖乖地走回來。「老爺子，我這包裡沒什麼值錢的東西，都是些書和資料，還有幾塊麵包。」

獨眼老漢似聽非聽，依舊冷漠地望著西邊的大漠：「喂，解下水壺，扔過來！」

他照做了。

老漢的手離開那桿獵槍，伸進懷裡摸索著，慢騰騰地掏出一個牛皮壺，拔開塞子，往他的鐵壺裡倒起來。流出來的是水。他大爲震動。

老漢把水壺又扔過來，說：「金家窩棚還有五六十里沙坨子路，沿路也沒有水泡子。你渴過去了，到陰曹地府告我見死不救怎辦？呵呵呵。」

小夥子羞愧地望著老漢，喉頭發熱又發堵。可老漢的獨眼又去注視起西邊大漠，陷入沉思，根本沒有理會他那感激涕零的樣子。

他最後一次回頭看時，那個古怪的老人像一具挺屍橫臥在沙包上，一動不動。幾隻饑餓的烏鴉在他上空盤旋。不知是老漢捉弄了他，還是他自己無用，他始終沒有找到那條小路。在那座高坨根，倒是有些野獸走過的雜亂痕跡。他害怕碰上沙狼沙豹什麼的，沒敢跟那些足跡走。於是，他在這迷魂陣般的坨子裡整整轉了三天。

他失望了，覺得一輩子也轉不出這迷宮了。周圍都是一樣的顏色，一樣的坨子，太陽有時在北，有時在南，有時卻從西邊升起，落到東邊去了。他擔心自己發瘋，家譜中記載祖先中出過瘋子，別是他身上潛伏著那個遺傳基因吧？

他像一捆乾草失落，坐倒在那根樹墩上。喘氣像拉風匣，嗓眼冒煙火。黎明的曙色正在擴散，坨子裡的晨霧漫上來包裹著他，時而露出他腦袋，時而露出他胳膊腿，看上去如同被切割的殘缺不全的人。他伸出舌尖，舔了舔從爆裂的嘴唇滲出來的血絲。

獨眼老漢給的水早喝光了，帶來的麵包也啃完了，饑渴得他嗓眼著火，兩眼閃金花。那個該死的金家窩棚在哪裡呢？那個引他陷入絕境的神秘的「寶木巴聖地」在哪裡呢？

他從背包裡拿出一本書。這是一部藏青色布封面的線裝書，上邊有一行燙金書名：《江格爾》。

他臉上終於呈出一絲苦澀的笑容，如醉如痴地摩挲著古書，雙唇抖動，夢幻般地吟誦起來：

在那古老的黃金世紀，
孤兒江格爾
誕生在寶木巴聖地。
江格爾的寶木巴聖地，
是幸福的人間天堂，
那裡的人們永保青春，
不會衰老、不會死亡。
相互間親如兄弟，

二、沙狼

沒有戰爭，永遠和平……

他「撲通」一聲從樹墩上倒下來。一陣暈眩，眼前閃過紛亂的金星後又化成一片混沌朦朧。他趁自己神志尚有一線清晰之機，把古書揀起來，艱難地塞回後背上的包裡。

他長吁一口氣。

倏然，他那混沌的視線裡，冒出個長條影子，邁動兩條腿疾行，是個人的模樣。那人朝前邊一片窪地疾速奔去。這會兒他才模糊地發現，那片窪地裡閃爍著迷人的湖光水色！

水！他咧開嘴，呵呵笑起來。嘴唇上的血痂子又裂開，細細地慢慢地滲著黑濃的血絲。身上缺水，血變稠了。他想站起來，跟那人一樣行走，結果沒成功。於是他毫不灰心地向那迷人的湖光水色爬去。像一條蚯蚓，一拱一拱。嘴裡吟誦著那古老的詩句：

江格爾的這片樂土，
四季如春，
沒有烤人的酷暑，
沒有刺骨的嚴寒，
清風颯颯吟唱，
甘雨紛紛下降，
百花爛漫，百草芬芳。

……

他似乎爬了一個世紀。

沙地上，他的胸膛犁出一條寬溝。水的召喚，鼓蕩起他的幾乎乾涸的血液。四肢，胸膛，除了向前爬這唯一意念外，沒有其他感覺。沙地上的蒺藜鉤子，扎滿他的手掌和胸脯，劃出的一道道血印子又被沙土黏掩住，只是膝蓋頭有一塊大傷口，沙土止不住血，星星點點地灑落在寬溝裡。

感謝上蒼，終於爬到了波光粼粼的水邊。

他又看見了那個長條人影。正在那裡低頭飲水。他來不及搭話，急匆匆俯下頭去喝水，可是他的嘴怎麼也搆不到那水。他急得伸出手去抓，也抓不到一滴水。他再爬過去一點，水卻退過去一步。他抓住旁邊那人的小腿，呼喚道：「救救我……」

「噢唔！」那影子一聲吠哮，跳開去，衝他齜牙咧嘴。他這會兒才模糊地發現，那影子是個怪獸，身上一絲不掛，生殖器在大腿間蕩來蕩去。那皮膚黑得像岩石，粗糙如樹皮，結著一層硬痂，就像是大象的皮。

他「啊」一聲驚呼，縮回手。

那個怪獸「呼」地向前一躥，不是用兩條腿，而是四肢著地，像一條狼般伸開四腿奔躍，迅速如飛，敏捷得像一隻猿。他恐怖地閉上眼，想擺脫這可怕的幻覺。

水、水、水……他伸出嘴舔那乾沙子，又低聲囁嚅著：

二、 沙狼

江格爾的寶木巴聖地，
泉水淙淙，
綠草茵茵……

他昏過去了。

那個老漢是從血紅的落日裡走出來的。裸露的脊背上，殘印著褐色光點。脫下圍繫在腰身的布褂子，跟掛在腰帶上的那些火藥兜、鐵砂包、煙口袋組合起來，似如原始部落首領。

這個孤獨的老人一直背著太陽走。大漠的沙脊上，留有他歪歪斜斜一行足印。他回過頭，望了望那輪被大漠吞了一半的落日，獨眼瞇縫起來，似乎在進行瞄準。嘬嘿，大漠的落日，才會這樣人血般的釄紅喲。他偏一下頭，嘎嘎笑了。

沉寂下來如巨獸酣睡的大漠，它那無邊無際茫茫蒼蒼的一同顏色，以及這枯燥的顏色所呈現出來的險惡猙獰的靜謐，都預示著這裡屬於地獄，屬於死亡的世界。他有些不相信，自己是從那個世界走出來的嗎？其實，他走進大漠，頂多十里遠。

那個該死的沙蓬刮過的痕跡！

也許，沙坨裡的冤鬼捉弄他吧。要不，那叢沙蓬怎麼會頂著風滾呢？邪門兒。沙蓬亂亂的印跡又是啥？掩藏著一個啥樣的謎呢？

他是在歪脖樹下發現那個奇怪的痕跡的。一叢乾枯的沙蓬草，隨風捲跑，刮平沙地上原來的痕跡，一直捲進大漠裡去了。他細細查看過，被沙蓬掃平的痕跡很像是狼的足跡，又像是人的腳印，可又什麼也不像。奇怪的是，捲進了大漠，又逆著風向。邪門兒。他追蹤十里，沒敢再往前走。沒有足夠的水和乾糧，進大漠是找死。他強迫著自己走離大漠，回到坨地。

他又來到歪脖樹下。

一小片裸露的沙地上，沙蓬的痕跡由此開始。那叢沙蓬好像從天而降，周圍坨子上，除了些稀疏的苦艾、沙蒿子外，根本沒長沙蓬和其他植物，也不見往年的風乾的沙蓬。他舉目四顧，茫然不解。

鬧鬼了，是鬧鬼了，坨子裡冤鬼多的是。

他爬上旁邊有植物的坡上，想歇口氣。這一下，他吃驚不小，那隻獨眼緊張得瞪圓了。坡上的苦艾和沙蒿子，出現了倒伏。獵人的敏銳直覺告訴他，一個動物打這兒走過。他來神了，順著倒伏的痕跡向前追蹤過去。

他辨認著，走幾步停下來，進行判斷和搜尋。他要找到這個痕跡的起源，找到牠落在沙地上的足跡。然而，這個傢伙倒似乎有意跟他作對，根本不離開草木，只在坨坡上潛行，從不把腳印落到沙地上。

他耐心地追尋著，拱著腰，撥著草，古銅色的脊背上，汗珠像一粒粒油珠般滾動。他把那桿獵槍當拐棍拄著。其實，他這樣尋找已有七八年了。方圓一百里的這片沙坨上，每一塊沙灘，每一座沙丘，都留下過他的足跡。幾乎查看過每根草，每棵樹，每個獸類或人類的足跡。當然，誰也不知道他在尋找什麼。有人說他尋找沙金礦，有人說他尋找一種仙草，也有人說他患魔症了。

奇特的痕跡順著漫坡，向左斜插著繞過去了。老漢發現，漫坡的下部連著一片低窪灘。坡下沒長草，可痕跡也沒有了，只是又出現了那個沙蓬捲過的神秘的痕跡。老漢暗暗叫奇，循著沙蓬痕跡繼續向低窪灘走去。

於是，老漢發現了昏倒的年輕人。

好像早有預料，老人並沒有驚訝。只是見這個年輕人忍受極度的痛苦，嘴裡啃滿了沙子，雙手把沙子抓出一道道痕跡，而臉上卻掛著非常滿足的奇特神態時，老漢的粗眉皺了皺，獨眼閃了一下光。

多奇特的年輕人！三天前第一次見到時，他就有這個感覺。他想起年輕時，在官道上見過的那些去小庫倫大廟朝拜的善男信女們，穿著破衣襤衫，前邊放一塊磚，跪伏著在磚上磕一下頭，然後身體往前伸直，把磚也推到身體伸直的前方。再站起來走到磚的位置上重新跪伏下去。就這樣，一磕頭一跪拜，用身體丈量著遙遙官道，山川荒坨，從各個閉塞的窮鄉僻壤，匯集到小庫倫塵土飛揚的大廟前。聽一次活佛念經，轉動幾下那輕滑的法輪，然後把辛辛苦苦攢起的血汗錢獻放在金身佛像前的鍍金櫃裡。

他不理解那些個善男信女們，但清晰地記得那些朝拜者艱難行走的樣子。簡直像個蚯蚓，躬起腰引動後半身，同時又把前半身伸展開去。一俟活佛念經的日子，官道上，官道旁牲口踩出的小徑上，所有通向小庫倫的毛毛道上，都湧滿了這樣的一起一伏的「蚯蚓」。

老漢端詳著年輕人，像欣賞著「蚯蚓」。身體伸直，伏臥在乾軟的沙地上，雙手在前邊沙子上抓住一道道印子，背著的旅行包像一塊山石壓著他，整個的人活似大廟前馱著石碑的受刑大龜。

「嘎嘎嘎」，從老人的喉嚨裡又傳出低啞乾辣的幾聲笑。「這是找老孤狼金嘎達的報應！」老漢的獨眼閃射出冷光。

他扶年輕人坐起來，從懷裡掏出那個牛皮水壺，往年輕人嘴裡灌了幾口水。年輕人連嘴裡的沙子一起喝下去了。

水，這萬物之本，施了魔法一樣，讓小夥子醒過來了。

「哦，老爺子，是您？」小夥子眼神迷離。

「咱們有緣分。」老漢扔給他一個苞米麵餅子，「啃這個，比啃那沙子好點。」

小夥子定定地望著前邊的窪灘。那裡根本沒有水，更不見美麗的湖光水色，只是裸露著龜裂的乾灘，褐色的流沙。他不解地嘟囔：「見鬼了，明明是好大一片水！就是老搆不著，噫，怎麼一轉眼就不見了？」

小夥子走兩步，疑惑地盯著眼前的乾灘。他不相信剛才的事是幻覺。還有那個怪獸，他明明摸到過牠粗糙如樹皮的小腿，還能感覺到那冰涼的體溫和抽動的蠻力，還能清晰地回想起那個齜牙咧嘴的兇暴樣子。難道這些都是假的，是一剎那渴昏的幻覺？不，不。

他迷惘的搖搖頭。沙土紛紛飛落。

老漢看著他古怪的表情，說：「我沒唬弄你，那座白沙坨子下邊，真有一條通金家窩棚的小路。」

「騙人！沒有，那座該死的沙坨子下邊，倒是有不少野獸走過的痕跡！」小夥子忿忿起來。

「嘎嘎嘎……」老漢又大笑起來，猛地收住笑，獨眼如刀地盯著他，「傻小子，那野獸走過的

痕跡就是你找的小路！」

「啊？這……」

「沙坨子裡的小路，不分啥人的獸的，都走一條路，就是相互別撞上。撞上麻煩點。」

「再給點水喝吧。」小夥子吧嗒著嘴乞求，「謝謝老爺子救命大恩。」

老漢把水壺遞給他，問：「叫啥名字？」

「阿木。」

「從哪兒來？」

「省城。我是社會科學院文學所的。」

「不待在你的省城『溫水所』，跑到這沙坨子裡幹啥？」

「老爺子，說出您可能不懂。我是來尋找一個東西——」

「東西？」

「不、不，說東西也不是東西，是古代的一個聖地，叫寶木巴聖地，一個理想王國，是它的遺址，我要找到那個遺址。據有關史料分析，那個遺址就在莽古斯大漠裡，當年被沙漠淹了。」阿木結結巴巴地解釋著。老漢的獨眼一動不動地盯著他。

阿木簡單講述了那個「人之初」的理想國——「寶木巴聖地」。遠古時期，北方大地出了一名英雄聖者江格爾，他三歲時，「跨上駿馬阿蘭扎爾，衝破三大堡壘，征服了凶惡的莽古斯惡魔」；四歲時，「衝破四大堡壘，使那黃魔杜力浩凡改邪歸正」；五歲時，「活捉了塔海地方的五個魔鬼」；六歲時，「打敗東方的六個大國，英名傳遍四面八方」，從此建起了自己美麗富饒的寶木巴聖地。那裡人長生不老，四季如春，沒有災難，沒有戰爭，永生幸福安康。

「呵呵呵，傻小子，你說的那是天堂！你應該上天上去找！這裡是大漠，沒有青草，沒有花鳥，沒有泉水的鬼地方！」老漢大笑起來。

「我們所裡部分學者也認為人間不曾有過這樣聖地，說那是勞動人民艱苦生活中想像出來的理想王國。不，我不這樣認為。」阿木提高了嗓門，認真地申辯起來，「我查證過許多有關史料，寶木巴聖地的所指範圍，就在這莽古斯大漠。我要找到它的遺址，考證那個聖地確實存在過，提醒人們不要忘記那『人之初』的善的世界，應該找回那個失去的世界，失去的『人之初』……」

阿木緘默了。

老漢久久地盯視著他。不知是琢磨著他的話，還是琢磨著他的人。良久，淡淡地說了一句：「我要是你的話，先解決吃的喝的，保證自己不埋在這兒，才談別的。你們這些念書人啊！」

阿木慚愧地笑了笑。

「那是什麼？」老漢發現了右側有一行足印，走過去，「這是啥腳印？啥玩意兒打這兒走過？」

阿木說：「我見到過，像一條狼，可又身上無毛，會兩條腿走路。不不，是個怪獸，四肢著地跑得極快……我說不準。」他給老漢講述起自己昏迷時見到的幻覺般的情景。

老漢的臉一下子變了，獨眼炯炯有光。他一言不發，抓起獵槍，神色嚴峻而緊張，他循著那行似人似狼的腳印追過去。結果，沒走出多遠，這腳印跟那個沙蓬的痕跡匯合了，變成了那道沙蓬留

下的痕跡。

哦，原來沙蓬掩蓋的是這非人非獸的足跡！

老漢遙望起西邊茫茫而神秘的大漠，沉思著，獨眼變得兇狠而冰冷。

阿木剛要問什麼，老漢突然怒喝一聲：「閉住你的嘴！啥也別問，跟著我走！」

阿木發現，他們正走向那座高坨子下邊的毛毛道。那是通向神秘的金家窩棚。

二

燃燒的晚霞裡，他們倆疲憊不堪地跌進屯子裡。

「喀嚓嚓！」

一聲炸雷，劈開了大漠的天。那游蛇般的閃電，劈開了一道彎曲的裂縫，銅錢大的雨點從這裂縫裡傾潑出來，擊打著沙漠的脊背，冒出陣陣白煙。由於乾渴一直咆哮怒號的大漠，這回滿足了，安靜了，像一個溫順的乖孩子，安逸地躺在那裡，盡情吮吸著上天的甘露。它最愜意的時刻來臨了。

憑著黑夜的屏幕，暴雨滂沱的大漠上，潛行著一隻老狼。牠用尖尖的嘴叼拖著另一隻小狼，非常艱難地一步步靠近前邊那座黑魆魆的物體群。老母狼艱難地拖著昏迷不醒的無毛狼崽。雨水淋濕了老母狼的皮毛，粗尾巴緊緊夾在後腿間，雖然瘸著一條腿，可整個身形顯得矯健有力。那隻無毛狼崽倒是怪可憐，前胸後背多處受傷，好像是被什麼鷹隼的爪子抓過，被利啄叼過，流出的血跟雨水一起淌。牠的沒有長毛的身體，被大雨澆得濕漉漉，光溜溜，全裸露著，無遮無蓋，在沙地上拖出了一條溝。

牠們趁黑夜去偷襲鴕鳥崽子，結果被母鴕鳥發現後激戰了一場。無毛狼崽沒有獠牙，沒有硬爪，身上沒有長護身厚毛，被凶猛的鴕鳥又抓又啄，多處受傷，昏過去了。老母狼安然無恙，伺機咬傷了一隻鴕鳥，但不敢戀戰，怕召來一群鴕鳥，叼起受傷的崽子匆忙撤出了戰場。

一個閃電，劃過長空，幽藍色的光照亮了天和地，也照亮了前邊那片矗立的物體群。原來是一座古城池的殘垣斷壁，被大漠掩埋後又被風吹露出來。老母狼潛進這片殘垣斷壁中，走到一堵風化壩塌的半截土牆下停住了。

那土牆下邊，有一個黑乎乎的洞口。老母狼向四周機警地看了看，漆黑的夜晚裡，它那綠幽幽的眼睛凶狠而警惕地閃動著，又傾聽片刻，這才掉過屁股倒退著潛進洞，嘴裡叼拖著狼崽，轉眼消失在那個黑森森的洞裡不見了。

這裡是牠們的老窩。

遠離人類和其他動物活動的坨包平原地區，在大漠深處的遠古遺址裡邊，築挖起一座深深的老洞。這是狡猾而老練的母狼的傑作。這裡別說人，連沙漠動物中的強者鴕鳥也不敢涉足。除了死靜，亙古的死靜外，沒有其他東西可作伴。自打那次跟惡豹的相鬥，失去兩個幼仔，自己又落下一隻瘸腿之後，老母狼毅然帶領倖存的唯一幼仔——無毛狼崽，遠遠逃進了這大漠深處的遠古遺址。安全又溫暖，遠古燦爛文明的殘跡，是牠們的天然屏障，而牠們則是這片古遺址的最早發現者和佔有者。

當然，牠們出去覓食是稍遠了點，沙漠深處沒有什麼小動物供牠們捕獵。然而，足智多謀的老

二、沙狼

母狼有辦法克服這一不利條件。一到夏秋季節，等草木長高，野物長肥後，牠就走出大漠狩獵。拖來一隻又一隻的野兔、山雞、地鼠，甚至家豬家羊，把牠們一一埋進洞口附近的流沙深層。沙漠是最有效地防止肉食腐爛的萬能「冰箱」。

老母狼拖著無毛狼崽，一步一步後移著走進洞的深處。越往裡走，洞越變得寬敞，大約走了二十米左右，到頭了。這最深處的洞窩，大得像間房子，看來老狼把洞窩挖到遠古留下的房間裡來了。地上舖著厚厚一層乾草，舒適之極。

母狼把無毛狼崽拖放在乾草上，用尖嘴拱了拱牠的頭臉，狼崽一動不動，老母狼哀傷地低嚎了幾聲。血仍從無毛狼崽的前胸的一個傷口汨汨冒流，母狼伸出舌頭頻頻舔著傷口。粗糙而長有針刺的舌頭，一下一下舔著傷口，發出「刷刷」的聲響。舔過前胸，又舔後背，一直舔到那血不流爲止。可是無毛狼崽仍然沒有知覺，渾身縮成一團，顫抖不已。

老母狼站起來，仰脖發出一聲長長的嚎叫。那尖利刺耳的聲音，淒楚哀婉，如怨如訴，像冰冷的金屬劃破洞壁，又從洞口傳蕩開去，回響在整個古城廢墟和這片大漠中。一切都被這淒厲恐怖的嚎叫聲擊中，沉寂了，膽怯了，更加寧謐了。

無毛狼崽被這刺入心臟的尖嚎聲驚動，一陣顫慄，終於從那死亡的黑灘中回過頭，微微睜一下緊閉的雙眼。兩滴淚般的水，從牠那積滿髒垢的眼角滲出來。老母狼的舌尖舔了舔那水。無毛狼崽掙扎著，想伸出爪子撫摸一下母狼，但沒有成功，只是孱弱地「哽哽」哼叫兩下，又昏過去了。

老母狼焦灼萬分，伸出紅紅的舌頭，在洞裡疾走，又圍著無毛狼崽轉圈，頻頻發出恐怖駭人的嚎叫。然而，牠的召喚，牠的尖嚎，始終未能把無毛狼崽從死般的昏迷中喚醒過來。

老母狼用鼻子嗅嗅無毛狼崽那發燙的短嘴，發出一聲急促而尖利的吠叫，猛地向洞口躥去。三跳兩跳越出洞，猶如一支黑色的利箭，向東方的茫茫黑夜射去。

大漠仍在暴雨中沉默。那如注的雨線，像無數條皮鞭，抽打著大漠裸露的軀體，這頭巨獸好像被馴服了。偶爾，閃出藍色的電光，勾勒出大漠那安詳的猙獰時，才使人猛地感覺到那可怖的輪廓。峭峰般的尖頂沙，懸崖般的固定沙包，還有那臥虎沙、盤蛇丘、陷阱灘……都在那駭人的藍光中屏聲斂氣，靜等著吸足雨水，待大風起後，重新抖落出千百萬黃龍黑沙，遮天蔽日地撲向東方的綠色世界。征服，永遠是它的天職，它永遠沒有滿足的時候。

天亮了。黑洞洞的天，從南邊裂開了縫，逐漸擴大，密不透風的帷幕終於四分五裂，紛紛解體了。臨了，刮過來一陣微微清風，便把它們統統捲走了。天一下子像是被狗舔過的孩子屁股，乾淨極了。這會兒，趁黎明的曙色還未來臨，老母狼從東方飛躍而來。牠緊閉雙唇，四肢交梭如飛，身後拖著一根又長又密厚的拖地尾巴，活像拖著一把笤帚，一邊跑，一邊掃平了自己留下的腳印。看上去，就像是一叢沙蓬從此捲過。老母狼全靠這狡猾的計謀，掩蓋了蹤跡，躲過了多少次可怕的追蹤，蒙蔽住獵人的眼睛，同時保證古城洞穴沒有暴露，跟牠的無毛狼崽平安生活了數載。

老母狼照舊倒退著走進洞。牠急切地撲向無毛狼崽，拱了拱牠，張開緊閉的嘴，把含在嘴裡的又濃又黏的稠液物塗抹在狼崽前胸那個致命的傷口上，那是個黑綠黑綠的黏狀汁液和半嚼爛的草根之類物。然後，母狼呆呆看著無毛狼崽，用鼻子嗅了嗅牠。歇了一會兒，這隻老母狼又躥出洞，向東方奔去。

當傍晚回來時，牠嘴裡叼著一隻野兔一隻山雞。牠走進洞時，無毛狼崽正翻動身體，發出輕弱的呻吟。

這是個只有三四十戶人家的小屯子。

依坨根立著零零散散的土房子，有的房子周圍挖了一條壕溝，算是院落；有的則埋了一圈樹障子；有的乾脆什麼也沒有，房前房後光禿禿，門前只埋著一兩根拴牲口的木樁子完事。有幾個光屁股禿小子，在村街的沙灘上玩沙子。一個個像泥猴，瘦小的身子曬得像黑魚乾，臉上、前胸後背、小雞雞上都沾著沙子。

有一個大約十一二歲的孩子，也光著屁股，把兩腿間的小雞子使勁拽上來，衝一個地上趴著玩的小泥猴頭上灑尿。熱臊的尿，順那孩子的黑脖往下淌，那孩兒不但不惱，反而傻呼呼地樂，好像澆的不是尿，而是糖水或者牛奶。

這時，孩子身旁出現了一位三十來歲的年輕婦女，她拉過挨澆的那個小泥猴，衝大孩子怒道：「二狗子，你老是欺負這孤犢兒！要是你爹媽也死了，別人尿你脖子，你樂意嗎？」她一邊數落著，一邊解下頭巾給小泥猴擦揩尿水，嘴裡自語道：「唉，要是毛毛活著，也是這麼個孬性子，受人欺負……」

獨眼老漢衝那個年輕婦女招呼道：「艾瑪！回家做飯去，別管人家的孩子！」

「爸，您回來了！飯菜早做好了。」年輕婦女放開那個孩子，向他們走來。

「多了一個人，這位是城裡來的客人。」老漢把阿木介紹給女兒。

「城裡人？」艾瑪微微一怔，又變得默然。似乎觸動了什麼心事，低下頭去。

阿木一見這女子，就有些吃驚。她的眼神游離而呆直，眼睛周圍掛黑暈，黛黑的臉消瘦而憔悴。顯然，這是一張被什麼重大哀痛擊傷的臉，阿木有這樣個直覺。

「老爺子，還是先麻煩您，領我去見那位金嘎達老人吧！」阿木說。

「誰?金……老人?」艾瑪略顯驚訝地看著阿木，「你沒問過給你帶路的這位『老爺子』是誰嗎?」

「啊?老爺子，您?……」阿木這才有所覺察。

「嘎嘎嘎……」老漢粗狂而開心地笑起來，「我就是那個老不死的『獨眼鬼』金嘎達!嘎嘎嘎。」

阿木尷尬地笑著，說：「老爺子，您真能繃得住，叫我瞎轉三天坨子，差點把小命搭上。」

「我給你的水，正好夠三天，渴不死的。走吧，到家去說。」老漢邀請阿木。

村子最西北角的坨子根，歪斜地立著三間土房。東西屋分別住父女，中間是廚房和過道。還有兩間破舊的東下屋，院子是由籬笆牆紮起來的。老漢把阿木讓進了自己住的西屋，洗完臉，艾瑪把飯菜端上來了。一盆苞米麵大餅子、一小鍋湯、幾塊鹹菜條。

那湯真是湯，清水裡扔了幾片韭菜葉子，外加一撮鹽。阿木插過隊，那又硬又大的大餅子嚇不倒他。他就著清水湯，連續吞咽了兩個半餅子，足有一斤半。他吃的時候，艾瑪在一邊目不轉睛地看著他，似乎又想著什麼心事。

吃完飯，老漢讓阿木隨便歇著，沒容他說話就走出屋忙什麼事去了。

阿木有一種奇怪的感覺。自打走進這三間土房起，他隱隱感到，這房子裡瀰漫著一股說不出的異樣氣氛。他一時搞不清什麼原因，就如你偶然走進山間一座陳年老廟時感到的那種氣氛一樣。也許，是那女兒的游離呆直的目光、默然淡漠的神色造成的？或者是獨眼老爺子的乖戾粗野的大笑，透出一股陰冷氣氛？對，是一股陰冷的氣氛。這三間房內，隱含著一股陰冷的氣氛。是否跟那個擊傷艾瑪的重大哀痛有關？什麼事情呢？她有丈夫和孩子嗎？從她那喜歡孩子的舉動看，她肯定有孩子或有過孩子。

阿木幾次想提問，欲言又止。艾瑪也似乎回避和他交談。她有某種戒備。

他懷著幾多疑惑，走出房子，來到村街上。這真是個被世人遺忘的沙漠小村。似乎也受到西邊大漠亙古死靜的感染，小屯子出奇地寧靜，連雞叫狗吠聲都聞不到。一個婦女在村道旁的半截土牆裡推碾子，後背上繫著一個嬰兒，這嬰兒也乖得出奇，不哭不叫。唯有那沉重的石碾子從白白的苞米粒上軋過去，發出喳喳的壓抑的呻吟聲。

有個高個兒漢子剛犁坨子回來，肩上扛著彎把木犁，壓得他那細高的身體成了拉滿未放的弓形，後邊牽著的那頭牛也剛熬過苦春，肋巴條一個個鼓凸著，走路打晃。通向外界的唯一的一條路，快被兩邊的荒草擠沒了，似乎沒什麼來往行人和車輛踩踏過這條路。能證明這屯子活著，跟外邊世界還有點聯繫的，只有那條電話線了。

坨頂上歪歪扭扭埋著一行柳條桿子，有的被風刮折後帶著鐵線倒伏著，那線也埋進流沙裡，幾多生銹。他不知道，這電話能不能通到外邊。西邊遠天，那半輪如血的殘陽不再燃燒，只是把殷紅的霞汁濃濃地塗抹在這小屯子上，於是使它更加變得無形無聲，完全溶化在厚重的顏色裡，使人不禁產生幻覺：這只是個畫家隨意塗抹的沒有生命的褐紅色顏料而已，不是什麼村莊。

阿木暗暗敬佩這屯子人的固執。甘於寂寞，甘於與世隔絕的窮困。他們聽命於天意、沙意、風意，聽命於自然之意，於是失去了人之意。

阿木發現，屯子北邊有一處綠油油的地段。他走過去一看，驚訝了。原來是一片墳地。這是個規模較大的墳場，上百達千的土堆擁擁擠擠地堆在那裡，而且每座墳都管理得很好，填了新土，頂上壓著紙錢，周圍有綠草，樹木茂盛，真是生機盎然。阿木感慨，活人居住的屯子倒像墳塚，埋葬死人的墳地卻像個一派生機的村鎮。這裡的一切都不可思議地扭曲了，顛倒了。阿木不願意再看下去了，他的心無法接受這種現狀，太壓抑了。

他走回金嘎達老爹的家時，屋裡已經點燈了。老漢還沒回來。艾瑪大概在自己的房裡。他從包裡拿出那本線裝古書《江格爾》。他一直在致力於把這部書改寫成現代文的工作。這是個艱難而費事的活兒。據說，幾年前有位教授也曾幹過這活兒，後來拓展到某章節，這位教授突然心血來潮，抱著書稿去尋找那寶木巴聖地的遺址，結果沒有回來，失蹤了。這成了當時的一大社會新聞，不亞於彭加木失足。從那時起，阿木就對《江格爾》發生了興趣，開始啃上了。他想完成教授沒幹完的活兒。

說來奇怪，寫到某章節，他也產生了實地考查，尋找聖地的強烈願望。好像那段章節，秘藏著一道誘惑人的符文，引誘著你非到實地考查尋找一通不可。他不知道自己會不會跟那教授一樣失蹤，但冥冥中總有個東西在召喚他，想揭開書的奧秘，不導致謬誤，應有勇氣去實地探尋。

他把書攤開，細細研讀。

艾瑪進來了，端著一盆熱水叫他洗腳。他感激之餘，不禁納悶，她居然知道城裡人洗腳的習慣！沙坨子人別說洗腳，臉都不一定每天都洗，更不用說洗澡了，只是下雨汪水成「泡子」後才跳進去洗一次。

她呆呆地盯他一會兒，突然說：「你真像他。」

「像誰？」

「俺們這兒，那會兒來過城裡人，後來都走了。」她說。

「噢，我明白了，你們屯子過去來過知識青年，其中一個小夥子長得像我，是吧？」阿木感到正在接近那個擊傷她的事件。

「嗯。」她低下頭承認了。

「那人是誰？」

「他……是俺男人。」

「你們結婚了？」

「沒有。」

阿木一怔，不解地望著臉色木然的艾瑪。

「爲啥？」他問。

「俺爸撞見了俺們做事，拿著獵槍追他。他跑回城裡再沒回來。」

「噢，老爺子是性急了點。」

「不不，後來他也拿著獵槍到城裡找過他，讓他回來跟我成親。結果，他在工廠裡做事，讓機器軋掉了一支胳膊，給爸跪下哭求說，實在養不了俺娘兒倆……」

「妳有孩子了？」

「真巧，就那麼一回，一個胖小子，唉，只活了兩歲……」她眼圈紅了，拽過衣襟擦了一下。

阿木呆呆地望著眼前這位突然吐露心事的不幸的女子，不知說什麼好。任何勸慰，對她這樣的遭臨過巨大不幸的人是沒用的。

這時，金嘎達老漢回來了。見女兒傷心的神態，斥責道：「又向客人嘮叨妳那東穀子爛芝麻，不嫌累得慌？」

艾瑪悄悄擦起眼角，端著洗腳水出去了。阿木沒來得及阻攔，讓人倒洗腳水，他極感到尷尬和不安。

「別聽她瞎叨叨，都過去的事了，她有些魔症。」老漢向阿木問道，「小爺們兒，你打老遠來找我，到底是啥子事啊？」

「是這樣，有件事晚輩想拜求老爺子。」阿木虔誠得不得了。

老漢默默地吧嗒著煙袋，不答話，等著下文。

阿木鼓了鼓勇氣，繼續說：「省考古隊的一位朋友向我介紹過您，您給他們帶路考查過沙漠裡的遼墓。他說，只有您敢進大漠又不迷路。幫幫我，帶我進大漠去尋找一次我給您講過的那個寶木巴聖地吧！」

老漢依舊沉默著。獨眼微閉，似乎睡著了。他猛地磕一下煙袋鍋，幽幽地說：「我老了，不中用了，你另找人吧。要不歇兩天回去，別吃飽了撐的，沒事找事。信書上的胡說八道，都叫人上吊抹脖子！」

阿木的心涼了半截，還想開口懇求，老漢一揮手：「別說了，沒啥好商量的。睡吧。」

老漢不再言語，坐在炕沿上兩隻光腳相互蹭了蹭，搓掉沾在上邊的泥巴牛糞屑，爾後倒退著挪到炕裡，倒下身子，拽過一個舊線毯，蓋在肚子上，很快傳出節奏強烈的拉鋸般的呼嚕聲。

阿木無奈，也只好躺下睡，心裡好生失望。他摸不透這古怪的老漢，稀里糊塗睡過去了。

不知睡了多久，阿木正在亂七八糟的夢魘中掙扎，被老漢的一聲喊叫驚醒了。原來老漢正衝窗外大聲叫嚷：

「艾瑪！妳抽風了！半夜三更在院子裡遊蕩，不怕狼叼了去？快回屋睡覺！」

阿木透過沒有糊紙的空窗格看見，艾瑪正站在院子裡仰首望天，那如銀似水的月光，灑在她纖瘦的身上，使她似乎撐不住這濃重的光的負荷，身體微微搖晃。

只見她遲緩地轉過身，眼睛盯住父親。月光下，那目光更顯得陰幽幽的，似乎湧動著一股遏止不住的情緒的潮水，哀怨？委曲？仇恨？老漢碰到這目光，緘口了，乾咳了兩聲，不由地嘆了一口氣。

艾瑪慢慢走回自己的房子，嘴裡哼起一首哀婉的古歌，隱隱約約傳蕩在寧靜的月夜中，更添幾多淒涼。

流不盡，流不盡的喲，

是那老黑河的水嗳，
淌不完、淌不完的喲，
是這兩隻眼的淚嗳……

金嘎達老漢的獨眼，叭噠一聲睜開了。

天還沒大亮。順方塊窗格，試探著投進來一縷清輝。這已足夠，儘管閉著眼，老漢敏感的獨眼球也能透過眼皮捕捉到悄悄襲臨的黎明。

他側過頭朝炕那頭觀看。黑色朦朧中，可聞年輕人酣睡的鼻息。老漢無聲無息地起身，滑下炕，悄悄走出屋去。院東南的木樁前，跪臥著兩峰駱駝，一白一褐。老漢走過去，拍了拍駱駝的脖子，從一邊的麻袋裡捧出一把鹽，放進駱駝嘴邊的柳條筐裡。駱駝來情緒了，亢奮地伸動雙唇，舌尖捲掃著鹽，咀嚼時，眼睛不時地看著仁慈的主人。那目光是感恩戴德的。

老漢推了推這對夫妻的頭脖，咧開嘴笑道：「中了，中了，別這麼瞧著老子，從今日起要你們出死力，餵幾把鹽算個毬！嗨嗨，再給你們點！」

老漢抱來鞍架套在駱駝的雙峰間。又從下屋抱出兩個大塑膠桶，都裝著水，每個水桶足足能裝一兩百斤水。又往駝背上裝了些乾糧和鍋碗等用品。這些東西，顯然早已備好放在下屋裡。

這時，女兒艾瑪默默地走出來，幫助老爹整理放好這些東西。父女倆不說話，都默默地做著事。老漢又從下屋拿出來那桿獵槍，還有一把刀，擦拭著。

「艾瑪，去我的屋，把那酒罐抱來。別驚醒那個人。」老漢裝著鐵砂子和火藥。

艾瑪看一眼父親，走過去。西屋裡，城裡人還在呼呼大睡。她猶豫了一下，還是下決心走到他的頭跟前。

「喂，醒醒……」她輕聲喚，看一眼窗外。

城裡人毫無反應。

「喂，你醒醒！」她伸手輕推了一下阿木的肩。

阿木猛地驚醒：「誰？」他抬頭，碰見一雙憂鬱的眼睛。

「別出聲。你不是要進大漠，尋找個啥嗎？你瞧！」艾瑪向窗外呶呶嘴。

阿木抬起頭，於是看見了朦朧的曙色中跪臥的駱駝、架好的物品、整裝待發的金嘎達老漢。他揉了揉迷糊的眼，驚愕得張了張嘴。哪兒來的駱駝？這是要出遠門了，果真進大漠？他來不及思索許多，手忙腳亂地爬起來穿衣服。

「別把俺說出來，你過一會兒再去找他。」艾瑪輕聲叮囑。

「謝謝妳，妳真好，謝謝！」

「你不用謝。俺是擔心老爹爹一個人進大漠……可他又不讓說。」艾瑪從櫃裡抱出一個挺大的酒罐，腳步輕輕地走出屋。

阿木心裡想，那也得感謝妳，要不自己成了被遺棄的孤兒。萬能的江格爾顯靈了。他胡亂收拾好東西，像學生般把包背在後背上，出現在門口。但他沒有馬上走過去。

金嘎達老漢從女兒手裡接過酒罐，按放在褐駝背上裝東西的大筐裡。一切準備就緒。父女倆相視一眼，默然無語。但一刹那的目光，猶如電光石火，似含生離死別。

但老漢鐵板著臉，再也沒看女兒的臉，騎上白峰駝。

「喔，起！」一聲吆喝。

白峰駝先起前腿，再立後腿。老漢隨著來一個大幅度的前仰後合。後邊的褐峰駝的牽繩，連繫在白峰駝鞍架上，牠很懂道理地也隨著起立了。

老漢催駝向西南奔去，頭也不回。艾瑪也沒看一眼踏上征途的父親，兩人都似乎心照不宣。她低著頭跑回門口，從屋檐下取下掛著的鋤頭，下地去了。只是始終低著頭瞧地上，捂著嘴，好像壓抑著強烈的內心波動。

那條小路轉過西南角一個沙丘，便直插向西方大漠。金嘎達老漢歪坐在平穩的駝背上，眼睛盯著前方。轉過沙丘，他突然看見阿木站在前邊，向他招手。

老漢拽住駝韁繩，獨眼盯住他，不吱聲。

「老爺子，別這樣獨來獨往的，嘿嘿嘿，捎上我吧，啊？」阿木仰著臉，嘻笑著央求。

老漢還是沒話，那隻眼依舊如釘子般盯著他。

「老爺子，嘻嘻嘻，一個人多悶得慌？多一個人多一雙眼睛，多一個幫手，您高抬貴手，咱就過去了。」阿木說笑著，拼命想衝破那隻獨眼射出的冰冷的防線。

「你去哪兒？」老漢終於問。

「進大漠，跟您老人家一樣。我知道老爺子也在尋找著啥。」

「我跟你不同路。我找的東西，也跟你不一樣。」

「管它呢，反正我們都在尋找。也許，我們找到一塊兒去呢？世上的事難說喲。」

「別跟我磨嘴皮，走開！」老漢喝道。

「別別，老爺子，我決不會給您添麻煩，求求您了。」阿木急了。

「添亂！」老漢一抖駝韁繩。

白峰駝領會主人意，緩緩起步，高昂起頭顱，旁若無人地朝前走去。那兩隻花瓣大足砣子，像兩塊碩大的石印章，在軟沙地上印出大而圓的中間分叉的印子，而前挺的胸脖幾乎要撞倒呆立原地的阿木。

阿木向旁一跳。

白峰駝走過去了，並加快了腳步。阿木呆立片刻，又跑過去，攔在白峰駝前邊。

「老爺子，聽我說，我給您牽駱駝，做飯，決不添亂，老實得像貓！」

老漢不予理睬，獨眼瞄著大漠，又催駝走過去。阿木在他前邊倒退著走路，一邊苦苦哀求，最終還是沒辦法，讓在路旁。

駱駝漸漸遠去。阿森跺一下腳，一咬牙，從駱駝後邊跟上去，窮追不捨。他想定，一直跟下去，看你這個老倔巴頭、獨眼老鬼能走到哪裡去。就是走到天涯海角。我也跟到底。他一邊喊道：「老爺子，等等我！」一邊甩開步子跟上去。他走得很有節奏，不急不慢，以防一開始就把體力消耗掉。趕到老漢的第一宿營地前，他決不能倒下。

走了三五里，兩峰駱駝的影子早不見了，他被遠遠地甩開了，可他並不灰心，循著留在沙漠上的一行清晰的腳印，堅韌不拔地走著。

爬過一道沙梁。他驀然發現，沙梁腳下的窪地裡，停著那兩峰駱駝，那倔老漢歪倒在駝背上，好像睡著了。他的眼睛一亮，汗一道泥一道的臉上綻裂出笑容，屁股一蹶一蹶地顛下沙梁。

「你這小兔崽子，真有股纏勁！」老漢在駝背上說。

「老爺子，您可真會溜我的腿！」

「上來吧。」老漢從駝背上伸手給他。

那隻鐵鉗似的有力的手，握住阿木的手往上一提，阿木像一捆稻草般被提上來，跨在老漢的後邊。

「聽著，你要跟我去，就得聽我的。第一，不許打聽我的事，我找啥跟你無關；第二，不許你再向我提起你那聖地呀，人這人那的，我一丁點也不感興趣；第三，這一路，不許你瞎走亂撞，出啥事，我不管。」

「好好，一百條我也答應！」阿木從後邊痛快地答應著。

他們走上前邊的沙丘，金嘎達老漢舉目四顧。只見他眯縫著獨眼，細細搜索辨認著周圍的流動沙丘。不一會兒，他終於發現了什麼，繼續抖韁前進了。

「老爺子，講個故事吧，要不老這麼在駝背上晃悠，人得睡過去。」阿木說。

老漢沉吟片刻，說：「也好，說說話解解悶。」

……從前，沙坨子裡有一個小屯子，靠著拱坨子廣種薄收打發日子，生活苦得很。有一年春天，坨子裡鬧起「張三」，就是狼，邪虎著哪！放倒了好幾頭牛，村裡鬧翻了天。全村推舉出六名有經驗的獵人，去打狼。圍獵一個月，到底幹掉了這群狼，單是漏了一條母狼。這條母狼躲在遠處的一個洞裡正下崽。打狼隊裡有個血性小夥子，漏掉一條凶惡的母狼，他不服氣，要去追殺。

打狼隊的老「大」，那個老獵人覺得，漏一條就漏一條吧，啥事也不能幹絕了。他勸阻了小夥

子。誰曾想，這小夥子半夜獨自騎馬走了。第二天中午，回來了，一根鐵條子上串著五隻小狼崽，那得意勁不用提了。原來，他找到那個母狼下崽的洞時，正趕上老母狼出去找食兒不在窩，這王八羔子趁母狼不在，對小狼崽下了手，事後又怕了。他知道失掉崽子的母狼是最兇殘的，這膽小鬼惹了禍又悶聲不響地撤回來了。

打這兒起，這小屯子遭殃了。每天夜裡，母狼跑來村邊哀嗥，怪淒慘的。每來一次，屯子裡就少一頭家畜，看也看不住。這是一隻極狡猾兇殘的母狼，牠光是掏開家畜的五臟六腑，可也不吃。屯子裡人想盡了辦法也打不住這隻母狼。這樣折騰了一兩個月，全村人被弄得精疲力竭，提心吊膽地過著日子。

打狼隊的那個老「大」，有個兩歲的小外孫子，當寶貝。有一天，孩子媽媽挑水回來，屋裡玩的小孩子不見了。左鄰右舍誰也沒看見，小孩兒像是長了翅膀飛走一樣，突然不見了。老獵人四處尋找，也沒發現啥痕跡。尋找了一年又一年，毫無結果。年輕的母親哭得死去活來，老獵人也差點急瘋了。

有一天，老獵人扛著槍進坨子了。他有一種模糊的預感，他是去尋找那隻母狼。因爲自打小外孫失蹤後，再沒見到這隻母狼來騷擾。他是有個怪念頭，但對誰都沒有講。一百里外的老坨子樹毛子裡，老獵人終於發現了母狼。他悄悄貼過去，從很近處勾動扳機。結果，「砰」的一聲爆炸，火藥在槍膛裡爆炸，老獵人從此炸瞎了一隻眼睛。老母狼也從此無聲無息，再沒出現過……

老漢沉默了。那陰沉的古銅色的臉，像鋼鑄鐵澆似的凝重。

阿木感到自己的心在亂蹦。他的眼前又浮現出那雙憂鬱的眼睛、月下徘徊的身影、那張被擊傷的臉，還有這隻獨眼。

「老爺子，您講的故事太揪心了，我想那位老獵人早晚會找到外孫的。」阿木說。

老漢的粗眉抽動了一下，再沒有開口。

他們默默行進到一座半月形沙丘，老漢喝住駝，滑下駝背。前邊立著一根柳條桿，老漢走到那裡察看。那裡有一行依稀可辨的痕跡，像是沙蓬捲掃過，又像是被人用掃帚掃過，不仔細看不易發現。老漢順這道痕跡伸展而去的西方，注視片刻，嘴裡不知叨咕了一句什麼，重新上了駝背。

他們跟蹤著沙蓬的痕跡前進了。阿木心裡疑惑，但不敢問，側過頭向前直視著。這痕跡是什麼呢？莫非是……

那個痕跡，無盡無頭地伸展開去，猶如一條想要捆住大漠這巨獸的神奇繩索。阿木感到這是一條有生命的痕跡。偶爾也消失，大概被風吹平了，但從不遠處重新隱現出來，仍舊不屈不撓地向前伸去。除了這條痕跡，周圍沒有任何生命的跡象。一樣的顏色，一樣的物體，單調枯燥，無邊無際。上邊的天空是灰濛濛的，膩歪歪的，這裡一切都是死的，沒有呼吸。人在這個巨大的漫漫無垠的黃色世界裡，顯得太渺小了，太孱弱了，簡直是可憐的藻類。阿木不禁想，那寶木巴聖地真是被這頭黃色的莽古斯（惡魔）吞沒的嗎？江格爾三歲起征服各路七十二頭惡魔，征服所有莽古斯後建成的聖地，最後還是被這頭黃色惡魔奪去了不成？他的思想一陣困惑。

他們在大漠裡宿營了。

第二天繼續追蹤。金嘎達老漢擔心只給自己一人準備的水和乾糧不夠兩人用，索性日夜兼程，

二、沙狼

駝背上打盹，正好有大漠的月光明亮地照出一切。

第五天黎明，那神秘的印跡終於把他們引到了一所奇異的地方。阿木遠遠驚奇地發現，這是一座古代城池的遺址！在一片平坦的固定沙地上，顯露出殘垣斷壁，星羅棋布，面積很大。風化倒塌的老牆、只留褐色痕跡的房基、還有半露半埋的石羊石駝、東倒西歪的石犺猊、隨處可見古陶古瓦和風乾的巨骨。阿木的心一陣熱呼，一股潮流般的狂喜衝撞喉嚨。他剛要喊，被金嘎達老漢猛一個扯，登時啞口了。他們追蹤而來的那行痕跡，在這片硬質沙地上消失了。

老漢悄悄滑下駝背，把駝韁交給隨他下來的阿木手裡，然後抽出槍裝上子彈，獨眼射出寒光。阿木緊張起來。老漢示意讓他牽駝跟上，自個兒在前邊端著槍，貓手貓腳地帶路，如臨大敵。老漢放過沙蓬痕跡消失的東邊，繞到南邊，從下風口向古城廢墟靠近過去。老漢的臉緊綳著，冷峻中隱透出一股莫測的愁雲和深深的仇恨。

矗立在前邊的那座古遺址，黑乎乎地一片死靜，沒有任何聲息。不見鳥飛，不見土起，風都是凝滯不動，連個生物都沒有。他們終於走進這座神秘的遺址。選擇一個三面擋著半截土牆的隱蔽處，老漢輕喝駱駝跪臥好。只見他拿出一把刀遞給阿木，做防身武器，然後兩個人走出短牆，向北悄悄摸過去。

老漢的眼睛機警地掃視著每個物體，每塊地面，每堵牆。他們一邊搜索，一邊前進。

大約走了一百米，突然，老漢扯一把阿木，便臥倒在一個土堆後邊。阿木嚇得一哆嗦。他不敢出氣，悄悄抬眼向前方觀看。沒有發現啥東西。只是籠罩在這裡的沉悶陰森的寧靜，似乎蘊藏著可怖的殺機。

老漢的獨眼死死地盯著前邊的某個地方。阿木終於看到了目標。三四十米外的半截土牆下，有一眼黑森森的大洞口。

「那洞是……」阿木低聲問。

「狼洞！」

金嘎達老漢惡狠狠地吐出兩個字，獨眼裡燃起一團火，牙咬得鐵緊。

三

他們倆像兩隻貼牆的壁虎，趴在那裡紋絲不動。東南那輪金紅金紅的日頭，熱烘烘地烤得他們屁股要冒煙。

洞穴中黑咕隆咚。唯有兩個綠幽幽的光點，在洞的深處磷火般地閃動。

無毛狼崽掙扎著抬起頭。接著，艱難地支起前兩腿，又抖抖索索地支起後兩腿。牠終於站立了。試著邁兩步，身體微微搖晃，前腿一軟「撲通」地倒下了。牠還很虛弱。

兩點磷火隨即熄滅了。無毛狼崽閉上眼睛，呼哧呼哧喘氣。

老母狼出去覓食已兩天了。無毛狼崽焦灼地等待著母狼的歸來。牠饑腸轆轆，母狼早該回來了，出了什麼事嗎？無毛狼崽不安地扭動著脖子，黑暗中又燃起那兩個綠幽幽的光點。牠歇了一會兒，運足氣力，重新掙扎著爬起來。牠不能坐等餓死，牠要行動。牠的腿顫慄著，開始爬動。同時，伸出短嘴往地下嗅嗅，用舌舔舔沙地，舔舔撒在地上的肉末和已乾的血跡。鼻孔裡哼哼嘰嘰，發出孤獨哀怨的呻吟。

幾撮帶皮的雞毛。牠貪婪地咀嚼起來。仰著脖吞咽到肚裡。牠繼續一邊尋食，一邊歪歪扭扭地爬行。肚裡落進點東西，身上也稍蓄了些氣力，緩慢地朝洞口爬過去。深洞裡窒悶而陰冷，牠急切地渴望著走到陽光下邊，走到廣闊的漠野上，去追獵奔逐。

正午酷烈的陽光，從外邊斜射進洞裡。洞口明晃晃的。無毛狼崽的眼睛被強光刺得睜不開，搖搖晃晃地倚偎洞壁站立片刻。漸漸適應了，睜開眼又開始伸出嘴嗅嗅拱拱。牠聞出母狼走出洞的最新腳印。牠微瞇著眼睛，朝外邊那陽光燦爛的漠野張望，並悄悄向洞外伸出半個腦袋，機警地聽聽周圍的動靜。

古城廢墟一片沉寂，整個大漠像一頭安睡的巨獸，沒有風，沒有雨，沒有鳥啼，沒有鼠叫，唯有那酷日把它的火辣辣的光芒毫不吝惜地傾灑在這裡，像一口蒸鍋。

無毛狼崽變得大膽了，把整個身子拖出洞外。哦，陽光真舒服，空氣真新鮮，視野廣闊極了。牠歡快自由地吠哮兩聲。這是牠向古老的遺址、無邊的漠野，宣告自己又活過來了！戰勝了死神，熬過了鴕鳥留下的苦痛，終於活過來了！牠無毛狼又可以跟隨母狼出征，這曠漠野坨，永遠屬於牠們，牠們是這裡的唯一主人，是用血性的拼搏換來的。

無毛狼崽在洞口佇立。暖洋洋的太陽照得牠渾身愜意，空氣裡偶爾送來大漠外的清涼的濕氣。牠仰起脖子，捕捉這濕氣吸進肺臟，又伸出紅紅的舌頭舔舔嘴巴。肚子裡又咕嚕咕嚕唱起來，似乎這明媚的陽光、新鮮的空氣，又刺激了牠強烈的食肉欲。牠低著頭搜索起洞口兩側。一根骨頭，曬得白乾白乾，揀起來啃啃，嘎嘣嘎嘣響，毫無滋味，扔掉了。一塊古瓦片，聞聞，似有血腥氣，抓起舔舔，又丟掉了。土牆根，一群小小的黑點在蠕動，密密麻麻，擁擁擠擠，這是螞蟻的集團軍。

無毛狼崽蹲在旁邊注視這奇特的陣勢。伸過嘴嗅嗅，有一股奇異的味道。牠試著用舌尖舔幾下，味道不錯。於是風捲殘雲，三下兩下把集團軍舔個乾淨。接著又去舔那個螞蟻洞。很快那小洞被舔得沒影了。

牠懶散地伸出舌頭，吧嗒吧嗒地咂著嘴巴。一個集團軍下肚，似乎並沒減輕饑餓感，牠又開始左拱右嗅地尋覓起來。一隻蒼蠅，一爪拍死，捲進嘴裡；一隻小金甲蟲從嘴邊飛過，一個撲躍，嘴巴嘎巴一聲張開，一剎那，小蟲在牠尖利牙齒間發出碎裂身翅的聲響。

牠嚼得有滋有味。

冥冥中，牠似乎憶念到或者感覺到了什麼，突然停止咀嚼，朝東方久久凝望起來。神態呆呆的，眼睛迷惘，似乎沉入了一種遙遠的回想。牠那簡單的大腦子裡，倏忽間，閃出了什麼念頭呢？落生時的那遙遠的蛛絲馬跡的記憶？這幾年跟隨母狼出生入死的艱難生涯？或者是東方那迷人的綠野？牠的皸裂的窄長臉上，悵然若失。

牠仰起脖，朝東方突然長嚎起來。那聲音哀婉、淒切、幽遠，如怨如訴，微微發顫，猶如嬰兒啼哭。兩滴淚滾過牠那粗糙狹長的無毛臉……

金嘎達老漢端槍的手在顫抖。

用手背狠狠擦了一下發澀的獨眼，緊緊盯住那隻怪獸。像狼不像狼，像猴不像猴，沒有遮身的長毛，沒有晃動的尾巴，兩隻前肢像腿又像手，會抓會拍又會跑，老天，這是一個啥怪物？難道是……過去曾在腦海裡縈繞多次的那個念頭又閃電般地閃過，老漢的心緊緊地揪起來，額頭上滲出汗珠。

「就是牠！老爺子，我在坨子裡撞見的就是這個怪獸，啊，不，是狼！」阿木低聲叫起來。

老漢猛地一哆嗦。嘴角歪向一邊，牙關咬得發響。他默默地垂下頭，沒有再去看那怪獸，發抖的手，靜靜地收回伸出去的槍。

「老爺子，幹嘛收槍啊？快開槍啊！」阿木焦急地問。

「再不閉住你的臭嘴，就把你扔出去餵狼！」老漢突然發了瘋般地撲過來，雙手掐住阿木的喉嚨，搖晃著，低吼著，像一頭暴怒的獅子。

「老爺子，快放開我，求求您，快鬆手……」阿木臉色變白，瞳孔放大，像一隻小雞在鐵鉗般的手中掙扎著，亂扭著，嘶啞著嗓子哀叫。

老漢像扔一捆乾草般把他摔落在地上，自個兒也跪倒在一邊，呼哧帶喘，雙手抱頭捂臉，像一頭受傷的野獸般呻吟。爾後，瞪著發呆的獨眼，靜默了。一點聲息也沒有。阿木失魂落魄地瞅著他，躲出丈許遠，唯恐老漢又撲過來掐住他。他大氣不敢出，身上仍在瑟瑟發抖。

不知過了多久，老漢站起來。

「走，回駱駝那兒去。」老漢有氣無力地說。

阿木膽戰心驚地跟在後邊。兩個人貓著腰，悄悄撤離這塊地，左繞右迴，又轉回到三堵短牆的隱蔽處。兩頭駱駝安安靜靜地跪臥在原地，反芻著胃裡的食物。牠們這種安寧的性格，與大漠倒是非常和諧。也許，就是大漠的亙古的寧靜，造就了牠們這種安寧的脾氣，甚至造就了牠們這瀚海征船——駱駝本身吧。

老漢忙亂起來。

他從褐色駝背上卸下那個裝東西的土筐。從土筐裡又抱出那個一直沒動過的酒罐。那是一個圓肚大口、工藝粗糙的大酒罐。用軟質獸皮罩蓋著口，扎得很牢，封得很嚴密。老漢拿刀割開皮繩條，揭開獸皮罩，頓時，從罐子口裡噴出一股刺鼻的奇異香氣，很快彌漫開來，整個三堵牆的小天地飄蕩起這濃烈的醇香無比的氣味。

阿木驚異之極。這是什麼氣味呢？具有酒的醇香，又比酒香更濃烈更誘人，似乎又含有一種奇特的中草藥的香味，稍稍刺鼻。但正是這個中草藥的氣味加濃加重了酒的香氣，使其變得醇厚濃烈，彌漫在空中久久不散。阿木越聞越想聞，那香氣一旦吸進肺腑，立刻傳遍全身，使你渾身上下感到愜意舒暢之極，漸漸又使你想喊想舞，爾後又使你變得飄飄然，四肢微麻，腦子裡產生舒適的暈旋，整個身子也在極舒服中變得軟弱無力，恨不得一睡過去。

「快捂住你的鼻子！臭小子，還聞個屁！」老漢衝阿木吼道。

「老爺子，這……這是……」阿木仍固執地問了一句。

「這是醉草、麻黃、老杏根……泡製的毒酒！你想昏睡個幾天幾夜嗎？」

阿木這才慌了，急忙扭過頭去，捂著鼻子跑出老遠，膽戰心驚地瞅著老人手裡的那魔鬼的酒罐。他奇怪，既然是毒藥酒，老爺子自己怎麼不在乎呢？仔細一看，原來老爺子的嘴裡咬著一塊黑色的硬物，不知是啥，大概是解藥之類的東西吧。

阿木隱隱感覺到老漢的用意。

只見老漢拿一根鐵鉤子，從罐子裡勾出個東西。原來是兩隻雞。他把兩隻用藥酒泡透的熟雞用刀切了切，拿塊布包好，然後把那酒罐子埋進沙土裡。老漢拿起包好的雞，又把一個包袱扔給阿木，說：「隨我來。」

阿木摸摸包袱裡的東西，好像都是繩索之類的。他一句話沒說，跟著這古怪而瘋瘋癲癲的老漢走出三堵牆。

他倆又悄悄來到剛才觀察狼洞的土堆後邊。他們發現，那個怪物不見了，大概是進洞裡去了。老漢站起來，向狼洞周圍和東方的漠野凝視片刻，又觀察一下這片古遺址裡的動靜。他擔心其他怪物或狼的突然出現。

「你在這兒等我。趴在地上，不要暴露自己。」老漢縱身躍出土堆，像個年輕人敏捷地跑向那個黑森森的狼洞。他腳步輕靈，不出聲響，轉眼間靠近到洞口。他聽聽洞裡的動靜，接著從布包裡抓起一把切碎的雞塊，悄悄扔進洞口裡。然後，走離洞口，沿路丟下一兩個雞塊，一直走出百米左右，停在一個古牆下，把剩餘的雞塊全部扔在那裡。他向阿木招手，等阿木走過來後，兩個人就在那古牆附近隱蔽起來。

他們焦灼地等待。阿木緊張得能聽見心在撲騰撲騰地亂跳。

不一會兒，那個怪物從洞口躥出來了。嘴裡咀嚼著那幾塊奇香無比的雞塊，貪婪地睜大眼睛，在地上繼續尋找著雞塊，東嗅嗅，西聞聞，沿老漢丟下雞塊的路線走走停停地跑來了。發現最後那堆雞塊，「呼兒」地撲上去，頭也不抬地啃起來。尖利剛硬的牙齒，嘎嘣嘎嘣地咬碎雞骨頭，連肉帶骨猛吞猛咽。眨眼工夫，那堆雞塊全落進牠的肚裡。忽然，牠變得四肢無力，身上發擺子般地顫抖起來，腦袋下垂，雙眼微閉，像個醉漢般頭重腳輕地「撲通」一聲癱倒在地了。

金嘎達老漢一躍而起，衝過去。阿木緊跟在後邊。

老漢跑動中從阿木手裡拿過那個包袱，迅速拿出裡邊的細麻繩和一捲鐵絲。他們跑到怪獸的旁邊，牠已經完全昏迷不醒，失去知覺。老漢二話不說，用繩索把牠結結實實地捆起來。這頭怪獸醒來後再有蠻力，也很難掙脫開這麻繩和鐵絲的捆縛了。老漢把一條手巾塞進牠嘴裡。到了這會兒，阿木才仔細端詳起被他們俘虜的這頭怪獸。一米多長的長條身上，一根毛也沒有，一絲不掛，樹皮似的粗糙皮膚傷痕斑斑，有些地方沾著油脂的東西凝固了，閃閃發亮。手臂很長，嘴巴鼓凸，臉上雖無毛卻有細細的汗毛，黑灰色頭髮髒而亂，遮到脖後，像個類人猿。阿木的目光落在牠兩條大腿中間，吃了一驚，那裡吊掛著完全是男人的那種器官。

於是阿木脫口叫出：「這是個人！是個男人！」

「對。是個人，曾是男人。」老漢平靜地說。

「這是誰？什麼人？」阿木盯著老漢的臉問。

「他是我的外孫子！」老漢的臉痛苦地扭曲了。伸手輕輕撫摸那粗糙的皮膚，老眼閃出淚花。

「啊?!原來這是個狼孩！是您的外孫子！」阿木驚叫。他想起老漢在路上講的故事。顯然，老漢那個失蹤的小外孫，當初是被那隻母狼叼走了，變成了現在這狼孩。他心驚肉跳地，懷著異樣的感覺俯下身，似乎看見了自己尋找的那個「人之初」。

「來，幫我一下。咱們趕快把牠弄走！」老漢說。兩個人抬著狼孩，匆匆離開那塊地，回到駱駝旁。老漢從土筐裡拿出一條大麻袋，套在狼孩身上遮掩起來，然後把他裝進土筐裡，架放在褐駝背上，牢牢綁好。

「老爺子，咱們這就回去嗎？」阿木問。

「對。」

「讓我考查一下這遠古遺址吧！」阿木請求。遇見了苦苦尋求的神秘古址，他有個極強烈的願望。

「沒時間了，水和乾糧快完了不說，要是那條老母狼回來就麻煩了。」老漢強硬而冷冰。

「老爺子……」阿木還想懇求。

「有機會再來，這次絕對不行！快走！」老漢很快收拾好東西，騎上白駝，衝還在發愣的阿木怒吼一聲：「你等死嗎？快上駝！」

阿木嘆口氣，默默揀起一塊古陶片，凝視著，無限惋惜地說：「哦，聖地成了狼窩，人倒無緣……別了，寶木巴！」

一聲狗吠。

這是睡夢中被什麼驚醒了的懶狗，渾噩地叫了一聲，復又昏然入睡。小屯子恢復了沉寂，黑夜給這本是寧靜的小屯子覆蓋上更爲沉重而濃密的帷幕，把一切生的死的、半生半死的、混沌的人世都掩蓋在裡邊。

村口，果真有些動靜。由遠而近，是一種緩慢而沉重的踩踏坨子路的「沙沙」聲。這是駱駝的足蹄聲。那峰褐駝時時不安地噴噴鼻，馱著半人半獸的怪物，被牠的野性的氣息所驚擾，短尾巴不停地甩動。但小屯仍然沉在酣睡中，對這深夜歸客毫無知覺。

金嘎達老漢有意選擇黑夜進的村。

沒有月光，沒有星閃，莊稼院沒有一盞亮著的燈，黑夜遮蓋了肉眼能看見的一切。老漢牽著駝。從村西繞向村西北，來到自家門前，讓駱駝跪臥下來。

艾瑪的屋裡沒有燈，也沒有聲息。老漢掏出一把鑰匙，摸黑打開了下屋門鎖。他點燃了放在牆洞裡的小油燈。這是兩間倉房，堆放著雜物。牆角立著一個奇特的東西：大鐵籠子。用粗鐵絲編製，面積可容一人或站或臥，還有一扇門。老漢走過去把那扇籠門打開了。他們倆從駝背上抬下狼孩，撤去麻袋，把他抬進那個鐵籠子裡，復又鎖上。

狼孩癱在籠子裡，四肢被捆，用藥後還沒完全恢復正常，他無力掙扎。唯有那雙眼睛陰森地閃著光，不安地張望著。牠的眼睛突然盯住油燈，顯得驚慌，那跳動的火苗使他恐懼，想吠叫嘴裡又塞著東西，只好扭動著身子擠在籠子一角，縮成一團。

金嘎達老漢蹲在那裡抽煙，默默地看著狼孩。

「老爺子，您早備有鐵籠子，原先就知道外孫子還活著？」阿木悄聲問。

「不，鐵籠子是給母狼準備的。」

「那，這麼說，您一點不知道外孫子還活著？」

「說來也怪，好幾回做夢，都夢見一隻小狼崽咬我。我這人信夢。餵奶期的母狼要是沒了崽，好叼人的嬰孩兒餵奶。我一直估摸小外孫是被那隻母狼叼走了，可也沒想到活到今天。這籠子原是給母狼準備的，誰曾想……唉，罪孽呵，這是家門的敗落，出了這麼一個狼孩！」

老漢臉色悲淒。阿木也深為這家人的不幸而難受。二人默然。

其時，有一雙眼睛從他們進院起就盯上了。那是艾瑪，她夜夜睡不安穩，惡夢中輾轉反側。那沉重的駝足，一踏上門口沙路，她就醒了。但她沒有勇氣立刻跑出來，黑暗中見兩個人影抬著什麼

東西進了下屋，她又忍不住，跳下炕跑來了。

一線微弱的燈光，從虛掩的門縫裡射出來。她貼著門縫往裡瞅，又輕輕推開門走進去，兩眼盯住那鐵籠子。突然，她「啊」一聲喊，正要撲過去，被金嘎達老漢一把拉住了胳膊。

「孩子，先別急，爹有說跟妳說。」

艾瑪扭動著身子，想掙脫開父親。

「沒錯，孩子，這是咱們的狗娃，他長大了，吃狼奶長大的，有點野性，咱們得慢慢來，會好的，妳別急……」

「放開我！放開我！」艾瑪掙脫著，嘴裡急切地嚷著，「媽的兒，小狗娃，媽的兒……」

「孩子，聽我說，狗娃現在是個狼孩……」

「快放開我！這都怪你！是你趕走了孩子的爸爸，是你帶人去打狼，就是你叫小狗娃當了狼孩！我恨你！快放開我！」艾瑪發瘋般叫起來。

不知是女兒的話擊中了他，還是那股爆發的力量所致，老漢一屁股坐倒在地上。

艾瑪撲上去，抓住鐵籠子，眼睛瞪得老大，死盯著縮在籠角的狼孩。她微微顫慄，那灰土色披肩長髮，那像胳膊又像腿的粗手臂，那結著硬皮的赤裸結實的身軀，那陰森野性的目光，難道他就是自己七八年來日夜惦念的狗娃嗎？就是自己懷胎十月受盡恥辱唾罵生下來的孩子嗎？

隨著這個念頭閃電般劃過去，一股熱的血潮驀然湧上心頭，猶如排山倒海般的母愛的衝動，整個地控制了她。她猛地拉開鐵籠子門栓，拽開門，身子一閃，鑽進籠子裡撲向狼孩，同時發出撕裂心肺的一聲呼叫：「我的兒子！……兒子！……」淚如湧泉，滴灑在狼孩冰冷的硬皮上。她脫下外衣，蓋在狼孩身上，抽出塞在狼孩嘴裡的手巾。

狼孩受驚了。鼻孔搧動，嗓子眼裡發出陣陣「呼兒，呼兒」的低哮。那一雙愚魯而陰冷的眼睛，射出兩道綠幽幽的寒光，一等艾瑪拽出堵嘴的手巾，他猛地「呼兒」一聲張口，便咬住了艾瑪的手腕。

艾瑪任狼孩咬。儘管那尖利的牙齒深深咬進肉裡，殷紅的血順著他牙齒滲出來，她仍然沒有抽回手，沒有喊叫，反而伸出另一隻手輕輕地撫摸狼孩的頭和脖子，嘴裡無限溫存地低語：

「孩子，你咬吧，媽媽對不起你，害了你，媽不應該生下你……你咬吧，這樣媽的心裡才好受點呵，嗚嗚……」她傷心地哽咽起來。

她的發燙燒紅的臉，緊緊貼在狼孩的頭上，親切溫柔地蹭動。

一道溫柔的清泉水。一絲和暖的春風吹。母親的崇高而充滿摯愛的召喚：迷途的靈魂，歸來吧！

兩排如刀的尖齒漸漸鬆動，最後從那柔嫩的手腕上移開。也許，那母性的臉的親切蹭動，使他想起了母狼那尖嘴的拱動；也許，母親的人性的召喚，喚起了他遙遠的沉睡已久的人性的復醒。奇蹟就這樣出現了。他居然抬起半人半獸的頭臉，獸性的目光變得迷惘，兩片鼻翅兒一張一弛，伸出舌尖，舔舔滴落在牠嘴唇上的淚水。

那張昂起的痴呆愚魯的尖長臉，就如一個問號：我是誰？來自何方？妳是誰？爲何用臉蹭我？也是一隻用臉的蹭動來表示親熱的母狼嗎？妳的眼裡爲何也流出鹹鹹的水？自從自己的眼裡第一次流出這樣鹹鹹的水起，他每每用舌尖去吮吸，獲得一種樂趣。這會兒，他那焦躁不安的心靈，得到了某種安撫，不知出於什麼一種驅使，他伸出舌尖舔起那手腕上滲出的血跡。

艾瑪溫和地抱住那粗糙的頭脖，臉在那如柴如草的頭髮上摩挲。

金嘎達老漢和阿木目睹這一幕，愣呆呆的。艾瑪一撲進籠子裡，他們的心就提在嗓子眼上，尤其艾瑪抽出堵在狼孩嘴裡的手巾，他們以爲狼孩就要撲上來咬斷她的脖子。老漢早已站在籠子門口，準備一旦發生慘狀就衝進去。可眼前的事態發展，簡直使他不敢相信。一個從兩歲起吸吮狼奶長大，與狼群爲伍茹毛飲血的狼孩，怎麼會一瞬間變得如此溫順？他向老天祈禱，這是個好兆頭，也許，小外孫真會很快恢復人性，回到人的中間來吧。

他的心頓時熱烘起來，忘掉了剛才遭到女兒抱怨後引起的內心淒涼，感到自己七年來贖罪般的苦苦尋覓，終於能有後果，老天開眼了，可憐了他這有罪的孤獨的老人。他站起來，拿一塊熟肉遞給女兒說：「小狗娃該吃東西了。妳餵餵他吧。」

艾瑪看一眼父親，默默地接過熟肉送到狼孩嘴邊。狼孩伸鼻子觸一觸，誘人的肉香立刻刺激了他，嘴一張，「叭」地一下叼住了那塊肉，大口嚼咽起來。

金嘎達老漢一見這情景，當即低聲呼喚女兒：「艾瑪，妳先出來，這幾天小狗娃很累，一直捆在駝背上，該好好睡個覺歇歇了。」

「不，我也在這兒陪兒子睡覺。」

「孩子，不能胡來！這樣會壞事的，他一犯獸性逃出去，那咱們可再也抓不回來了。」

艾瑪無話了。她害怕真的再次失掉兒子。她深情地看一眼正貪婪地咀嚼肉的兒子，無限慈愛地撫摩一下兒子，走出了鐵籠子。

這一夜，父女倆都在鐵籠子旁舖上乾草，守了一夜。阿木聽從老人的安排，去屋裡舒舒服服地睡了一夜。這是十多天來，第一次睡得這麼香，這麼安穩。

第二天清晨，阿木一醒來就跑到下屋看。院子裡正碰見金嘎達老漢放駱駝回來，只見他的手裡還珍重地捧著一個木碗，裡邊盛滿清水。他納悶，問：「老爺子，這是啥水，這麼珍貴？」

「聖水。一半是草尖上的露水，一半是今天的第一碗沙井水，珍貴著哪。」

「幹啥用？」

「招魂，給小狗娃招魂。」

「招魂？」阿木滿腹疑惑，跟著老漢走進下屋。

狼孩在酣睡。趴臥在鐵籠子一角，像一條狗，前兩肢向前半伸半曲，頭和嘴貼在上邊，後腿和腰身蜷曲著。雖然在靜睡，一雙眼睛卻半睜半閉，好像在偷看著你，那飄出來的餘光是寒冷的，使人不禁驚懼。鐵籠子門旁，艾瑪正襟危坐。屋裡彌漫著一股奇異嗆鼻的又香又苦的味兒，也飄蕩著淡淡的一層清煙。

阿木發現，清煙起自放在鐵籠門前的一個鐵盆子裡，那裡邊燒著一堆穀糠，旁邊還插著兩炷香。穀糠慢慢引燃，不起火苗，一縷清煙冉冉上昇，散發出濃烈的悶香氣。

老漢把木碗水遞給艾瑪拿著，自己從一邊又拿起一個木碗，上邊罩著一層黃色窗戶紙。他讓艾瑪往那黃紙中間的低凹處灑了些她端著的「聖水」。然後，老漢把手裡的木碗輕輕搖動起來。他一邊搖動，一邊繞著鐵籠子轉圈，同時嘴裡低聲哼唱起一首「招魂歌」，旋律幽遠而感傷：

二、 沙狼

歸來吧——
你迷途的靈魂，
啊哈嗬咿，啊哈嗬咿，——
從那茫茫的漠野，
從那黑黑的森林，
歸來吧，歸來吧——
你這無主的靈魂！

天上有風雨雷電，
地上有牛頭馬面；
快回到陽光的人間吧——
你這無依無靠的孤獨的靈魂！
倘若有蟒蛇纏住你，
我去斬斷；
倘若有龍虎攔住你，
我去驅趕；
你的親娘在聲聲呼喚，
你的親爹在聲聲呼喚，

歸來吧，兒的靈魂！
歸來吧，兒的靈魂！
啊哈嗬咿，啊哈嗬咿，……

老漢悲愴而激昂地吟唱著，手裡捧著的木碗也不停地搖動著，每轉完一圈，都停在艾瑪前邊，莊重地問：「狗娃子，歸來了嗎？」

艾瑪便回答一聲：「歸來了！」

轉了三圈，老漢手上捧的木碗搖動得更加緩慢了。那滴灑在黃紙罩上面的「聖水」，這會兒被搖動後漸漸積在中間的凹盆裡，形成一個大顆水珠，晶瑩明亮，好像一顆珍珠在那裡滾動。這顆晶瑩的水珠便是被招回來的「靈魂」。如果形不成這樣一顆晶瑩滾動的水珠，說明那魂還在外邊遊蕩，招魂者務須不懈地一邊唱歌一邊搖動下去。

這是個古老的風俗，這裡人人都信，據說信則靈。阿木站在一邊，聽著那哀婉如泣的歌，心裡直想哭，似乎有一種什麼東西在撞著揪著他的心。

金嘎達老漢目不轉睛地看著那顆水珠，感動得獨眼滾出淚水。艾瑪更是雙手揪著心窩，上牙咬著下嘴唇，硬是控制著自己不再硬咽出聲破壞了如此莊嚴的場面，但那如斷線珍珠般的淚水已沾濕了衣襟。阿木也受了感染，嗓子眼哽哽的，鼻子尖酸酸的，真誠地祈禱著那顆水珠果真是狗娃的靈魂，趕快歸位，結束這女人和老人的苦難。

這時，老漢從那燃燒的穀糠裡捏一把火灰，撒在木碗上面，然後把那顆水珠滴灑在狼孩的嘴唇上。

這樣招了三次。低沉、幽遠的「招魂歌」，在小屋裡迴盪著，它那緩慢、哀婉、充滿人情的旋律，久久在人的心頭激盪。阿木覺得，這確實是一首征服人靈魂的古歌，倘若那迷途的靈魂還不歸來，那一定不是人的靈魂了。

不知是招魂起了作用，或是還沒從疲勞和麻藥中完全恢復過來，狼孩頭兩天顯得還算安靜。金嘎達老漢在艾瑪的懇求下，又見狗娃如此老實，就鬆開了捆手的繩索。誰料，似乎就等著這時機，狼孩猛地向前一躥，張牙舞爪地跳出了鐵籠子門。幸虧，拴他腿的鐵鏈子沒鬆開，他「叭」地撲倒在籠門外邊。

金嘎達老漢一驚，撲過去想從後邊抱住他。狼孩機敏地一翻身，隨即一隻手臂伸過來，狠狠往老漢臉上抓去。老漢一偏頭，「哧啦」一聲，肩膀頭被抓，衣服扯破，尖指甲劃破了皮肉，留下幾道血痕。老漢急忙跳開去，氣喘吁吁。

狼孩在地上暴怒地躥跳，「呼兒、呼兒」地發出吼叫，齜牙裂嘴，一張粗野醜陋的臉變得猙獰可怖。那架勢，誰要是膽敢接近他，就咬斷誰的喉嚨。

艾瑪的臉變得蒼白。

「娘的兒，別胡鬧！聽話，這成啥樣子了……」她仍想以母性的溫柔來感召他，一步一步靠近過去。

「呼兒！」狼孩一聲低吼，紅著眼向她撲來。阿木一把拽回了艾瑪，就差一瞬間，不然那張開的大嘴、兩排利齒，定是咬住了她的咽喉。艾瑪驚駭了，望著又變成獸類的兒子，痛苦得咬破了嘴唇，渾身顫抖不已。

金嘎達老漢「嗖」地從後腰上抽一根皮鞭，在空中揮動。

「啪！」一聲脆響，皮鞭打在狼孩身上。疼得他「嗷」一聲嗥叫。

「回去！回籠去！」老漢用手指著鐵籠威猛地吆喝，那根黑皮鞭，像條蛇在空中舞動，發出的噝噝聲響。

「不要打他！不要打他！」艾瑪撲上來，抱住父親，要奪走鞭子。

金嘎達老漢一把推開了她。

「不用皮鞭，不拿住他，他永遠是一條狼！」

老漢怒吼著，把皮鞭飛動在狼孩頭上，啾啾發響。那狼孩，恐懼地盯著那根可怕的鞭子，一步步後退著，當鞭子就要落下來時，他一個躥越，倉皇逃進籠子裡去了。老漢跟上兩步，關住了籠門，滑上栓，上了鎖。

狼孩被關在籠子裡，真成了困獸，吠哮著東撞西碰，尖利的牙齒咬著腿上的鐵鏈，嘎嘣嘎嘣響。他蹲坐在後腿上，憤怒地撕扯起裹在身上的衣服。那是艾瑪費了半天給他穿上去的。眨眼間，一條條一片片布料扔滿了籠子裡。

老漢看一眼女兒無血色的臉，向阿木示意扶她出去。

阿木走來攙扶她時，那瘦弱的身體瑟瑟發抖。善良的母性的感化遭到失敗，對她打擊太大了，一陣絕望的情緒攫住了她，眼裡浸滿淚水，搖搖欲倒。

阿木輕輕安慰她：「艾瑪，這事不能性急，現在他還是半人半獸，獸性多人性少，千萬急不得，慢慢來。」

艾瑪垂著頭。回屋休息。

金嘎達老漢默默觀察片刻，也退出了下屋。沒有了人，狼孩咆哮了一陣，漸漸安靜下來，臥伏在籠角。

阿木聽從老漢的邀請，繼續住下來了。他惦記著那座未來得及探察的古城遺址，不想馬上離開。而且，他被這一家人的不幸和狼孩的坎坷命運所深深感動，並觸發他從新的角度思索起人生道理。他隱隱感到，這狼孩的事情似乎含著更深一層意義，除去表面的一層人性與獸性的搏鬥以外，似乎更含著一個驚心動魄的道理。自己尋找的那個聖地、那個「人之初」存在與否，似乎與這事情有一種內在聯繫。他一時還理不清，但這事的結果對他來說是至關重要的。

金嘎達老漢要求阿木不要向村人說出狼孩的事。一是老漢感到這是恥辱的事情，二是怕傳出去引來眾多好奇者，招來麻煩。阿木自然應允。他一邊鑽研那本古書，一邊幫助老漢和艾瑪操心狼孩的事情。艾瑪也在言語中透露出希望他多關心狼孩的事情。自然他明白那個用意，一個小孩兒，要有母親的愛，也需要父親的愛，尤其狼孩這樣的特殊的小孩。

阿木望著那雙幽深而哀傷的眼睛，很感激她對自己的信賴，同時想起了那個回城少了一隻胳膊的真正的爸爸。他如今在幹嘛？當初苦悶無聊中的一時求歡，釀成這等苦果，也許他還不知道自己播種出的果實是如此的驚世駭俗吧。他應該感激那母狼。替他完成了孩子的入世道理——以牙咬人。世界是屬於他們的，屬於以牙咬人的惡力。

七天下來，狼孩基本適應了籠子裡的生活，安靜了許多。他也許感到這裡不比原來的大漠古穴差，更具有豐富的四時食物，並有保障，不再遭受饑腸轆轆之苦。他按著人的規律生活起來，只是被牽出來撒尿時，總是跑到牆角或樹根下，抬起一條腿斜裡刺出一汪臊尿，使得他老外公不得不當他面掏出玩意兒，示範一番人類中的男性的文明撒尿方式——手端尿槍，一手提褲腰，向正前方射出弧線水彈。他果真開始模仿，把那玩意兒攥得緊緊的，疼得自己嗷嗷叫。

他也模仿其他的，如端碗拿筷子，穿衣帶帽，如兩條腿走路，恢復前兩肢——手的功能等等。一個月下來，大有進步。又過了一個月，他開始咿呀學語了。見圓的說「蛋蛋」，見雞便喊「雞雞」，立刻拔腿追捕過去，兇狠狠，眼紅紅，外公稍抓得遲，他便逮住一隻雞早咬斷了脖子，灌進一嘴血和毛。

他跟母親艾瑪最親近。讓她撓癢，讓她梳頭洗臉，餵飯餵水，幾乎變得形影不離。到了這會兒，拴他腿的鎖鏈解除掉了。他的性情逐漸也變得溫順，不乏調皮。往往把褲子套在脖子上急叫，或者揪著媽媽的辮子比劃自己剃禿的腦瓜，大有驚惑之色。有一次，趁外公不注意，拿過酒壺灌了一大口，辣嗆得他連連撓嘴打滾。逗得老漢和艾瑪笑出了眼淚。他的活動範圍一般限制在兩間下屋，偶爾也領他到外邊走走，但絕對拴著由老漢帶領。

艾瑪也復活了。眼睛閃著光，臉色紅潤而年輕，一掃往日的陰沉憂鬱，對生活充滿了興趣和熱愛，簡直歌不離口，笑不離臉，完全換成了新的一個人。她的整個身心撲在兒子身上，傾注了全部的愛和血，恨不得兒子一夜間恢復正常的人樣。

假設，不發生後來發生的那件事情，照此一直發展下去，狼孩恢復人性、回到人類行列裡是完

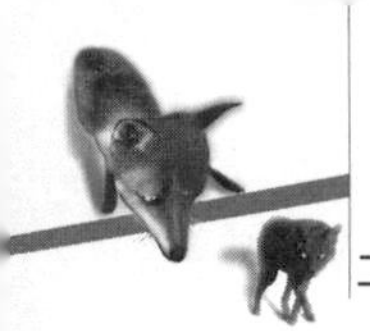

全可能的。這件事情，艾瑪沒注意到，阿木也沒有注意到，只有金嘎達老漢從沒有放鬆警惕，那隻如刀的獨眼一直盯著牠的出現。

說實在，冥冥中，老漢有個預感，總覺得有個陰影在跟隨著他。這個潛在的不祥的預感，時時警告他，一到夜晚，他就提著槍，院裡院外地巡邏。白天一大早也去村外坨包上查看，巡視。他知道，那不祥的預感來自那條老母狼！一個疑問始終縈繞在他心裡：那條狡猾的老母狼在哪裡？逮狗娃時牠躲到哪裡去了？爲啥到現在還不來？牠該來了呀……或許，被獵人打住了？或許，被虎豹野豬擊傷？然而，他從來沒抱僥倖心理，把獨眼瞪得溜圓等待著。

牠果然來了。像個幽靈。

那是一個明朗的早晨。村西連著大漠的那片坨子腳下，一隻野獸正悄悄潛行。牠行走得極爲詭秘，頭上頂著一團沙蓬草，整個身體蜷縮在這棵碩大的沙蓬下邊，收腰縮肢，屈腿收尾，無聲無息地靠近前方不遠的兩峰駱駝。這情景，遠遠看去，好像是一叢沙蓬隨風移動。

牠後脖子有一塊新近癒合的大傷疤，還沒長全毛，而毛茸茸的長尾巴也少了一截，更顯得兇悍猛惡。牠就是老母狼。被獵人砍去一截尾巴，又遭到一頭黑熊的一巴掌之後，又活過來了。牠簡直是狼的種類的不死的化身。

白駝褐駝安詳而溫馴，跪臥在坨根反芻裝進胃裡的青草。吃了一早晨的草，牠們現在正處於最愜意的時刻，根本沒有注意這隻母狼在牠們身旁出現。當驚愕地發現時，這條狼又像家狗那樣友好地搖搖尾巴，晃晃頭脖。於是牠們倆信以爲真，真當成家狗，不再去理會牠，又微閉上總是流淚的眼睛反芻起來。

這條狼此時確實也沒有惡意，只是圍著褐駝轉來轉去，嗅這兒嗅那兒，聞上聞下，然後把嘴鼻仰起來，衝天呼吸起來。最後，牠久久地注視起東邊不遠的村落。

牠又頂起那棵迷惑人的沙蓬草，離開駱駝，朝村子悄悄爬去。來到了村西口小樹林，這隻大膽的老母狼丟開頭上的沙蓬草，跑上一個小沙包上，衝村子發出一聲威風凜凜的長嚎。這嗥聲傳得很遠。可是，突然從前邊樹毛子傳出「砰」的一聲槍響。顯然，早有獵人埋伏在那裡。子彈從牠頭頂呼嘯而過。儘管牠狡詐，也沒料到會有獵人在此等候。牠嚇壞了，夾起尾巴急掉頭，伸開四腿飛速跳向西邊大漠。不過身後沒再響起那可怕的第二聲槍響。

當母狼的這一聲嗥叫響起時，狼孩在屋裡正跟阿木玩耍。隱隱約約聽到那聲音，他身上一激靈，登時靜立在原地，木呆呆地諦聽和捕捉起那嚎聲。可是那熟悉而親切的聲音再沒有響起來，代之而起的是一聲震撼心魄的槍響。他眼神變得迷惘。阿木警覺到什麼，立刻去逗他，轉移他的思緒，但他再也沒有高興起來。等到艾瑪端來早飯給他餵飯時，他才恢復正常。

第二天黃昏。村西邊小樹林裡，又傳出母狼的嚎叫聲。

當金嘎達老漢趕到那兒放槍時，已經響起第二聲嚎叫。那會兒狼孩正在院子裡，坐在母親艾瑪的懷裡，望著天空辨認星星月亮。一聽到那第一聲嚎叫，狼孩渾身一哆嗦，傳出第二聲叫時，他伸頭伸腦煩躁起來，兩眼射出異樣的光，急不可待地要從艾瑪懷裡掙脫出來。艾瑪嚇得緊緊抱住他，三步兩步跑回下屋，阿木趕緊關上門插上栓。

幸虧沒再響起第三聲嚎叫。過了一會兒，狼孩在艾瑪的撫慰、阿木的逗弄下，漸漸定下魂來，淡忘了那個嚎叫聲。但不時瞅瞅門，眼神像等待又像懼怕。

第三天深夜。

這是個沉悶的黑夜。從大漠那邊飄過來黑壓壓的一片烏雲，把天上的星星抹去了，把月亮也吞沒了，很快在頭頂上織成一個紋絲不動密不透風的黑絨罩子。人們以爲，大概要下場暴雨了。天這麼熱，這麼悶，雲又這麼密而厚實。可是等到仲夜，這黑絨罩子竟是沒掉下一滴雨點子，也不見電閃不聞雷鳴，只是一味地沉默著，一味地壓迫著這大地這沙漠這村落。

金嘎達老漢的下屋裡，燃著一盞油燈。昏暗搖曳的光線，朦朧地照著安睡的狗娃，照著睡在他身旁的艾瑪。屋裡那頭，和衣躺著阿木。只有他睜著兩眼望著房頂，陷入某種深沉的思考，一動不動。沒有金嘎達老漢，大概在外邊黑夜的某個角落，正辛辛苦苦地守夜巡邏。

屋裡屋外，天上地下，一片沉悶的死靜。這死靜，似乎掩蓋著一種不祥的禍端。

到了後半夜，果然發生了那場驚心動魄的事件。那個黑夜的使者，兇殘野性的獸類代表——母狼第三次出現了。

先是在村西口發一聲嗥叫。這聲衝破黑夜突然而發的嚎叫，淒厲駭人，像一把鋒利的刀子刺著你的喉嚨，尤其在這死靜陰森的暗夜，愈發顯得恐怖、駭人，傳得久遠久遠。黑夜中，整個小村子被這恐怖的嚎聲擊中了，震顫了。村裡的狗們，叫了幾聲便威懾於這嚎聲很快沉寂了。驚醒的村民們，諦聽著外邊那可怕的嚎叫，誰也不敢貿然走出屋子，面對黑暗，面對凶惡的獸類，人們默默地縮在各自的小窩裡。

唯有金嘎達老漢這個勇敢而大膽的孤獨的獵人，端著槍貓著腰，從院門口向村西小樹林。他機警而悄悄地接近狼嚎處，「砰」地放了一槍。

然而，那母狼的叫聲突然從村北頭傳出來了，這是母狼的第二聲嚎叫。老漢一驚，急忙趕到村北頭，可是這會兒從村東南傳出了母狼的第三次嚎叫。老漢驚惑不已，覺得這條詭計多端的老母狼正在有意跟他玩捉迷藏，利用黑夜的掩護東奔西竄，捉弄自己，使他疲於奔命。

老漢心裡突然一顫，意識到這條老母狼正實施著什麼一個意圖！自己不能再跟著牠傻頭傻腦地瞎轉了，他思謀片刻，獨眼放出光冷笑一下，乾脆悄悄跑回自家大門口，選個離院門口不遠的地方埋伏下來，獵槍口從橫裡對準了院門口。

沒有了槍聲，也沒有了狼嚎，濃濃的黑夜一下子沉寂下來。但這一現象更顯得恐怖，危機四伏。黑暗中的某處，閃著一雙綠幽幽的光點，充滿仇恨地注視著那座土房土院。牠等候著那槍聲，以便判斷老獵人的位置。等了良久，仍沒有槍聲，牠疑惑又不甘心，膽子也變大了，繼續悄悄靠近那座院子。

牠避開門口，躲在房後不遠的黑暗處，仰起脖，張開嘴，衝天嚎出一聲長長的嗥叫。

這是一聲奇異的嗥叫，沒有了原先那種駭人的狂野和恐怖，聲音變得細而長，如訴如泣，猶如一根根銀針穿過鼻腔刺進腦子，又回過來刺進心靈深處。那顫慄的聲音已充滿了陰柔的哀鳴，充滿了某種的母性的淒惻纏綿的感情。可以說，這是一種獸類對獸類的呼叫，也就是母獸對小獸的召喚，淒厲而悲切。

母狼一邊哀嗥，一邊圍著土房飛速走動，決不停留在一個地方。牠防著那桿沉默的獵槍，不時在黑夜中換著地方，像一個黑色的幽靈。

二、沙狼

狼孩聽到第一聲母狼嗥就驚醒了。雖然隨之而起的槍聲使他膽戰心驚，但連續不斷從四面湧來的母狼嗥叫，使他再也無法安寧了。他開始煩躁地東張西望，兩隻眼睛滴溜溜轉動，後來猛地躍起，在屋裡來回亂竄。

艾瑪從睡夢中突然醒來，一見兒子狀況嚇得魂不附體。她急忙爬起，撲向兒子，同時嘴裡無限溫柔地呼喚著：「娘的兒子，安靜點，聽娘的話，不要胡鬧……聽話，娘的心肝……」，一聲聲親切入微的呼喚，猶如一道清涼蜜甜的泉水，注進狼孩那顆騷動不安的心靈，一時稍許清醒，控制了心靈的黑暗，抑壓住渾身鼓蕩的獸性的熱血。

艾瑪走過去輕輕摟抱住那個瘦小的身子，親切地撫摸著那瑟瑟抖動的肩膀。

外邊沉默了許久。突然，從很近的房後傳出那奇異的召喚般的長嚎。狼孩冷丁一抖，微張開嘴，鼻翅搧動，臉色顯出愚拙，兩眼放出銳光，似乎正在馳進遙遠的荒野世界。艾瑪慌了，她把嘴附在他耳旁，一聲聲溫柔而急切地呼喚，送進充滿人性的母愛，來召喚著那個受到誘惑的靈魂。並以此抗衡著那無孔不入的獸類的長嚎，進行著抗衡爭奪，想用人類母性的善的慈愛來戰勝那獸性的邪惡的如喚，保護自己失而復得的愛子。

她把兒子不斷向外張望的臉扭過來，讓他面對自己，聽自己說話和撫慰。可是她發現，那雙眼睛變得陌生，雖然對著自己，卻眼神一片茫然，那正在擴散變大的瞳仁似乎極力捕捉著那來自外邊的野性的呼喚。

那魔鬼的嗥叫又響起來了，從房後，從房西，從房東，從四面八方，一聲比一聲激烈地傳來。這邊艾瑪的溫柔的母性呼喚，也一聲比一聲親切地響在狗娃耳旁。

狼孩——小狗娃的臉，痛苦地扭歪起來。這是極度的內心矛盾所導致的。身上火燒火燎地發燙，臉孔憋得通紅，眼睛開始充血。那股潛伏的野性的血，重又鼓蕩起來。他的身子一陣陣激烈地顫抖。

「娘的兒子，別害怕，娘在這兒，娘守著你，安靜點，一切都會過去的……」艾瑪哭泣起來，哀傷地硬咽著，緊緊抱住兒子的發燙發抖的頭顱不放。一陣恐懼感，莫名的恐懼感從腳底升到心頭。她的心在發冷。

母狼再次發出了淒厲哀婉的嗥叫。狼孩終於忍不住，張嘴便回發出一聲尖利的嚎叫，回應了母狼的召喚。

有什麼辦法，他是吃牠的奶長大，跟隨牠走上生活征途的。對母狼，他比對這位人類母親還熟悉。於是，他內心的防線，那個經艾瑪，金嘎達老漢及阿木辛辛苦苦壘築起來的人性的堤壩，全部潰塌了。他一躍而起，掙脫人類母親的懷抱，四肢著地，凶猛地撲向門口。

「兒子，狗娃！快回來！」艾瑪聲嘶力竭地一喊，跑過去從後邊抱住兒子的腰，淚流滿面，絕望而撕碎心肺地叫著：「兒子，你不能撇下娘走呵！……」

狼孩猛回頭，呆愣了一剎那，但他已經不知自己是誰，也忘卻了抱住他的人是誰，只當是要逮獲自己的敵人，一張嘴便咬住了艾瑪的右肩。眼睛血紅，張牙舞爪，凶惡之極。他狠狠咬著艾瑪的肩，用頭猛一撞，艾瑪像個草人般倒下去了，肩頭的一塊肉連衣服一起被撕裂開來，鮮紅的血像噴泉般地流下來。接著，他撲向門去，想打開門栓。

一直緊張地目睹這一幕慘景的阿木，嚇呆了。他迅速操起一根木棍，衝過去。他揮舞著棍子，

想把狼孩從門口趕走。狼孩一個跳越，離地幾尺高，撲下來正咬住了阿木的手臂。阿木一聲痛叫，失掉了棍子，當狼孩正要再咬他的咽喉時，外邊又響起了母狼的嗥叫。他即刻丟下阿木，衝向門口，撞開門，閃電般撲進那茫茫黑夜。

金嘎達老漢趴在院門口的沙包後，端槍緊張地等待著。他壓根不知道屋子裡發生的事情。這一次他又猜錯了。原以爲老母狼是把他引開後，衝進屋裡帶走狼孩。所以他端著槍把住門口，一動不動。那隻老母狼並不衝進院裡來，只是黑夜裡發出一聲聲嗥叫而已，圍著房院轉圈，或近或遠，或左或右，飄忽不定，真像個黑夜的幽靈。

這時，老漢隱約聽見下屋裡發生的動靜，隨之聽見了狼孩發出的一聲嚎叫。他的心一下子揪起來，暗暗祈禱著。此時此刻，除了祈禱，除了聽憑於老天的安排，除了事情該怎樣就怎樣以外，還能怎麼樣呢？人的作用太渺小，太不及自然的力量了。他已經盡了力，幾乎是拚盡老命。現在，他實在沒有力量趕走老母狼了，就是明天以後，白天陽光下，若不經過精心安排，他也很難打死這隻老母狼。牠簡直是上天派來的惡的使者。老漢突然感到自己的孤單，感到人的孤單。人是個多麼懦弱無主呀！狼孩能不能經得住這最後一次的嚴峻考驗，在這場人與獸的搏鬥中保全自己，此刻全憑天意，全憑他本身積蓄的人性的力量了。

「哐！」下屋的板門突然被撞開了，只見有個黑影一閃，猶如一支射出的飛箭向院門躥來。老漢的手猛地一抖，幾乎失掉了手中的槍。心如被一把鈍刀鋸拉，從頭到腳變得冰冷。始終擔心的事情終於發生了。只見那黑影一邊躥躍，一邊狼般地嗥叫著，衝過院門口。金嘎達老漢的獨眼鼓凸起來，要爆裂開，嘴歪向一邊，手中那支沉落的槍重新抬起來，顫抖著瞄準起逃出來的外孫子狗娃。

借夜幕一聲聲嗥叫的母狼，此刻突然從斜刺裡衝出來迎向狼孩。狼孩發出一聲狂喜的尖嗥，連蹦帶跳，狂熱無比地撲向母狼的懷抱。正這時，老漢的獵槍響了。

「砰！」這是個極其渾濁沉悶的爆響，好像拿根棒擊打裝滿沙子的麻袋一樣。但這一聲，劃破黑沉的夜空，震撼了寂靜的村莊，震撼了空曠蠻荒的漠野，也震撼了人們麻木的心靈。

子彈擊中了狼孩。

狼孩顫慄了一下，又向母狼踉蹌著走兩步，終於像一頭中彈的小鹿「噗」地倒下了。他四肢抽搐幾下，痙攣著，喉嚨裡「呼嚕呼嚕」發響，痛苦中開始咽氣。子彈從左肋進去。穿過心臟和肺葉，從右肩那兒出去了。這是射程太近，又是在他跳起時從下往上射的緣故。黑紅而腥熱的血，從他那左肋汩汩冒出來，帶著血沫子，像一道紅色的泉，浸染了胸脯和頭脖，使他那似人似獸不倫不類的軀體變模糊了。那雙未來得及閉合的眼睛，仍留有一絲狂熱的野性的餘光，凝視著前方的黑暗，那黑暗的盡處，黎明的曙色正在顯露。當然，那黎明已不屬於他了。他那張微上翹的嘴巴，好像渴望著什麼似地向上伸仰著，於是，整個這張臉又變得更像一個拉長的問號：我是誰？來自何方？去向何方？

這時候，老母狼一躍撲在狼孩身上。牠伸出嘴嗅嗅那浸血的軀體，嘴巴拱了拱，伸出舌頭舔了幾下那張問號似的臉，突然發出一聲「嗚——」的哭泣般的哀嚎。牠抬起頭，扭轉脖子，久久盯視著發出槍聲的方向。那雙綠幽的光點，冷冷地燃燒著，穿透人的心肺和靈魂。牠向那個黑暗處咄咄逼人的嚎兩聲，然後離開狼孩，不慌不忙地遁進黑暗中，消失了，像個幽靈。那支人類文明的象徵——罪惡的武器——槍，不知爲什麼始終沉默著，再也沒有響起來。

「娘的兒子！」一聲撕裂心肺的呼叫從院裡傳起，只見艾瑪光著腳，披頭散髮，肩頭流著血，跌跌撞撞地跑出來，撲在狼孩身上。她抱住那具開始變僵的軀體，使勁搖晃著，嘴裡一聲聲呼喚著，如狂如瘋地哭泣著，親吻著那具變涼的軀體，嘴和臉上沾滿了血漬。

她突然轉過頭，眼睛憤怒地盯住向這邊走過來的金嘎達老漢，充滿仇恨地一字一句地說道：「你打死了他！你打死了他！你把我也打死吧！開槍吧！」

「狗娃死了嗎？他……他又變成狼了，孩子，他不是咱們的狗娃了……有啥法子呢。」老漢哽咽著說不下去了，捂著臉頹倒在地上抽泣起來，不敢正視狼孩屍體。片刻後他又站起來，沙地上拖著那桿槍，向前邊黑色的夜走去，步態蒼涼，搖搖欲倒。

「啊哈哈哈……」艾瑪突然發出一串狂浪的瘋笑。那笑聲沙啞嘶裂，尖利駭人，只見她圍著兒子的屍體轉圈奔跳起來。

「啊哈哈哈……」

她瘋了。沉沉黑夜中，唯有這駭人的狂笑久久地迴蕩。

阿木抱起了狼孩。他不明白老漢爲什麼開槍，也許認爲這種背叛人類的行爲不可饒恕？所以在悲憤中開了一槍？然而，究竟是誰對呢？人類就那麼神聖嗎？誰應該負這罪過呢？

三天後。金嘎達老漢買了副棺材，把穿戴一新的狗娃屍體裝進去，抬出去埋葬了。完全是按照人的儀式，還請左右鄰居吃喝一通，又請來一位老喇嘛念經超度了一番。

變瘋的艾瑪找回來了，可整天躲在屋裡不敢出來，臉呈恐怖地反覆叨咕：「狼來了，狼來了，狼進村了！滿村滿坨子都是狼呵！——」偶爾跑到坨子上淒淒慘慘地呼叫：「娘的兒呵，快回來吧，狼來了，你快回來吧！」然而千里大漠亙古地沉默著。

阿木要走了。狼孩事件攪得他心驚肉跳，整個思緒、精神全擰了個兒，崩潰了。他需要認真清理這潰敗的思緒和精神。需要認真的思索一下，爲的是活得更明白些。

他似乎悟出了一個什麼道理。母性人辛辛苦苦血淚築起的防堤，經不起母性狼三次召喚。他突然覺得獸性和惡的力量的可怕和強大。惡是一種存在，像黑夜一樣 不可消除。他不想想得太深，有些東西叫人糊塗，也叫人發瘋。有些事太想透了，就走向反面，招致禍端。人是一向在不明不白、糊里糊塗中求得安生，延續種類的。

他跟大漠告別。現在他唯一的憾事是，過去自己欺騙了自己，自己尋找已久的那個聖地，那個理想王國，原來從未曾實實在在存在過！那只是一個永不可及的幻覺而已。正因爲不存在，人類才去尋找，幻覺也層出不窮。人是需要一種寄託。

他來跟艾瑪告別，可她完全不認識他了。只是驚恐地瞪著亮晶晶的一雙眼睛，瘋瘋癲癲地預言：「狼來了，狼來了，狼進村了！滿村滿坨都是狼呵……」可是，誰相信一個瘋子的預言呢？

金嘎達老漢安葬了狼孩後就失蹤了。據說，村裡人數月後從大漠裡找到了他的屍體。他死死抱著那隻瘸腿母狼，雙手掐著母狼的咽喉，十指如鐵；而母狼的利齒則咬著他的脖子，深深咬進喉嚨裡，流出的血都風乾了。

阿木上路了。

三、蒼鷹

三、 蒼鷹

一

一座有樹蔭的沙丘上，坐著一位年輕母親，她給膝前的小兒子講述著故事：

……從前有一個媽媽，把搖籃裡的嬰兒交給心愛的老花貓照看，自己去挑水。老花貓搖著搖籃，睡著了，這時，一隻老耗子從洞裡跑出來，咬掉了嬰兒的半隻耳朵。老貓被嬰兒的尖哭驚醒了，把耗子追到外屋，一巴掌拍死了，然後把死耗子塞進了灶口裡。挑水的媽媽回來了，發現嬰兒少了半隻耳朵，以爲是老貓吃掉了，一生氣把老貓摔死了。當她去燒火時才發現，灶口裡有一隻死耗子，嘴裡咬著嬰兒的半隻耳朵。

她恍然醒悟，抱住老貓痛悔不已，但已經晚了。

灰濛濛的天空頃刻間有了生命的活氣。

一隻精靈，閃電般迅疾地出現在那裡，死靜的空氣開始震顫、攪動，傳出歡快的唿哨。被太陽炙烤後曬乾了所有水分的兩朵雲，也從凝滯不動的沉思中驚醒。寧謐的高空復活了。

這是一隻蒼鷹，一隻不年輕的蒼鷹。儘管牠那鐵鉤子般尖硬的利喙、多疑而警惕的銳眼、挾風拍雲的力翅以及那兩隻尖利的鐵爪子，都顯示著牠稱霸於高空的威勢和驕橫，但牠顯然十分疲倦，似乎經歷了千里擊翅的遠途飛行，耗盡了全身的熱力。

這隻鷹一頭扎進灰濛濛的高空後，開始緩緩展開雙翅，靜止不動地貼在天的胸膛，黃寶石般的圓圓的銳眼俯瞰起下邊使牠厭煩而又離不開的陸地。牠想看清被自己攪亂的高空領域和牠的下部世界，同時希冀搜尋到一隻可以進攻的活物，以填充轆轆饑腸。

呈現在牠翼下的是一個陌生的奇異世界，牠不禁遲疑起來。這是一片黃褐色的不毛之地，茫茫無際，海浪般起伏的沙丘上植物稀疏，烈日炎炎，一切都呈現出毫無生氣的灰色調，不斷蒸騰著灼熱的氣浪。大漠！難怪牠的高空也灰濛濛、死沉沉的。

蒼鷹猛地一個俯衝，往地面下降，滑翔在大漠東側的那一道長了稀疏植物的坨丘上空。明晃晃的陽光在牠翅翼上閃爍，牠的影子在裸露的沙丘上掠過。

牠低低地飛巡著。

當然，從幾百米的高空發現一隻藏匿在沙蒿叢的野兔，是一件不容易的事情，需要極大的耐性。牠一會兒飛過連綿的坨丘，一會兒低臨盆形凹窪灘，不時靜待在空中等候那大意的目標從草叢和沙坑裡暴露出來，牠好來一個俯衝，用利爪一把抓拎到空中，撕扯個粉碎。牠已經很久沒有隨心所欲地撕扯過獵物了。牠渴望著那個酣暢淋漓的時刻。

偶爾，往後閃過的樹影使牠一陣驚懼。那令牠回想起兩條腿的人和他們手中的會冒煙的武器。至今，那震碎心肺的聲響和強烈的硝煙味，仍使牠蕩魂落魄。但牠很快心安了，這一帶如牠所願，並沒有可憎的兩條腿的人影。這裡是荒漠莽坨，早已被人類拋棄了。

現在正值春夏交替時節，野兔山雞都鑽進又高又密的草叢深處，不易發現了。對牠來說，這卻是個貧困、乏味、寡歡的時期。牠發出了幾聲哀傷的低鳴。

終於，牠等到了。一隻肥碩的大野兔，在一片白沙灘上竄出來嬉戲。牠興奮了，渾身鼓滿了戰鬥的激情，強烈的食肉欲驅散了身上的倦意。牠閃電般地飛臨到野兔的上空，用影子罩住了野兔。

野兔警覺了，本能地意識到危險，倏地向前一竄，沒命地奔逃而去，揚起了一溜塵沙。饑餓的

鷹緊追不捨，根據兔子的方向改變著自己的飛行，牠的影子時時落在兔子前後，增加著恐怖的威懾力，似乎是告誡對方不必進行無效的逃竄。牠感到遺憾，因爲這個對手並不是剛出窩的嫩物，而是一隻富有經驗的狡兔，根本不懾於牠的影子而趴在地上打顫，卻依然勇氣十足地奔逃著。

鷹惱怒了。兩翅一扇，猛如閃電地俯衝下去，同時伸出了收縮在腹部下的兩隻鐵爪子。一場奇特的生死搏鬥開始了。兔子突然仰面一倒，收縮起四肢，全身變成一個小圓團，當鷹的爪子伸下來的一剎那，牠的身體猛地彈起，收縮的四腳準確有力地反踢了一下鷹的腹部。

這是「兔子蹬鷹」。鷹驚駭不已，沒想到對手有這一招，立即拍翅升高，空落下了幾根羽毛。老練的兔子趁機鑽進旁邊的一片苦艾叢中。

鷹懊悔之極，在半空中發出陣陣憤怒的唿哨。牠重新俯衝下來，用翅膀發瘋般地拍打那片苦艾叢。經連續幾次進攻，終於又驚走了那隻趴在草底的兔子。

於是，牠們之間又拉開了一場你死我活的追逐戰。

那位年輕的母親緘默了。

不知是故事本身，還是眼前這單調乏味的沙坨世界，使她的那雙憂鬱的眼睛變得更爲幽深而傷感。她凝視著遠處的沙梁，輕輕嘆了口氣。當膝前的小兒子掙脫開她的手，向坨坡下歡叫著跑去時，她才從深陷的心事中驚醒，想喊住兒子。可一見坨坡下邊的情景，又止住了。

坨下沙地上，一位瘦小的老頭兒不知正追逐著什麼，摘下帽子往地上撲了幾次，呼哧帶喘，上氣不接下氣。

戰鬥。

「鄭爺爺，你在逮啥呢？」小孩子稚嫩的童音在寧靜的沙窪地裡傳蕩。

「蜥蜴，逮蜥蜴！小明明，快來幫爺爺！」老人氣喘吁吁。

「蜥蜴？噢，你說的是蜥蜴呀，好，我來幫你。」七歲的小孩子像個大人似地答應著，投入了戰鬥。

「啥『西一西二』的，那是書本上的叫法，我們叫蜥蜴。快逮呀，小明明！」

一老一少笑著追逐起沙地蜥蜴。

逮蜥蜴幹什麼呢？真是一個古怪的老人！年輕的母親搖了搖頭。來這裡已經四五天了，他除了剛來那天衝她吼叫過幾句以外，到現在還沒向她開過口，像一個陌生人。他竟把她這堂堂的綠沙林場技術員給冷落了，根本不予理睬。她惱火，甚至有些嫉妒自己的小兒子，對他倒遠比對自己親熱得多。

他為何這樣？難道還在因過去的那樁事記恨於她嗎？她的心不由一沉。不，不，那一切都過去了，時光流逝了十年，往日的傷痕都該平復了，生活到處在發展，每個人又有了自己的幾多新愁和新喜，誰還顧得上往日的陳年舊賬？

莫非他猜出了場部交給她的任務？那就更糟了！

她拍了拍身上的土，站起來，走下坨子。強烈的陽光使她瞇縫起眼睛。坨子上的苦艾、沙蒿子、黃柳條依然茂盛，顯示著沙漠地區奇特的不屈的生命力。

她突然問自己：她究竟幹什麼來了？

這裡是遐邇聞名的莽古斯大漠的邊緣地區，地理上稱科爾沁沙地，是全國十二大沙漠沙地之一。當然，早先這裡並不是這個樣子。至今，外邊的人也只知道東北有一個美麗富饒的科爾沁草原，並不知道還有一個科爾沁沙地，更不知曉這沙地就是從那美麗富饒的科爾沁草原退化演變過來的。這是近幾百年貪婪地、無計劃地開墾草地荒原的惡果。大自然懲罰愚蠢的先人的無辜的後代。即使這樣，人們也並不關心沙漠在擴展，沙漠在威脅著人類的生存，全球陸地已有百分之三十七的土地淪爲不能耕種和生存的沙漠地帶。

她鬱鬱地望著那個瘦小的老頭兒，越來越從他身上發現著一種東西，或確切地說感悟著一種說不出來的東西。這有時使她淡忘了那件事。其實，她認識他已多年。自她記事那天起，就知道有一位小個兒叔叔常來他們家，跟她爸一起喝酒。而每次來時，總給她帶來好多沙坨裡的山裡紅、黑桑粒、老爪瓢兒等好吃的東西。

後來她才知道，這位小個兒叔叔是跟她爸爸一起從部隊轉業的，他們倆都是沙坨子這一帶的人，轉業後，爸爸當林場副主任，他卻要求去苦沙坨子開闢一個林業所，一幹就近三十年。幾次想把他調出來，他都不幹。令人不解的是，最近這個古怪的老人突然出現在很少來的場部綠沙鎮，嗡聲嗡氣地向正忙於承包和改革的頭頭們說：「你們派個人去苦沙坨子換換我吧……」人們就像不理解他爲什麼苦沙坨裡幹了三十年一樣，也不理解他爲什麼突然提出離開。後來才傳出，這大概跟他城裡的兒子有關，兒子準備把他接到城裡去住。

場部的頭頭們正爲這突如其來的事弄得措手不及，找不到願意去那個魔鬼都不願待的苦沙坨子林業所的合適人選時，她推開了主任辦公室的門。

「讓我去那裡吧。」

「妳？妳怎麼行？」

「我怎麼不行？有十年沒去那兒了，我想去看看。」她淡淡地但很堅決地說。

過了兩天，她坐著場部派出的小車來到這裡。他們到達時，老鄭頭上坨子不在家，她打發走了送來的車。傍晚老鄭頭回來了，瞇縫著眼睛看看她，又看看她的小兒子，臉色漸漸變了，摩挲起鬍子來。

他二話沒說，套上牛車，冷冷地對她說：

「走吧，我送你們回去。」

「您不歡迎我？」

「這裡不是女人和孩子待的地方。」

她從車上拿下被他放上去的行李，一手牽著兒子的手，說：「我們不走，該走的是你。」

他不說話，久久地望著她和她的小兒子，那眼睛像兩把鋒利的刀子。

「爲啥這樣糟踐自己？」良久，他問了一句。

「不，不是你所說的那樣……」她的聲音微微顫抖，「我只是不願生活在場部那個攪舌的地方，想找個安靜的不打擾我的角落。」她猜想他肯定耳聞了那件事，這種事傳起來比風還要快。

「妳真蠢，蠢透了。」他低聲嘟囔一句，不知是指眼下的事，還是那件事。他很不情願地卸了車，牽走了老黑牛。她輕輕吁了一口氣，暗自微笑了。

她笑得過早了，從此，他再也不理睬她，不跟她說一句話，表現出極大的冷漠。他把自己住的兩間土房讓給她娘兒倆住。自己在坨根下搭了個小馬架子，同時拒絕了她提出的搭伙吃飯的建議。

她的蒼黑多皺的臉，像冰封的黑岩石老緊綳著。

她有時懷疑，自己貿然選擇了這個「避風港」是不是明智。更使她不安的是，臨行前場部主任交給她一個任務：

「我們同意妳的要求，暫時去苦沙坨子林業所待一些日子。但不是去避風，而是調查一下那個苦沙坨子現在還有沒有保留價值。長期派一個人駐紮在那裡，每年又往那兒花很大一筆錢，可那兒怎麼樣呢？三面被大漠包圍著，不出幾年全被吞掉！划不來，把錢撒在那裡，划不來。妳去拿出個有說服力的報告來，我們的意圖妳是明白的，過去就因這個老鄭頭死擰著才沒撤這個點。這回他自己提出申請，就好辦了，寫個報告往縣局備個案就行了。」

她反感主任的安排，感到自己被別人利用了。她清楚地知道，老鄭頭同意的是換人，未必同意撤消這個綠化點。倘若他知曉了她的來意，會當即把她趕走，並立刻去縣局找老戰友、老上司大罵一通，對這一點，場部是無可奈何的。她發現自己處在一個十分尷尬難辦的境地。難怪頭頭們那麼輕易地批准了她的申請。這些小政客們！

「鄭爺爺，又逮住了一隻！給！」小兒子喊。

「好，好好，還是你小嘎子手腳俐落。夠了，小明明，這回夠了。」老人怪樣地呵呵笑著。

「逮這玩意兒幹啥呀？爺爺，你是想鬥蜥蜴玩嗎？」

「玩？哈哈哈，對對，玩，鬥蜥蜴玩。」老人笑出了淚水。

她知道兒子指的玩是什麼。把蜥蜴尾巴掐斷後扔在沙地上，那被掐斷的一截尾巴還有生命，不斷地彎曲扭動，據說還能變成另外一隻蜥蜴，不過誰也沒見過。

老鄭頭把那幾隻蜥蜴裝在一個塑膠袋裡，向窪地上的那頭搖著尾巴不肯吃草的黑犍牛走去。小兒子寸步不離地跟著他。那頭黑犍牛瘦弱得很，雙胯塌陷，脊梁骨起稜，跟那些剛熬過嚴冬和苦春的牲口一樣，胃火很盛，吃不進草料。

老鄭頭親暱地拍打著牛背、牛脖，接著用手掰開了牛嘴，吩咐旁邊的小明明說：「快抓一隻蜥蜴放進牛嘴裡！」

小明明遲疑地望著老人。

「你快點呵！這是給牛治病！」

小明明這才從塑膠袋裡抓出一隻蜥蜴放進了張開的牛嘴裡。那隻蜥蜴看見黑呼呼的洞穴，以爲是藏身的好處所，一甩尾巴鑽進去不見了。

老鄭頭又掰開了牛嘴，明明連續放進了三四隻活蹦亂跳的蜥蜴。

「鄭爺爺，蜥蜴在牛肚裡不亂跑嗎？」小明明上下細細看著牛肚，很不放心。

「亂跑？哈，牛的胃裡可不是軟沙地喲。」老人笑著輕輕撫摸牛的腹部。

「你說能治病？」

「對啦，能治病。」

「治啥病？」

「敗火。」

「敗火？」

「對，敗火。過幾袋菸的功夫，牛就往下泄，明天就能吃草長膘了。孩子，這叫『土法上牛』，呵呵呵……」

「土法上牛，哈哈哈……」

傳出一老一少舒心的笑聲。她也不由得被逗笑了。她知道老人正準備著春夏季造林種草工作，看起來老頭兒近期不想離開這裡了。難道他改變主意了嗎？

老鄭頭牽上牛往房前的井沿走去。她領著兒子，走在他的後面。

這是口沙井，沙坨子裡水位高，井下頂多幾尺深。井沿上有個木槽。老鄭頭打出一桶水倒進木槽裡，吹起飲牛的口哨來。那口哨吹得輕柔而低緩，聽著就好像一灘清水真的從心頭淌過。

他停止了吹口哨，並不看她，這樣說：「我暫時不走了。小龍來信了，他要回來看我，一走幾年，這是他第一次回故鄉來……」

他微揚起頭，遙望著蒼茫的沙坨子上空，眼神有些迷離，似乎想著什麼事。

她怔住了，腦海深處的什麼東西嗡嗡響起來。他要回來了……多少年了，命運又把他們安排在這裡見面，多有意思！

小個兒叔叔這次又給她帶來了好多好多野桑葚，身邊還多了一個小泥猴似的野孩子。她吃野桑葚兩個小嘴唇都染得紫黑紫黑，一邊偷偷觀看著那個坐在爸爸旁邊怯生生地東張西望的野小子。

「讓他念念書吧，苦沙坨子裡要是有個學校就好了，我就不用送他來了。可誰能爲我們一戶人家設個學校呢！」小個兒叔叔酒喝得脖子通紅。

「就住在我們家吧，場部小學不收住宿生。我替你揍揍他。」她爸爸摸了一下那個野小子的頭說。

他們倆就這樣輕輕鬆鬆兩句話，把這個陌生的野小子塞進了她的家，占據了她住的北牆小炕。那裡常年生火，又暖和又舒適。因此她決心不理他。

「我說小鄭，苦沙坨子裡太苦了，把你們兩口子換出來吧。」大人們繼續談著他們的事。

「不用，我們習慣了，再苦也是我落生的土地。這淘小子就交給你了，我還指望著他將來念大書學學治沙的本事，回來好幫幫我哩！」

她瞅見那野小子的手背上好幾條被劃破的血印子，上邊胡亂塗上的細沙土跟血凝在一塊。

「看你多淘多野，我們女孩子就不這樣。」

「一點不疼，都怪那棵野桑樹刺兒太多，爸又爬不上去。我常爬樹掏老鴰窩。」他把手藏在身後，爭辯著說。

她抹了抹變紫的兩個嘴唇，於是，她原諒了他侵占自己的小北炕。

他們一同上學了，後又一同到縣城上了中學，從一對少男少女轉眼間成了一對熱戀的青年。當他們高中畢業時，正趕上全國性的「上山下鄉」熱潮，號召城市的紅衛兵去邊疆、農村、草原扎根。他們倆屬於回鄉知青，跟縣城的一批熱血同學來到綠沙鎮治沙林場，又從場部直插到最艱苦的苦沙坨子。

小龍的媽媽那時已經去世，鄭叔叔作爲老工人，當了他們集體戶的老戶長。還有一個學生戶長，名叫楊彬，也就是後來她的丈夫。他比她高一班，家住在縣城。此人一出現就惹人注目，尤使女孩子們著迷。這不知是因爲他有著高高的身材、白晰的臉龐、鼻梁上還夾著一副很有風度的眼鏡的緣故，還是因為他總願意把公驢說成男生驢、母驢說成女生驢的緣故。

集體戶房子北邊三里遠，有一個面積不小的沙漠湖，其實是個大水泡子，大伙兒叫「公母泡子」。因為湖水一半被一個從北邊伸過來的沙坡隔開，形成湖心沙洲，沙洲的左側湖水碧綠碧綠，長滿水草蒲葦，稱為「母泡子」；右側湖水則發黑，深不見底，不長什麼麼草，岸邊沙灘雪白雪白的，人稱為「公泡子」。集體戶的青年們每天從坨子裡幹活兒回來，都爭先恐後地跑到「公泡子」裡洗澡。

有一次，兩個不會水的女青年腳下一滑，從淺水處滑進了深水處。當女生們嘰嘰喳喳喊救命，但誰也不敢下去救時，只見有人一個「猛子」扎進水底去，沒有一會兒，一手揪著一個女生的頭髮鑽出水面來，大家一看才認出是楊彬。從此，這兩個姑娘你爭我奪地向他獻殷勤，為報答「救命之恩」情願「以身相許」。可他並不理會，卻找個機會對她說：「伊琳，妳什麼時候掉進水裡呢？」

「我！你希望我掉進水裡嗎？」她覺得挺有意思。

「有一點。不過有人會比我先跳進水裡救妳的。」他看了一眼那一直注意這邊的小龍。

「哈，他不會水，只會『狗刨』。」她忍不住笑起來。

「『狗刨』也算是一種水性囉。」他說。突然，他盯住她的眼睛，認真地說：「我教妳學游泳吧，怎麼樣？」

她的心跳了一下，不敢正視那一雙黑黝黝深不見底的眼睛，她害怕自己掉進去爬不出來。

「不，我現在還不想學游泳。」她說，「我這人笨，從來沒有下過水，連狗刨都不會。」

「這樣的徒弟更好教。」他固執地說，「不學游泳，妳會感到遺憾的。一到秋天，我們就下湖割蒲草。」他看一眼正朝這邊走來的小龍，泰然自若地離去了。

有天晚上，他又來找她，說領她去看一件稀罕事。他們一起來到集體戶西邊的那座兩間舊土房跟前。

「妳從窗戶縫往裡瞅瞅。」他說。

「搞的啥名堂？」她想走過去推門進屋，因為她知道這房裡住的是她熟悉的鄭叔叔。

他擋住了她：「妳還是從窗戶縫裡看一眼再說。」

她滿腹疑惑地從窗戶縫裡看了一眼。土坑上擺著一個小炕桌，桌的兩旁面對面坐著鄭叔叔和一位四十歲上下的女人，正在吃飯。她好像在哪兒見過那個女人，一時想不起來。炕下站著小龍，衝著父親氣呼呼地講著什麼。那個女人微低著頭不說話。

「你認識那個女人嗎？」楊彬悄聲問。

「想不起來在哪兒見過。」

「前沙窩子村的，一個地主婆。老頭子去年被村裡造反派批鬥後上吊死了。現在，被咱的老戶長弄到手了。」

她一聽是地主婆嚇了一跳，鄭叔叔怎麼跟一個地主婆攪和到一起了？這在當時是非同小可的事。

「你去告發他嗎？」她回過頭看著楊彬。

「不，我不幹那種事，但這是個大事。」楊彬說完後走了。

第二天她問小龍怎麼回事，小龍支支吾吾，含糊其詞，她生氣了，裂痕也無形中開始了。過了

些日子要割蒲草了，楊彬領她去察看選定割蒲草地點。因爲她是女生組的組長。

那一天，他們倆走了很多路，天又酷熱，弄得渾身都汗漬漬的。中午，楊彬穿著游泳褲跳進水裡，一邊游一邊喊：「妳也下水洗洗吧，我書包裡有一件女游泳衣，我妹妹的，妳穿正合適。」他早有準備。這回她沒拒絕，再說天熱得下火一樣，誰見著這麼個清澈涼爽的湖水不想下去游一下呢？她從他的背包裡翻出一件紅色的游泳衣，躲進旁邊的蒲草裡換了衣服，然後小心翼翼地下到淺水裡洗起來。他們玩得痛快、舒暢，忘了選割蒲草地。

岸邊出現了一個人，是小龍。

「伊琳，妳去換衣服，我跟他有話說。」他衝她冷冷地說，臉色鐵青。

「伊琳，別走。你想幹什麼？」楊彬從水裡站起來，衝他走過去，毫無懼色。

「不想幹什麼。只是想跟你這位中學游泳冠軍、現在的女孩子游泳教練比試比試。」他說得很辛辣。

「比試？比試什麼？」楊彬臉有些紅。

「比試游泳。」

「比試游泳？」完全做打架準備的楊彬摸不著頭腦，復而大笑了，「只會『狗刨兒』，還想跟我比試游泳？哈哈哈……」

「對。對你『狗刨兒』就夠了。要求是，比誰在水裡游的時間長，泡的時間長，姿勢不限，你也可以來『狗刨兒』。」

楊彬考慮了一下，說：「行。」

小龍沒有游泳褲，解下褲帶紮緊了他那肥大的白布褲衩。

她想勸阻，但遇到小龍如火的目光，又止住了。兩個人下水了。這是一場奇特的「決鬥」，一場意志、體魄的對抗性競賽。楊彬游著蛙泳，姿勢優美，爲了省力氣，他又改游仰泳，浮在水面上悠閒地玩著水。

小龍一進水裡就嗆了一口，半天才喘過氣兒。游「狗刨兒」需要四肢不停地撲打水，一點不能偷閒，而且必須手腳一起動，體力消耗很快而厲害。他緊張又急促地划著水。嘴裡噗噗地往外吹水。她替他捏一把汗，萬一他嗆了水沉進湖底，楊彬會救他嗎？楊彬在一旁露出冷笑，看著他使出渾身勁兒划水。

「你這樣，半個小時也挺不住。」楊彬游到小龍的旁邊，嘲笑著說。

「躲開，小心我揍你！」小龍揮了一下拳頭，可身體失去平衡，腦袋沉進水裡，咕嘟一下喝了一口水。

「哈……」楊彬大笑著躲開去。

半個小時過去了，一個小時過去了，小龍並沒有退出戰場。「狗刨兒」也變得自如多了。他學著楊彬也試著來了幾次仰泳，居然能浮在水面上，並不很難，他很快掌握了要領，游起仰泳來。這回省力多了。

兩個小時、三個小時過去了，他們倆還在水裡泡著，誰也不肯退出水來。

「我求求你們，到此爲止吧！快從水裡出來吧！」伊琳一直等在岸上，著急地喊。

誰也不理會她的叫喊。又過了一兩個小時，他們的身體變得麻木，只是機械地划動著水。乍開

始時那種水的清涼舒適感早已消失，代之而起的是一股肉體浸爛在水裡的感覺。小龍儘管學會了仰泳，但笨手笨腳，累得呼哧帶喘，臉色發青；楊彬盼著小龍快點支持不住喊救命，早點結束戰鬥，但對方依然堅持著，毫不動搖。他儘管水性好，但時間耗得太長了，已感到渾身乏力。

夕陽在西廠沙梁上滯留了片刻，儘管留戀不已，還是沉進大漠的懷抱裡不見了。沙漠的氣候很奇特，當白天太陽掛在天上時，酷熱無比像火盆，可一旦太陽落山後氣溫驟降，頓時變得異常寒冷，散狀的沙粒保不住白天吸收的熱量，人們夜裡穿棉襖也發冷。

沙漠很快使湖水的溫度降下來，在城裡長大的楊彬有些吃不住，爲了暖和，他只好加快運動量，可這一加快身體更累乏了。小龍不同，他是在這片沙漠裡滾大的，下降的水溫對他那早已經受過磨練的身體不起作用，他終於占了上風。

楊彬支持不住了，渾身就要散架子了，冷水刺骨，肉體上感到鑽心的疼痛。他偷偷瞟了一眼三十米遠處的小龍，悄悄靠近淺水處，伸直雙腳觸了沙地，站了起來。他大口大口喘著氣，微閉上眼睛。

「狗日的，你腳觸地了！你輸了！」小龍不知什麼時候游過來的，吼叫起來。

「沒有！我沒有觸地，你才站在地上呢！」楊彬雙腳離開沙地，游動著喊。

「你他媽的，還算個人？」小龍呼呼地追過來，一把揪住楊彬的頭髮。

「你小子，想撒野？」楊彬毫不示弱，也伸出手揪住對方。兩個人像爭鬥的公雞在齊腰深的水裡揪打起來。小龍的嘴淌著血，楊彬的眼角青腫了一塊。

「住手，不要打了，你們倆不要打了！」岸上一時打盹的伊琳驚醒過來，嚇壞了，揮動雙手急呼著，見兩個人誰也不聽，她穿著褲子跳進水裡，走到他們倆跟前。

小龍充血的眼睛如刀子般地盯住她，說：「他輸了，他耍賴！伊琳，這都是爲了妳。妳選擇吧，是他，還是我？」

她楞了一下，低下了頭。她沒想到事情會弄到這個地步。當著另一個人宣布自己的選擇，而這兩個人正扭打在一起，她太爲難了。

楊彬望著她，鼓勵說：「伊琳，告訴他，告訴他妳的選擇。這一切該結束了！」

她猶豫著，始終不敢開口。

「妳說呀，快說呀！」小龍怒叫著。

「好，你們住手吧，聽我說。」她終於抬起頭，目光變得堅定。

「小龍，放開他吧。今天你不該來的，你回去吧。你和我只能做個好兄妹，今天我才明白，以前我對你有的只是兄妹的感情，沒有別的。請原諒我。」

小龍如遭了雷擊，木呆了，揪住對方的手無力地垂落下來。他不認識似地看著她，看看楊彬，咬起了下嘴唇，血從牙縫裡滲了出來。突然，他吼了一聲，閃電般地揮出一拳，打倒了楊彬，又一把推倒了她，然後狂笑著：「原諒，哈哈哈……原諒……」

他笑著，哭著，搖晃著離開湖水，向沙坨深處走去。

她坐在水裡，望著他的背影，眼裡流著淚。她知道自己深深傷害了他，對不起他，真想跑過去收回剛才的話，並請求他饒恕。她感到了心的疼痛，這個選擇太使她痛苦了。人爲什麼總要選擇呢？嬰兒時選擇母親的兩個奶子哪個乳水多；少年時選擇書、選擇玩具、選擇衣服；再大了就選擇職業、選擇伴侶……人每時每刻遇到各種選擇，誰知人的一生究竟遇到多少個選擇，而其中又有多少個是選對的呢？

伊琳現在望著兒子，望著老人，望著荒涼的沙漠，心裡說：時間做出了結論。我當初付出那麼痛苦代價，做出人生最重要選擇——對配偶的選擇，現在證明是完全錯了。而且，錯得找不到錯的原因，搞不清誰是誰非，誰負什麼責任，從哪裡起因，到哪裡結果。

荒唐的人生喲！

三、蒼鷹

那隻盤旋已久的鷹又來了一個漂亮的俯衝。

一隻兔子沒命地躥逃進這片沙漠窪地。由於驚慌，牠顧不上這裡有著比鷹更可怕的兩條腿的人。鷹凶猛地追擊著，目標愈來愈近。兔子倉惶中幾次故伎重演，進行「兔子蹬鷹」，可是鷹已經熟悉了對手的這唯一本事，覺得沒什麼了不起，輕輕一閃就避過了對方的反蹬。兔子無謂地消耗了體力。浪費了時間，也暴露了弱點，幾次重重地摔落在沙地上。

當兔子最後一次反蹬落地的一剎那，鷹一聲*哨閃電般地一擊，伸開的兩隻鐵爪子穩穩地抓住了兔子的腹部，尖利的爪子掐進兔子的皮肉裡，接著往上回衝，恰如一支離弦的箭射向晴空。兔子被提拎在半空中，一離開土地，牠更失去了所有的反抗能力，只是四肢胡亂掙扎著，很快就鬆軟了，鷹已叼開了牠的心臟動脈，吸起牠的血。

「好傢伙！多漂亮的一隻蒼鷹！」老鄭頭目睹這突如其來的精彩場面，不斷地咂著舌，讚嘆著，追視著那隻鷹的影子。他興奮極了。

「蒼鷹？」

「對，這是一隻蒼鷹。一隻訓練有素的蒼鷹。」

她看得心驚肉跳，一隻老鷹當著人的面活活抓走了一隻兔子，血淋淋的，這是一個多野蠻的世界！

「鳥類鷹科裡有好多種鷹，有生性凶猛的老鷹，也就是常說的禿鷲；有慓悍善鬥的隼；還有抓小雞的鷂鷹，捕捉小鳥的雀鷹，岩鷹，也包括只會捕鼠的貓頭鷹……這裡邊，只有蒼鷹才善於這樣漂亮的俯衝，而且只有經過獵人訓練的蒼鷹，才會避過狡兔的反蹬，穩穩抓獲目標。啊，這是一隻多麼漂亮勇猛的獵鷹啊！」

「這麼說，這是一隻經人調馴過的獵鷹囉？」伊琳也產生了極大的興趣。

「沒錯。」老鄭頭肯定地說，「只有蒼鷹才能馴化，能跟人類和睦相處，建立感情，變成一隻獵鷹。這隻鳥，通人性哩。」

「唔，一隻通人性的鷹，真有意思。那牠這會兒怎麼離開了獵人單獨飛行？」她提出了問題。

「我捉摸著，大概主人對牠不好，喚醒了牠重歸藍天的野性。」老鄭頭說著，牽上牛走了，不時回過頭望一眼那隻蒼鷹消失的方向。「牠還會回來的。」他說。

伊琳思索著。復歸的野性。牠還能復歸，沒有忘了自由的藍天。她呢？她的藍天在哪裡？

二

一座有樹蔭的沙丘上，坐著一位年輕的母親，她給膝前的小兒子講述故事：

……從前，有一個獵人，托著獵鷹去打獵，走了一天又累又渴，就在一座高陡的懸崖下歇息。他發現崖上往下滴落著泉水，立刻掏出木碗接水。好半天才接滿一碗，正要端起來喝，突然他的獵鷹飛起來，用翅膀一下子打翻了他的水碗。獵人很生氣，一邊罵著一邊又接水。獵鷹又打翻了他的木碗，這樣反覆了三次。獵人大怒了，罵著：

「我要渴死了，你這畜牲卻不讓我喝到水，我還養你這昏了頭的東西幹啥！」

他抓住獵鷹一把摔死了。當他又拿起木碗去接水，抬頭仔細看了一眼上邊的泉眼，這才發現原來那不是泉眼，而是一條大蟒盤在崖頂上瞌睡，那水是從牠嘴裡流出來的唾液。

他這才恍然醒悟，抱起心愛的獵鷹痛悔不已，但已經晚了。

蒼鷹從高空中終於發現了一個理想的進餐地方。

一座坨坡下的平窪地，長著黑綠的灌木叢和灰白色的苦艾草。牠緩緩下降，落到地面上。兔子已經死去，蒼鷹的彎曲鉤形的鐵嘴叼開兔子的胸窩，貪婪地吮吸著那一腔熱血，吃著鮮嫩的肉，牠發出一陣陣歡快的唿哨，痛快淋漓地吃著血肉，又不時地抬起那雙黃燦燦的銳眼，警惕地掃視著周圍寂寥的曠坨莽野。

牠吃飽了，把鉤嘴往地上蹭了幾下，然後挺著胸舒暢地拍打了兩下翅膀，宣告自己的這頓美餐結束。

牠的雙爪重新抓起剩下的兔肉，拍翅飛上天空。該找一個安全僻靜的棲息住處了。這裡不是山區，沒有高高峰巔上的岩洞，沒有密林深處的巢穴。沙坡上有一棵枝葉繁茂的老柳樹，這一帶算是最高的處所了，牠只好將就，先住在這棵樹上委屈一下了。

牠選擇了容易起飛、又較爲隱蔽的高枝。牠把兔子搭掛在一旁，血滴落在下邊的草叢和沙地上。鷹的雙爪抓牢粗枝，牠開始打盹。幾天來這是頭一次撐飽了肚子後進入酣睡。

牠留在了這片荒漠莽坨。牠很滿足自己終於遠離了兩條腿的人活動的地區，找到了這樣一個安全而有肉吃的地方。

可是牠的好景沒有持續幾天。

數日後的一個漆黑的夜晚，離牠棲住的那棵樹不遠處，突然閃爍起了一團可怕的耀眼的東西。這是一團紅紅的、跳躍閃動的、令牠心驚肉跳的光芒，過去跟人相處時見識過。這團光芒具有灼燙任何東西的不可思議的神奇功能。牠知道人類離不開它，它叫火。

每當這團火光燃燒起來，蒼鷹就不安地躁動起來，變得極爲緊張，兩隻眼睛死死地盯住火光，連眨都不眨一下。牠恐怕那團怪東西飛過來傷害牠。

那團火一燃燒起來就持續一整夜，直等到東方發白才漸漸熄去。牠整夜整夜地盯視火光，牠的肌肉、翅膀、全身神經始終處在極度亢奮的預備戰鬥的狀況中。

這樣熬過了三個夜晚。蒼鷹夜夜得不到安寧，弄得疲憊不堪。可是牠又不肯起飛離去。那團跳動的火焰，似乎具有一種不可抗拒的誘惑力。

牠夜夜驚懼而興奮地注視那火光。牠似乎預感到要發生什麼事。

她被一陣什麼響動驚醒了。響動來自土炕下邊的地角。是鬧耗子，她抓起放在炕頭上的一隻鞋

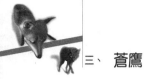

擲過去，傳出「吱」的一聲叫。響動沒有了，又恢復了一片寂靜。

她卻睡不著了。一看表，才凌晨三點，微白的曙色投在窗戶上，猶如掛了一層白霜。這時，從屋外傳出一聲壓抑的咳嗽聲，還有那頭老黑牛懶散地走沙地的聲音。

她推了推酣睡的小兒子明明。兒子一咕嚕爬起來，揉著眼睛問：「鄭爺爺走了嗎？」

她噓了一聲，指著窗外，悄聲說：「剛套車。來得及，咱先吃點東西。」

這幾天，老鄭頭每天起大早套車進北圪子深處，深更半夜才回來。她知道這個古怪倔強的老人又在幹著什麼。幾次想問，可一遇到他那雙冰冷的目光，不相信她這空有其名的技術員的臉色，她又膽怯了。

小兒子吵鬧著跟鄭爺爺進圪子去玩。她無奈，只好領著兒子悄悄跟蹤，因爲她也有一種強烈的好奇心。老頭兒在北圪子深處究竟搞什麼名堂呢？

一條長滿艾可草的彎曲小道向北圪子伸去。小兒子光著腳在這幽靜的灑滿露水的小路上跑著玩著，像一隻歡快的小鹿。清晨的沙圪有一種清爽寧靜的美，她摘了一把鴿子花，不時叫喚著兒子，慢慢向前走去。

小徑從「公母湖」的旁邊通過。湖水少多了，有些地方乾了底，裸露著白沙灘，一晃十年，她心裡隱隱有些酸楚。就收回目光，沿著那條清晰的車轍印繼續向前走去。

大約走出五里外，小道終止了，他們的眼前展現出一個叫人難以相信的小天地。兩座相連的大圪子和中間的一片窪地上，錯落有致地種植了各種植物，鬱鬱蔥蔥。窪地上長滿黃柳，沙圪的迎風坡上種出固沙的胡枝子、錦雞葉等灌木叢，圪頂上則種滿了黑沙蒿子。

更使她驚奇的是，在胡枝子等灌木叢中間栽活了十幾棵樟子松幼苗，綠油油的，長勢很好。顯然，這片小天地是經人有計劃地精心栽培起來的綠化實驗地。它跟周圍植物稀疏的禿沙丘形成了鮮明對照。這真是個奇蹟！

窪地上有一口沙井，老黑牛被套在井架上，轉圈拉動抽水管裡的鐵鏈子，清澈的水沽沽地流進窪地植物叢中。不見老鄭頭的身影，向陽坡上立著一個小馬架子，從頂上裊裊升騰著一縷晨煙。

伊琳望著眼前的景象，心裡想：這是老鄭頭創造的奇蹟嗎？爲什麼在場部沒人提起過？還是自己多年荒疏了業務沒有傳到她的耳朵？她懷著疑惑走進那座小馬架。

裡邊沒有老鄭頭。地上的小土灶裡燃著幾塊乾樹根，上邊坐著一口小鍋，裡邊大概燉著什麼野味，散發出誘人的肉香。

她坐在門口的粗樹墩上，等候老鄭頭的出現。結果半天不見人影。她站起來，心裡突然萌動起一個念頭：何不趁這次機會調查一下老人的成果？反正待著沒事，場部也有過話，到時候也有個交代。於是拿出筆記本，查看起這片實驗地的植物生長情況，種植特點，以及面積、土質、水位等等一連串問題。

她發現，主人的確諳熟沙漠和沙漠植物，他在迎風坡下半部先成帶種植了黃柳，帶的走向與主風方向垂直，帶的寬度爲二行或四行。行間距離三四釐米。在沙丘較緩處選用雙行帶，在沙丘起伏較大處選用四行帶，沙丘坡度越大，帶間距離越小。黃柳生於流沙地，枝條密而柔韌，防風固沙力很強，被沙壓埋後能生出很多不定根，當年可長出二米多高的新枝條。在沙坨的半坡以上種了胡枝子，覆蓋住了原先赤露的沙質土。

胡枝子分枝多，萌發力強，根多呈網狀，很發達，耐沙地的貧瘠和乾旱。由於枝葉繁茂，對地面的覆蓋度大，僅五十平方米的面積上就有近七百多個枝條，每年的枯枝落葉可達七十斤，具有改良土壤的作用。所以，主人很內行地在胡枝子中間栽活了樟子松。而選種樟子松也是高明的主意。這種樹耐寒性強，能耐零下四十度至五十度的低溫，對土壤要求也不苛，正適於沙質土地的貧瘠。

伊琳驚嘆著老人精心培植的成果，慢慢走上坡頂。她這時才注意到，沙坨的西側有一棵粗壯高大的老柳樹。她有點熱了，領著兒子，向那棵老樹的濃蔭走去。

不曾想，她的腳步驚飛了樹上的一隻禽鳥。從她頭頂上黑呼呼閃過一條影子，她抬頭一看，是一隻凶猛的鷹。她一眼便認出就是那隻抓野兔的蒼鷹。原來牠棲住在這棵老樹上。

「妳這冒失鬼，跑這兒來幹啥？」樹蔭下的草叢裡有人責怪著說。她嚇了一跳。是老鄭頭，原來他趴在草叢裡，正用十分惋惜的目光追望著那隻遠去的蒼鷹。

「鄭叔叔！」她高興了，不顧老人的冷淡走過去。老鄭頭沒有辦法，嘆一口氣，掏出菸袋鍋叭噠起來。

「鄭叔叔，你在這兒幹什麼呢？」

「我想逮住牠。」老人半天才說出這麼一句。

「逮住牠？你想逮那隻鷹？」她瞪大了眼珠。

「是。我要逮給我的兒子。我一直欠著他一隻獵鷹，他從小愛玩。這次他回來，送給他這麼一個禮物，他肯定會高興壞呢。帶著牠去打獵抓兔，轉坨子散散心，城市再好哪有這樣美事！」不知怎麼老人的話多起來，頭一次跟她無拘束地攀談起來。

「這禮物真不賴，你能逮住牠嗎？」

「今晚我就逮牠。妳還吃奶的時候，我就是這一帶的捕鷹能手嘍。」

「那好，今晚我就陪著你，看你怎麼降鷹。」

老鄭頭沒有表示反對，吐出的煙霧在他眼前飄浮著。

「鄭叔叔，這片綠化實驗地都是你一個人幹的嗎？」

「還有誰能幫我？妳老爹當政時，老想著把我弄出去，還能加人？以後妳老爹的接班人更邪乎了，成天算計著連根拔了這個點！」

「對你的成果應該加以總結，推廣宣傳，這對整個治沙事業是個貢獻！」

「貢獻？哼，前年有人來總結過。一個什麼研究所的研究生，來這裡待了一個月，寫了厚厚一疊文章。聽說，他憑那個獲了一個啥『博士』頭銜。」老人吸一口菸，目光注視遠處的綿綿沙漠，「他走以前，也給場部的頭兒們留下了一份報告。」

「什麼報告？」

「撤消苦沙坨子林業所的建議書。他說，苦沙坨子三面臨沙，不出十年全被周圍的大漠吞掉，沒必要長期設所浪費資力。儘管老鄭頭搞出的經驗是成功的，值得讚揚，但這只是杯水車薪，無濟於事。林場應把防線東移、在綠沙鎮一帶的坨子上堵大漠的東進。」

「哦，這位『博士』真壞，靠你的成果當了『博士』，回過頭還反咬一口，難怪場部頭兒們對苦沙坨子一點不感興趣！」伊琳忿然。

老人默不作聲地抽著菸，沒有任何表情。他已經習慣了。

「我明白了，鄭叔叔，我明白你爲什麼去找你的兒子，又讓他回家來看看！你是爲了保住苦沙坨子這個點！」伊琳突然說道。

「有這個意思。小龍在省林業廳工作，說話占分量。要是他來這裡調查總結，結論決不會跟那個『博士』一樣的。再說，這些年，場部一直忙著在綠沙鎭裡搞建設，蓋住房，辦這辦那，捨不得往苦沙坨子撥經費。讓上邊也知道知道他們往下撥的錢都是怎麼用掉的。」

當然，伊琳知道這些。綠沙林場雖然造林治沙方面成績不大，但場部所在地綠沙鎭卻迅速發展起來了。儘管每頓飯菜裡落進不少從大漠裡刮來的沙粒，但這裡正出現著一個新興小鎭。國家是慷慨的，年年撥著一筆數目可觀的經費給林場治沙造林。可這些錢鬼曉得用到哪兒去了。

「鄭叔叔，要是你兒子也得出跟那位『博士』一樣的結論怎麼辦？」她笑著問。

「我就踢他屁股，不認他是我的兒子！」

伊琳心裡想他會做得出來的。

「有時我真不理解。其實從第一次見到你那天起就不理解。鄭叔叔，你爲什麼這麼喜歡待在這兒?待了三十年還不夠嗎?爲什麼現在不順水推舟離開這裡?」

「沒那麼多爲什麼。」他舉起菸袋指了指西邊的一片黃澄澄的流沙丘，「看見那片流沙丘沒有?人們叫它鬼沙。它的下邊就是我出生的土地，我十五歲時被一場沙暴埋了，連我的家、我的父母。全村幾十戶人家活下來的只有幾個人。那是一場多可怕的沙暴喲！」老人的眼裡流露出某種對大自然神秘的破壞力的畏懼。

沉默片刻，他忽然提高了聲音說：「從那次開始，我就恨上沙漠了。有時真想從它黃澄澄的胸膛裡挖出我的故鄉、我的家園、我的父母和親人！」

她默然。似乎對老人有所了解。

她驀然想，他說的那個「親人」裡還包括她嗎？那個「地主婆」。他們的事當時引起過多大的風波呵！聽說她當時也被埋在沙漠裡。

沙漠是個冷酷無情的世界。它漫漫流動的黃沙能扼殺所有人間溫情。把生活在這裡的一切生靈鑄造成一個黑岩石般冰冷的缺乏感情色彩的奇特的高低級動物。可當時他和她之間，違背沙漠的習性，孕育了一場多麼熾烈赤誠的情感！

老狗「四眼」懶得很，不願跟著主人爬上這座又陡又高的沙坡頂上。

他牽著馬順斜坡走上坨頂，摘下帽子扇著風。周圍的海浪般起伏的沙丘上，蒸騰著一股股熱氣，陽光熾熱得猶如下著火。他巡視起周圍這片被他管轄的「領地」，活似一位君主。坨下那老狗「四眼」衝主人討好地搖尾巴。是啊，狗的眼裡主人就是皇帝。牠正忠誠地執行著自己的另一職責，守護著一個「俘虜」——一位四十歲上下的黑臉女人和兩頭毛驢，同時懶洋洋不感興趣地盯視著離牠不遠嬉戲的一隻蜥蜴。當那隻蜥蜴有些麻痹地挨近牠的時候。沒想到「四眼」那麼迅疾地一撲，準確無誤地一口叼住那隻可憐的疏忽大意的小動物。

他哈哈笑起來。他養的狗也跟主人一樣，進攻目標從不露聲色，給對手造成一個從天而降的感覺。

苦沙坨子林業所管理著方圓四十里的沙坨地帶。他每天騎著那匹從場部撥下來的老白馬，領著老狗「四眼」，轉坨子巡邏，以防附近農民進坨子砍樹、割麻黃、挖草藥、破壞植被。這兩年鬧「文革」，村村造反，鄉鄉冒煙，農民們不正經種地了，手頭一緊巴就偷偷跑進坨子裡做些攢錢的活路。他有些看不過來，顧此失彼，於是採取了較嚴的制裁手段。輕則沒收口袋、鐮刀等工具，重則扣留牲口，罰款，毫不講情面。農民們又恨又怕他，給他起了綽號叫：「鐵公雞」。

最近，他又想出了一個更高明的主意，並報請場部和縣林業局批准下來：凡是進坨子破壞樹木和沙坨植被的人，統統罰他們留在坨子裡種五天樹和草。

「喂！『鐵公雞』！該殺該罰痛快點，別把人曬在這兒，你在上邊倒涼快！」那個黑臉女人從坨下嚷了起來。

見過多少個被抓住的農民，數這個黑臉女人最特別。剛才在黑樹坨子的一個坡根下，他突然出現在正把一堆麻黃往口袋裡裝的她和同伴面前時，她的同伴嚇得一再求饒，訴苦，她卻無動於衷，黑臉上沒有任何表情，顯得無所謂，站在一邊一句話不說，顯出聽之任之的漠然態度。

「喂，說妳哪，哪個村的？」他下了馬衝她說。

「前邊沙窩村的，離這兒二十多里路吶！」那位少婦戰戰競競地搶先回答。

「叫啥名字？」

「我叫桂珍，她叫——」

「讓她自己說！」黑臉女人的神態激怒了他，他嚴厲地說。

「怎麼，這跟名字有啥關係？你罰就是了，還磨蹭啥？讓我脫褲子嗎？老娘不在乎。」黑臉女人仰起臉回答他。

好辣的女人。她爲何什麼都無所謂呢？

「別放肆！不說姓名也沒關係，按規定，妳們倆隨我去林業所，栽五天樹。」

「這哪兒成？我家裡還有好多事……」那少婦急得快哭了。

「這沒辦法，這是上頭的規定。妳家裡有事，先回去告個信兒，安排一下，但把毛驢留在這兒。妳自己來不了，家裡人替妳幹也行。喂，妳就別回去了，讓她給妳捎信吧。」

就這樣，他二話沒說，牽上了她們倆的兩頭驢。那個少婦期期艾艾哭求半天毫無用處，只好回村告信兒去了。而這個不肯說姓名的黑臉女人，不求饒也不叫罵，漠然地跟著他來了。

「跟上！走近點，妳別想溜！」他回頭喊一聲。

「你可別靠近我，我是個地主婆！」那個女人從後邊突然這麼說了一句。

他楞住了。

「地主婆？」

「你可別『沾惹』我呵！」她嘲諷地笑一笑。

第二天，那回村的少婦桂珍來了，丈夫本想替她來幹，可隊裡學大寨搞運動不給假，爲贖回被扣留的毛驢，她只好自己前來受罰。他把她倆跟另外幾個被抓住的婦女、兒童一起安置在一座空房子裡，白天領他們到北邊老柳樹坨子種樹種草。

他從桂珍嘴裡知道了那個女人沒胡說，確實是個地主婆，名叫月英。她丈夫比她大二十歲，這些日子天天被造反派批鬥，弄得渾身帶傷，又犯了老胃病。她對他沒什麼感情，但又看著他疼得打滾怪可憐，想抓點藥給他吃又沒錢，只好來闖坨子，卻被抓住了。

「一個地主婆還這麼橫？」他問。

「她本人是貧農成分。造反派有時也帶她去陪鬥，可她不服。按下她的頭，她又抬起來嚷：『我是貧農！不是地主，我是貧農！』造反派可不管那麼多，罵她是背叛了貧農階級的地主婆！」

他立刻把她叫來，拿出五塊錢給她說：「拿去吧，給妳的那個老地主治治病。都是娘養的人，有病就得治！」

她默默地接過錢，又說：「我恨死他了。在我十七歲時，他用二斗米換我來當了塡房，第二年就土改了。這二十年我跟他受夠了罪，倒楣透了，不像個人……」她突然抽泣起來，哭得很傷心，肩膀一抽一抽的。

他一時慌了手腳。自從老伴去世後，他還沒有這樣接近過女人。他東一句西一句地哄勸著，讓桂珍領著她回村去了。

過了半個月，月英又進圪子來被抓住了。她告訴他，老地主受不了折磨上吊死了，可造反派們仍不放過她，劃進「黑五類」裡改造。她進圪子的目的是，寧願被「鐵公雞」逮住留在林業所裡種樹，也不願待在村裡挨批鬥。

他收留了她，夠日子放回去，沒兩天又來，再收留些日子。她一來林業所，變了另外一個人似的，除了栽樹種植外，給他做飯洗衣服，裡裡外外收拾得乾乾淨淨，倒像個回了自己家來的家庭主婦。

有一天夜晚，他終於鑽進了她住的那個小馬架子。她抱住他粗硬的頭，吻著他散發出汗臭味、沙土味、艾草味的鬍子拉渣的臉，喃喃說：「你這『鐵公雞』，還曉得人間的七情六欲……」

俗話說：鑽出雲的日頭毒熱，晚年好的女人貼心。他像一條孤狼，孤獨地轉了二三十年坨子，尤其老伴去世後，幾乎忘卻了人間的溫存和親熱。他被這冷酷的、茫茫無際的黃沙改造成一個跟世人不太一樣的、甚至不近情理的另一種人。他習慣了沙漠裡的單調枯燥、年復一年的平淡生活，對外界的熱鬧也早已厭倦，性格愈加趨於內向、孤僻、冷漠和倔強。他除了迷上沙坨裡種樹種草的活兒以外，對其他什麼都不感興趣，似乎把身上的所有其他欲望都扼殺或壓進了他那冰封的心的深底。現在，他心中的嚴封的冰層，被這突然闖進來的「地主婆」衝開了，放出了那禁閉已久的溶溶春水，濁濁狂瀾。他變了。

那個女人也復活了。多年跟老地主一起生活，沒有愛撫，沒有生活的樂趣，今天她突然覺得又回到了那無憂無慮充滿歡樂的少女歲月，找回來了被埋掉的青春。她渾身變得輕飄飄的，嘴裡老哼著歌兒，白天在北邊老柳樹坨子上幹活兒，夜晚依偎在老鄭頭的胸前做夢，忘掉了村裡的事情，忘掉了世上的煩惱，忘掉了坎坷艱辛的過去和等待她的未來。

他和她，就如沙坨裡偶然相遇的一隻公狼和一隻母狼，狂放而又凶狠地糾纏在一起。如果不是因爲那次的可怕宣判，如果不是苦沙坨子外邊還有一個複雜的人間，他們的夢本可以做得長久些，他們也不會因此而各自失去對方。

不久，苦沙坨子裡熱鬧起來了。老鄭頭的兒子小龍中學畢業回來了，同時來了一批熱血知青。他們在沙坡上用白灰寫出了一條如房大的標語：「扎根沙坨，放眼世界」。老鄭頭被聘爲進行再教育的「老戶長」，給他們「憶苦思甜」，領他們轉坨子辨認沙柳和榆樹條子，介紹這一帶沙坨的變遷。

不過，他不習慣知青們風風火火、熱熱鬧鬧的時代風格，他的生活節奏被破壞了，同時，也不能再像過去那樣「扣留」月英了。幸虧，熱血有冷卻的時候，兩年後，喊著「扎根」來的知青們開始「拔根」了。他們已不熱心於改造沙漠，而致力於打通上下關節，尋求回城招工上學的路子。

這期間，他跟月英的事，在人們中間悄悄傳開了。有一次，從各村抽民工到苦沙坨林業所搞大面積植樹造林會戰，月英也被派來了。自然，一有機會她就扎到老鄭頭的土房裡。

有一天夜晚，幾個帶紅袖標的民兵闖進老鄭頭的屋子，從被窩裡揪走了月英。場部也來人調查處理他的事，讓他承認錯誤、認真檢查。

他脖子一挺，硬倔倔地說：「檢查？我犯了哪項天條？我明天就跟她辦登記結婚！一個老光棍，一個沒有男人的寡婦，我們的事礙著誰了？影響了生產發展還是阻礙了衛星上天？你們說說！你們管天管地，還管男人跟女人睡覺？我明天就辦手續，她明天就是我老婆！」

第二天，他果然到場部吵鬧著開了一張結婚介紹信，然後到沙窩子村找月英；找村幹部。村裡當權者把他頂回去了。農村生產隊可不像國營單位那麼開通，回答得很乾脆：「這個地主婆還沒改造好，不准她嫁人。」

他申辯說，月英本人是貧農，村幹部卻說她背叛了貧農，要回到革命路線上來務必有個脫胎換骨的過程。他氣得差點背過氣去。月英勸他再等一等，過一陣子再說。

過了一年，果然，村裡造反派們忙著打派仗，對月英的管制鬆了。她藉口到外縣串親戚，就來到老鄭頭這裡住下來，像一對老夫老妻過起日子。

這時，知青們幾乎走光了，林業所只剩下小龍一個青年。伊琳和楊彬雙雙當上了「工農兵」大學生，這對小龍刺激很大。他對他爹說：「爹，我咽不下這口氣，我也要上大學跟他們爭高低！」

老鄭頭何嘗不希望兒子上大學，他早就盼著兒子上大學專門學治理沙漠的本事，回來後好跟他一起幹。可是不知怎麼搞的，兒子塡了幾回表，都被上邊刷下來了。

有一天，小龍去場部待了幾天回來，滿嘴酒氣，醉熏熏的，正趕上月英在屋裡，忙給他沏茶醒酒。

小龍用發紅的眼睛狠狠瞪她一眼，轉身向父親強硬地說：「爹，你讓她先出去，我有話跟你說。」

老鄭頭怔了一下，默默地看著兒子。月英看一眼父子倆，悄悄退出了屋子。

「上哪兒灌了一肚子黃水，這麼放肆！」老鄭頭壓著火氣說。

「爹，你說吧，你是要她還是要我？」

「胡說啥？我的事不用你管！」

「本來我不想管的，可你知道我幾次塡表爲什麼被刷下來了嗎？」小龍趁著酒力只顧說下去，「招工招生辦的人告訴我了，原因就是這個地主婆！因爲你已開了介紹信要跟這地主婆結婚，混了階級陣線，所以我的條件就不符合工農兵學員的招生標準。」

老鄭頭猶如頭上挨了一悶棍。他沒想到兒子會說出這番話，也萬沒料到兒子被刷的原因，竟然是他跟月英的事。他無話了，心裡好一陣刺痛。事情怎麼會是這個樣子呢？爲什麼非這樣不可呢？他想不通。

「爹，還認我是你兒子的話，就聽我一句：離開她吧！」小龍說著走上來「噗通」一聲跪在他

的前邊，乞求起來，「爹，爲了兒子離開她吧，求求你！場部又來了兩個名額，省林學院的指標，只要我的社會關係清白了，符合條件了，場部和招生辦就答應讓我走！爹，爲兒子的一生前程想想吧，你不是老說讓我去學習、回來跟你一起幹嗎？不要毀了我的前程呵，爹，快離開她，我是你的親兒子呀！」

小龍一把淚一把鼻涕地央求，抱住他爹的雙膝不放。

老鄭頭說不出一句話來！猶如被雷擊中的樹，木呆呆的。他面臨著一個多麼嚴峻的選擇！一邊是兒子，一邊是晚年的幸福，他該怎麼辦？上天爲何安排這樣一種可怕的選擇，把他一顆老年的心攪得支離破碎?!

他沉吟良久，低聲對兒子說：「孩子，你先起來，讓爹想想……」

他猶豫著，兩隻手抖抖嗦嗦地掏出菸袋鍋。

這時，門被推開了。月英走進來，臉色如一張白紙那樣蒼白。

「不要逼你老爹了。」她衝小龍開口，語氣冷靜得出奇，「我同意你的要求，離開你爹……但我有個要求。」

小龍感到有希望，緊張地望著這個突然顯得很威嚴的女人。

「我的要求很簡單，希望你說話算數，讀完大學一定要回這裡陪你的老爹，不要讓他到老了還孤單一人！」

「我當然回來，這不用妳操心。」小龍十分自信地回答。

「好，這我就放心了。你可真要做到呵！」她走到老鄭頭跟前，垂下了頭，輕輕說：「只能這樣，別難過。你應該要兒子，這是對的，我不該拆散你們親骨肉。我誰也不怨，只怨我的命。我走了，你自己多保重……」

兩行淚水順她黑瘦的臉淌著。

她一轉過身，迅速走出屋去。

「月英！」老鄭頭失聲喊起來，想從後邊追出去。

「爹，你讓她走吧！」小龍抱住他的腰，不讓他出屋。

他一聲仰天長嘆。

就此釀下一生飲不盡的苦酒，烙下了時時流血的傷痕。過了多少年，他時時自問自責：當時爲什麼順從了兒子沒有衝過去？倘若，他掙脫開兒子衝過去了，他和她的結局不會是後來那個樣子的呀！

那天晚上月英沒有回村去。後半夜，沙坨裡刮起了大風沙，她迷路後累倒在一座沙坨下邊，被流沙活埋了。幾天後，風又把她的屍體刮了出來。當然這事有些蹊蹺，本來她可以在起風前趕回村的，可她沒這麼做，似乎有意在沙坨裡走了一夜的路。她做人太剛強了。

「是我害了她，是我害了她……」他抱著她僵硬的屍體哭訴。他把她埋葬在苦沙坨裡，墳前燒掉了那張結婚介紹信。

三年後，小龍大學畢業了。臨畢業時來了一封信說：「因參加全國統一分配，不能回苦沙坨了，請爹諒解。」簡簡單單、輕輕鬆鬆幾句話收回了諾言，像當初立下諾言一樣輕鬆而簡單。老鄭頭後來去過兒子那兒一回，小龍留在省林業廳，工作得心應手，頗受器重，他也覺得比在苦沙坨子裡有前途多了。於是他什麼也沒有說，又默默地回到沙漠裡來了。只是偶爾感到惆悵，心頭襲上來某種被生活捉弄了的感覺。

就這樣，生活中他既失去了她，又失去了兒子，到頭來還是一個人孤孤伶伶地留在沙坨裡，也幾乎被外界忘記了。平時他總是面對莽莽蒼蒼的漠野，嘴裡嘀咕著什麼，可誰也猜不透究竟嘀咕著什麼。

她躺在土坑上，眼睜睜地等著天亮。她實在睡不著覺。兒子白天玩累了。睡得很熟。她望著偏西的月光，輕輕嘆口氣。

「不管怎麼樣，人還得活下去。人是很怪的，臨到頭上什麼樣的苦都能忍受，關鍵是心中有個支撐點，有個目標。」她記起了白天老頭兒說的這句話。是呵，有個支撐點，有個目標。她正因爲缺少這個，才失去了平衡，失去了方向，感到生活欺騙了她。其實不是欺騙，而是啓蒙，真正的永生難忘的啓蒙。白天望著老人飽經風霜的臉，她突然感到對不起他。他現在的境遇和孤獨，某種程度上不是跟她有關嗎？倘若當初不是她傷害了他的兒子，小龍會那樣執意離開他去上大學，並逼著父親離開那女人嗎？

她對老人是有責任的。可誰對她有責任呢？

他失敗了，像一隻鬥敗的山羊。他奔走活動，疏通各個環節，結果還是分回原來的綠沙林場。這次分配的原則是從哪兒來回哪兒去。他垂頭喪氣，罵天罵地，罵自己不走運，罵自己家不在省城無法留城。

離開大學前兩天，他們辦理了結婚手續。時間不能再拖了，再過個半個月二十天，她肚子該顯了。她倒暗暗喜歡這個趁他們盲目、無知、衝動之機搶先來報到的孩子。

「你在想什麼？」楊彬看著安詳地躺在大學宿舍雙層鋪上的新婚妻子問。

「我想著回綠沙鎮後爭取當個賢妻良母。」她深情地注視著丈夫，又望著貼有大紅喜字的玻璃窗以及撒滿彩紙屑的屋子，「再見了，母校！再見了，我當姑娘的年代！」

「賢妻良母？」楊彬輕輕吻著她的眼睛，低柔地說，「我寧願妳做我的賢內助。」

「不是一樣麼？」她仰起臉望著丈夫明顯憔悴的臉，「你在想什麼？彬。」

「我在想，我一定要打回來，哦，我們一定要打回來！」他幾乎咬著牙說。

「打回這座大學？」

「不，打回這座城市，打回這座城市的某研究所、某大學、某科研室。」

「哦，你還不死心。好吧，隨你，你打到哪兒，我隨到哪兒。嫁雞隨雞，嫁狗隨狗嘛，咯咯咯……」

她爲自己的雄心勃勃、毫不洩氣的丈夫感到驕傲，慶幸自己找到了一株終生能夠依靠的大樹。

綠沙林場對他們倆——送去學習後歸來的工農兵學員的歡迎是熱烈的。再說當時伊琳的老爸還在世，當林場的老主任。

他們各自按立下的誓言行動了。她的確成爲一個出色的賢妻良母，照顧兒子，照顧丈夫，爲她的溫暖的小窩像一隻銜泥的燕子從早到晚操勞著，忙活著，出色得幾乎忘掉了自己所學的專業，甚至忘掉了自己還是林場的一名技術員。他呢，也的確爲自己的目標含辛茹苦地奮鬥著。從來林場頭一天開始，他就在業務上埋頭鑽研，爲以後的外遷，把汗水和心血毫不吝惜地灑在這片沙坨上。他幾乎忘記了自己還是個妻子的丈夫，兒子的爸爸，在能幹又體貼的妻子的操持下，幾乎是飯來張口，衣來伸手，從來沒有爲柴米油鹽操過心。

他們倆就如自行車的兩個輪子，一個在前邊，一個在後邊，各自在自己的位置上不停地滾動著。一上班，丈夫忙業務搞研究，到野外做調查或帶工人奔波在綠化網點；她則一上班在辦公室露一下，然後開始周遊糧店、商店、菜場，爲買雞買蛋跟農婦討價還價，或跟其他女同伴們東家長西家短地閒扯，一挨下班早早跑回家做飯弄孩子。夜晚呢，丈夫在發紅的低度燈泡下看書記筆記、寫論文、攻外語；她則斜靠著枕頭打毛線，不時看看埋頭苦幹的丈夫，又看看安詳入睡的小兒子，嘴角洋溢出無限幸福的微笑。

是呵，一個女人還需要什麼呢，守著一個美滿的家，丈夫愛自己又追求事業，兒子聰明伶俐又可愛，她的確是滿足的，幸福的。爲這兩個可愛的人，她犧牲自己的一切都心甘情願。

「琳琳，妳幫我查一下駱駝草在我國沙漠地區的分布情況。」有時丈夫對她說。

「得了，你自己查吧。我懶得去翻書，一碰到數字呀、比例呀就頭疼。」她打著呵欠。

「妳也該揀揀妳的專業了。」丈夫抬頭看她一眼。

「嗨，你連我的一起幹不就行了。家務生活，我連你的一起幹了。咱們各有分工，最理想方案。」她滿不在乎地說笑著，又親親兒子。

丈夫搖了搖頭不再說話了。日月就這樣在他們最佳分工中悄悄流逝了六七年。

或許，就是從那次開始，他們之間產生了不易察覺的內心隔膜吧。可當時她完全沒有意識到事情的嚴重性，也沒有想到即使兩個最親的人之間，也會潛伏一種當時無法察覺的足以使雙方決裂的矛盾基因和一種離心力。這種基因和離心力，在兩個人一起生活的時候淹沒在日常生活的喧鬧中，得不到演變的機會，但一旦兩個人分開一階段，獲得適當的條件，決裂就如孵出的小雞一樣撣開蛋殼探露腦袋了。

生活對奮鬥者總有報償。兩年前，楊彬終於如願以償。儘管沒有打回省城，但還是離開綠沙鎮調進了地區所在地白河市的一所大學——北方林學院。該學院的孟教授帶領自己系的畢業班到綠沙林場實習和搞調查時，發現了他這個被埋沒的「千里馬」，帶走他寫的幾篇論文在院刊上發表了。並幾經周折把他調進了自己領導的系裡任教。

她比丈夫還高興，爲自己所依靠的大樹終成「棟樑之材」而自豪，覺得自己做出的犧牲有了報償。她答應丈夫自己帶兒子留在沙坨裡再受苦幾年，一直等到丈夫能把她調進城爲止。

說實話，她還一下子捨不得離開家鄉的沙坨，溫暖的小窩。門前一口沙井，房後幾畦菜地，還有兩棵開始結果的沙果樹，甚至擔心自己那口老母豬在沙坨裡自由慣了，帶到城裡圈起來能否吃得消，而且發情時上哪兒去配公豬呢？

假如，時間的長河裡未曾出現過那個該詛咒的星期六晚上，也許就她的這些「犯愁」還會繼續下去。那個可怕的晚上，把一切都改變了，顛倒了，像一道白花花陰碜碜的閃電，劃開了天的這邊和那邊。

那天她下火車時已經傍晚。衝開圍過來拉客做生意的一群小驢車主人們，匆匆蹬上去東郊的

唯一那趟公共汽車。她是受場部領導的委託來找丈夫的，想通過他向學院輸送幾名技術員進修。再說，丈夫也好久沒有回去了，她也好久沒有來看他，怪想的。

新蓋的二號樓，三〇七室。沒錯，是這裡。

從門縫裡隱約傳出舒緩低柔的輕音樂聲。他在家，她放心地噓了一口氣，事太急沒有來得及寫信和打電報。

「篤、篤、篤。」她舉手敲門。

裡面的錄音機「喀噠」一聲關掉了。屋裡登時靜悄悄的，半天沒有動靜。

「篤篤篤，」她又重重地敲了幾下，大聲說：「楊彬，開門，是我，是伊琳！」

屋裡的什麼東西碰響了一下。一個遲疑的腳步朝門口走來。門半開，她的丈夫出現在門口，有些慌亂地說著：「琳琳，是妳？這、這……怎麼不先來個信兒……」

他堵在門口語無倫次。

「你倒是讓我進屋呵！」她笑著說，並沒有注意丈夫極爲掩飾的異樣神色。

「哦，哦，進屋，進屋。」丈夫猶豫了一下，最後還是閃在一邊，讓妻子進了房間。

有一個年輕而嫻雅的姑娘，迎著她站了起來。沒有心理準備，她吃了一驚。「喲，有客人呵！」

「哦哦，是我的同事……」

桌上有兩個玻璃酒杯，裡邊的啤酒冒白沫，還有燒雞、香腸、幾盤炒菜，角落的電爐上還燉著一鍋什麼。

「原來你在請客吃飯，好豐盛好香呵！」

「嗯，是，她是小孟……妳知道的。」丈夫變得冷靜。

「小孟？你的那位大恩人孟教授的女兒？是的，以前你跟我說過她。」到這會兒，她也沒有多想什麼，心懷坦蕩地隨便說著沖淡屋裡的尷尬氣氛。

「對對，是孟老的女兒，他們父女倆對我多方照顧，我感激不盡……」丈夫解釋著。

「應該，應該感謝人家。正好，我也沒吃飯，咱們一塊兒吃吧。」她這不是托詞，的確餓了。

「我該走了，真的，我該走了。」那個姑娘猶如驚慌的小鹿，清秀的臉上泛出一層紅暈。但她的那雙眼睛，十分信賴地看了一眼楊彬，楊彬也默契地回望她一眼。

天呵！那是什麼樣的目光呵！當年「公母湖」畔，他就是用這種目光征服她的！她的心被什麼尖利的東西狠狠扎了一下，一陣刺痛，一陣狂亂的，怦怦猛跳。

我是個多麼遲鈍的、不敏感的傻女人呵！她心裡說。

那個驚慌的小鹿走了。伊琳爲了鎮定自己更爲驚慌的心，慢慢坐在桌旁。可胸膛裡仍然是亂慌慌的，燒燙得很。她端起桌上酒杯，「咕嘟咕嘟」幾大口飲乾了，真涼，透心的涼。她又伸手撕開雞肉，大口大口吃起來。她仍覺得胸腔裡空落落的。她需要冷靜，於是她不停地吃著，喝著，大口大口塡塞著食物，好像三天三夜沒吃過東西。她就怕停下來。她的丈夫站在一旁，驚愕地看著她的一副饕餮之相。

「你也過來坐在那兒，跟我對飲幾杯吧。」她控制著自己向丈夫說。

「不，我不想喝，沒有情緒。」

「我打攪你們了，這不怪我，是場部領導。」她感覺到丈夫的語氣裡有某種挑釁的意味。

她停下了筷子，放下了酒杯。屋裡一下子消失了所有聲響，出現了可怕的寧靜。她身上打了個冷戰。這個短暫的沉默，她覺得比他們一起生活的七八年時間還漫長。她抬起頭盯著丈夫。他的目光也並不回避她，閃出異樣的光。他在尋找攤牌的時機，她想。

「你愛她？」她突然問，冷靜得出奇。

「是的，我愛她。」丈夫似乎一直等著這樣的提問，噓了一口氣，「我和她有共同的興趣，共同的事業，共同的志向，有好多共同……共同。妳看，這是我們倆合寫的學術論文，這一篇已經在報刊上發表，這一篇正在修改，我們還想合作寫另一篇……」他突然變得滔滔不絕，坦率得驚人，沒有什麼羞恥感。

她渾身麻木，從頭到腳發涼，像一棵嚴冬裡凍僵的沙柳。她抑制著自己沒有倒下去，伸手抓住了桌角，奇怪的是，她怎麼沒有跳起來搧他的耳光？沒有憤怒的火，沒有奔騰的雷霆，沒有咆哮的海潮，難道這些都被凍僵的麻木窒息了。被涼透的酒力沖淡了？事後她多次問過自己，當時爲什麼沒有了發作的欲念？

她理了一下額頭上的頭髮，原以爲丈夫只不過是一個人在城裡寂寞，暫時尋歡作樂，找個女人罷了。現在看來全不是那麼回事，比那個嚴重得多了。

「你愛她？」她再次問。

「是的，我愛她。」他再次回答。

「她愛你嗎？」

「是的，她也愛我。」

「她沒有結婚，沒有男朋友？」

「沒有結婚，有過男朋友，吹了。」

「她知道你有妻室孩子嗎？」

「知道，我對她講過。」

「你真的愛她？」

「是的。」

「那你還愛我嗎？」她突然提出了這麼個愚蠢的問題。

「過去愛妳。」

「現在呢？」

「現在……不。現在妳變得我無法認識了，我跟妳在一起沒有話說，覺得很陌生，心隔得很遠，我很難受。我不該瞞妳，也不該欺騙自己，不能再延續這場已做完的夢。妳處罰我吧，我不在乎……」

他也極其冷靜地說著，眼睛閃射著兩道冰冷堅毅的光束，透出一股豁出一切的勁頭。

他的攤牌真坦率，她想。甚至赤裸裸的，絲毫沒有打算採取爲達到目的非採取不可的那些策略步驟。

她依賴的「大樹」訇然倒下了，連根拔了。此時此刻，她才陡地生出一種恐懼感，就如依賴樹椿站久的人突然被撤走了樹椿一樣，一下子失去了控制，從精神到肉體垮了，癱倒了。

其實她是從椅子上輕輕滑下來的。同時胃裡有一股東西往上翻，她大口大口地嘔吐起來，把酒、把肉、把肚腸、把情和恨、把所有東西統統倒出來了。

她推開那雙顫抖著來扶她的手，掙扎著自己坐起來。

錯在哪裡呢？當初不該讓他調進這所該遭天火燒的學院？或許一開始就不該支持他搞什麼事業，支持他打回城市的勃勃野心？哦，不該的還有什麼呢？

一隻纖細的手輕輕給她捶背，又給她端來一碗水，讓她漱口。原來是那隻「驚慌的小鹿」。她沒有走，還是走了又回來了？她在等候戰果。這個可惡的、所謂有學問的、跟他有許多「共同的……共同」的女孩子，她是從哪兒冒出來的？是那種什麼都不在乎的現代型女孩兒嗎？有幾種方案。一種是把這位報刊上一直打擊的「第三者」送到「道德法庭」上審判，要求組織上不許她繼續「插足」；另一種是走訪很容易得到支持的婦聯等有關部門，強烈呼籲把她的「喜新厭舊」的「新時期陳世美」丈夫送回原來的沙坨子裡，保護他們家庭不遭破裂？或者乾脆全然相反，自己悄悄退出這種無聊的角逐，有陽關道的走陽關道，有獨木橋的走獨木橋？

「你真行。」她終於說了一句，不知什麼力量使她「嚯」地站起來。

她哆嗦的手突然變得有力，「啪」一個耳光搧在丈夫蒼白的臉上，留下了五條紅手指印，接著又一個猛烈的衝撞，把站在一邊的那個小鹿給撞倒了，就像當年小龍所做的那樣，然後她跑出了這間充斥著各種氣味的窄小的房間。

當衝出那間屋子的一剎那，她才猛然醒悟和看清了一個道理：這些年來，他如果是一棵樹的話，她只是纏繞依附在這棵樹上的一根藤。這就是他們之間的關係和差距。

她斜靠著車站候車室的硬木椅上，繼續認真思索著。這種關係和差距何時開始的？婚後的各自的選擇上嗎？這時她才暗暗奇怪，自己過去怎麼會放棄了支撐自己生存的屬於自己的東西，而去依附在他的身上？是女人代代傳下的習性，還是自己懦弱、失去少女的幻想後變得太實際造成的結果？樹和藤——樹長高了，春夏已過，秋冬將至，依附在樹上的軟藤只得枯萎了，失去綠色，敗落在樹根下。還能怎麼樣，付出八九年的青春光陰，懂得的只是一個極其簡單的道理。女人可以把自己的肉體交給一個男人，但千萬不能把靈魂也交出去，那是一個危險的奉獻，將鑄成大錯。

她在那個冰冷的木椅上坐了一夜，似乎經歷了幾個世紀的掙扎。門外一個角落裡，他也陪著她站了一夜。眼神是黯然而固執的。

她回林場了。當然，她還要去經受不亞於事情本身的輿論壓力。她始終沉默著。消瘦的臉，陰沉的眼，緊閉的嘴唇。她拖延著沒在那張可怕的判決書上簽字。她想報復，但又矛盾。

「讓我和小明明也去吧。」她向老鄭頭央求。

他停住了腳步。他背著一大捆乾柴，手裡還拎著一根長竿。「不行，夜裡沙坨子裡氣溫很低。」

「我和兒子都加了衣服，讓我們去吧。幫你幹點啥，做個伴。」她固執地說。

「你們只會添亂，幫倒忙。」老頭兒往上擱了擱那捆不知幹什麼用的乾柴，再沒有說什麼，順著坨子中的小路向西走去。她沒聽出堅決拒絕的意思，就領著兒子跟在他的後邊。

夕陽掛在西方大漠邊上，金紅金紅，像是一個吊掛在那兒的大黃蘋果。大漠反射出金黃色的

三、 蒼鷹

霞，連著天雲，連著地線，呈現出一個寧靜的黃色世界的輪廓，連遠近起伏逶迤的坨包也蒙上一層朦朧的黃色，猶如堆連著無邊無際的金黃色的桔子、橙子。老鄭頭和她們走進這無邊的「桔子橙子」中間，黃色的柔和包圍著他們，逐漸透到他們心裡去了，感到那樣的恬靜和舒適。這柔和好像能把你整個的心胸都溶化，讓你忘掉所有人間的煩惱，得到一種甜蜜的解脫。

「媽，妳快看，妳講的那個『大漠孤煙直』！」小明明會背不少古詩，現在用上了。

她發現西方遠天正發生著一個綺麗的大自然現象。一根杏黃色的柱子撥地而起，旋轉著，逐漸連上了高天，猶如把高天和大地連起來的一根柱子。

「明明，那不是『孤煙』，是龍捲風。」

「龍捲風？是那種能把人吸進去捲到天上去的龍捲風嗎？」小明明緊張地問。

「對。不過離我們很遠很遠，所以看起來像『大漠孤煙』。」她抓住兒子的手安慰著說。

老鄭頭在前邊依舊默默地走著，不說話。

「鄭叔叔，你背柴禾幹什麼用？」她問。

「到時候妳就明白了。」

「我們已經走過了那棵老柳樹了，這是去哪兒呵？」

「牠搬家了，換窩了。」

「搬家了？牠不棲住在那棵老柳樹上了？」

「可能是我們驚動了牠。」

「牠現在住在哪兒？」

「西邊黑城子裡。」

「黑城子？」她更奇怪了。

「一座被沙漠埋掉的古城子。」

她感到這沙漠裡掩藏著無數的秘密。

她們遠遠看見了那座古城子。其實是一座圓型的舊圍牆。殘垣斷壁，風化剝落，被周圍的流沙吞沒後只露出些殘跡。在這樣一個荒漠世界裡，居然還能見到古代文明的痕跡，這真是個奇蹟。

「鄭叔叔，這是哪個年代的城堡？」

「說是遼代的一座州府。早先來過一位考古專家。」

「嗬，一個州府被埋進沙漠底下！廢墟的規模不小嘛。」

「規模再大，也沒有擋住沙漠的侵吞。那個考古專家說過，那時，這一帶是水草豐美的草地平原，是遼代契丹族的發源地。後來被大漠吞掉了。連它的文明和民族，只留下了這些個廢墟。風惡作劇地又把它吹出來了。專家還說過，生活在這裡的我們，其實都是那個被沙漠埋掉的民族的後裔，說我們身上體現著那個已泯滅的民族的永不泯滅的文明和精神。真有意思，我們身上還有啥精神啊，文明呵，有的就是沙漠的苦味吧。」老鄭頭一邊絮絮叨叨地說著，一邊把乾柴一根一根較有規矩地堆積起來，像一座遼代八角七層樓閣式小塔。

歷史的變遷真不可思議。永不泯滅的精神，大概鄭叔叔身上的沙漠的苦味就是那個精神吧。

一塊城牆方磚上刻畫著一幅《城樓射虎圖》。

伊琳看著這幅偶然瞧見的圖案，不免感嘆起來。古時候在這裡，人從城門上張弓搭箭射虎；如

今，人扛著現代化槍械走遍沙坨還撞不見一隻野兔。地球的歷史究竟前進了，還是倒退了？武器從弓箭進化到火槍，可生存環境從綠草地退化成不毛之地——沙漠。真不知這種相悖的演化是屬於進步還是倒退。

她望著盤腿坐在沙地上抽菸的鄭叔叔——刻畫在方磚上的那個古人的後裔，還有自己的兒子，坐在一旁玩沙子、臉和鼻子上都沾著沙子的小人，他們現在都跟沙漠揉到一起了。沙漠和人究竟誰是主宰？誰創造了誰呢？綠野和沙漠——生的使者和死的惡魔，都附在地球母親的身軀上，就如附在人身上的善和惡一樣，只有它們的相爭是永恆的。那個永不泯滅的精神，也只不過是人的不屈的生存奮爭罷了。

伊琳收回思路，走到鄭叔叔和小兒子旁邊，也席地坐在那柔軟的流沙上。

「鄭叔叔，那隻鷹呢？牠在哪兒？」

「牠就棲息在舊牆根的那棵歪脖榆樹上。還沒有歸窩，我們來早了。」

他們等待著。夕陽已經完全沒入大漠裡，黃昏的霧靄布上來了，夜幕開始籠罩這片沙漠和古城廢墟。伊琳抱著兒子數起天上最早出現的星星。

突然，從他們頭頂上掠過一個黑影，挾帶著一股風，直奔那棵歪脖榆樹緩緩落下了。

「牠來了。」

「鄭叔叔，你怎麼逮牠呢？」

「用火。」

「用火？」她不解地望著老人。

「對。離牠住處幾十米遠，點上火，牠一見火光就死死地盯著看，又害怕又緊張，這樣看得時間久了，牠的眼睛就失去視力，警覺也減低一半，人就好下手了。」

哦，高級動物對付低級動物真有招數。

天完全黑了。老鄭頭看一眼變得寧靜的那棵歪脖榆樹上梢，掏火柴點燃了那堆乾柴。一股小小的藍火苗在乾柴底部慢慢引燃著，發出嗞嗞的聲響，漸漸這股火苗變大了，蔓延了，並失去了原來的藍色，呈現出桔紅色。火燒旺了，乾柴噼啪響著，熊熊燃起躥高了，把黑的夜，暗的沙，周圍的景物和天，還有他們三個人都映紅了。

老鄭頭一邊往火裡加著柴，一邊拿過那根長竿，在竿頭上弄著什麼。

「還等多久？」

「再過兩三個小時就行了。」

「你爲兒子準備了這樣一個禮物，真有意思，他肯定會喜歡吧？」

「當然。他十一、二歲的時候，我逮了一隻沙鷹馴出來讓他玩，他得了寶貝似的，高興極了，天天上坨子把跳兔從洞裡趕出來讓鷹啄，跳兔是個坨子裡的小野鼠，經不起鷹爪的那麼一抓，他哭鬧著非讓鷹抓活的不可，呵呵呵……」

「後來呢？」

「後來，我在夜裡趁他睡覺時把鷹放走了。自打有了鷹，他不正經上學，成天架著鷹上坨子貪玩，耽誤了學習。第二天他發現鷹沒了，哭喊起來，我拿皮鞭狠狠揍了他一頓，送回學校去了。那時你們倆是一個班吧？」

「是的，那時候他老逃學，一逃回苦沙坨子就七八天，你那時也沒有時間天天送，我爸爸也揍過他，咯咯咯。哦，那時候真有意思，現在想起來像做夢一樣。人的命也怪，你以爲是這樣的，到時候卻又那樣了……」她說著嘆口氣，望著火堆的眼神有些淒然。

「是呵，許多事你以爲該這樣，生活又安排成那樣，這是沒有辦法的事情。有些事人能挽回，有些事人是無能爲力的。」老鄭頭停下話，望著火堆，「我一直欠著兒子一隻鷹，這次他回來看到這隻漂亮的鷹，一定會回想起小時候的事，勾起他對這片故土的熱愛。他畢竟是我的兒子，土生土長在這片沙坨上呵！」

「你真自信，也用盡了心思。」

「我喜歡這塊沙土，沒有辦法，不願在我睜著眼的時候看見這片土地被大漠吞掉。我兒子回來後會說服場部那幫老爺的。」

她緘默了。這是個自有主意的老人，儘管他的一生時時被旁人橫加干涉和擾亂，但他始終爲掌握自己的命運而奮鬥著，而且守住苦沙坨子這個終生追求的事業，任何外界力量也未能撼動了他。他簡直是一顆深深釘在這片沙坨子上的釘子，誰也拔不動他。

他們又添了幾回火，夜露打濕了他們的衣衫。

「到時候了，該動身了。」他說。

他站起來，往火堆裡扔進最後一把乾柴。「你們悄悄跟在我後邊。」他手裡拿著那一根長竿，貓著腰，向歪脖榆樹靠近過去。

歪脖樹上沒有任何動靜。在上邊一根樹杈上，有一對藍幽幽的光點。直直地衝著火光閃動。老鄭頭腳步輕輕地繞到樹的後邊，選個高點站住，從那藍幽幽光點的後下部悄悄伸出了長竿，竿子的頭上拴有細絲活套子。

鷹完全被前邊的火光吸引住了，一動不動，驚奇地直視著，對樹下發生著的事情毫無察覺，牠已麻木了。突然，從牠的屁股後邊伸上來一根竿子，猛地把牠往前一推，牠頓時失去重心，身體往前一傾，腦袋就往前伸過去了。

這一下更糟，正好牠的頭從脖子那兒伸進了早預備好的一根細鐵絲套子裡。牠大吃一驚，這才急忙搧動雙翅，蹬動雙腳，往回縮脖，可是已經晚了，拴在竿頭上的套子越勒越緊了。並且竿子猛地往下一拽，牠「啪」地摔落在沙地上。

這一下摔得不輕，牠稍有昏迷，但很快清醒過來拼命掙扎著，撲騰著，拍動雙翅抵禦著那股套住脖子的鐵絲的力量。可是越掙扎，套得越緊，很快牠開始窒息，同時雙翅從根部被一個鉗子般有力的手夾住了，於是牠失去了所有的反抗力量。

鷹的意識裡突然閃現出幾年前也曾有過的類似情景，那是牠第一次落入人的手掌。啊，舊事重演，這個可惡的沒有翅膀卻有兩條腿的長條動物！

三

一座有樹蔭的沙丘上，坐著一位年輕的母親，她給膝前的小兒子講述起第三個故事。

……從前，有一位母親有個兒子。兒子愛上了森林中的一個美麗姑娘。有一天姑娘傷心地哭起來，兒子問她要什麼，姑娘說，想要你媽媽的那顆心。兒子楞住了，見姑娘更傷心地哭起來，他跳起來奔回家，趁媽媽睡覺時用劍挑開了母親的胸膛，取出了那顆不斷搏動的熱呼呼的心，飛似地向森林跑去。

慌忙中，他被地下的樹枝狠狠絆了一跤，那顆心也不知摔到哪兒去了。他顧不得疼痛，摸索著，終於找到了那顆心，正捧著跑向林中的情人時，母親的那顆心問道：「我的兒子，你摔痛了嗎？」

膝前聽故事的小兒子說：「那兒子真壞。母親不後悔嗎？」

年輕的母親回答：「爲兒子捧出心的母親是不知道後悔的。」

牠不習慣這種方式。利喙被細鐵絲綁著，兩個翅膀也從根部拴連在一起，眼睛和腦袋用一塊黑布蒙住，然後把牠猶如侍弄嬰兒似地放進一個特製的小搖籃車裡捆好。牠有些恐懼，不時掙扎一陣，可拴住牠的繩索紋絲不動。

牠很疲倦，一天沒吃東西了，俘虜牠的這小個兒老頭子也似乎沒想起來餵牠。牠煩燥得很。突然，老頭兒用喑啞的嗓音哼出悠揚的曲調，牠躺著的小搖籃車也輕輕搖擺起來。一陣緊張，一陣暈眩，隨後變得愜意得很。尤其老頭兒輕輕哼出的曲調，有一股奇異的魔力。使牠腦袋發沉，產生困倦和柔和的情緒。這輕輕的搖擺，誘人的歌謠，把牠鼓滿心胸的憤怒、仇恨、厭惡漸漸驅散了。牠覺得這個身材矮小、歲數不輕的兩條腿的人，具有特殊的法術。

他不厭其煩地反覆低哼著那首古老的歌謠。

在那遙遠的老黑河岸上，
徜徉著一匹拖韁的駿馬；
在精巧的柳木搖籃裡，
安睡著我一個心愛的寶貝……
哦，獵鷹，蒼天的神，
你歸來，歸來——
從天空和岩石上歸來
憩息在主人的臂腕裡……

舒緩低啞的歌聲，稍顯傷感哀婉了些，在破舊的土房裡久久回蕩著。牠還感覺到一隻粗糙而溫和的手正順著牠的羽毛輕輕往下撫摸著，寬厚的手掌散發著溫暖的熱力。這歌，這搖籃，似乎勾起了牠遙遠的記憶，潛伏在牠血管裡的一種柔性的東西開始復甦，並驅散著控制牠的野性。

牠回歸天空之後，在幾天幾夜盲目而狂傲的飛行中，儘管享受著自由飛翔的幸福，可又一直覺著失去了什麼。現在，牠感悟了，牠是需要這個惡魔般的兩條腿的人的愛撫和保護。這些日子，在這莽莽無際的沙坨子裡，牠深深感到孤獨和饑餓的可怕。牠已經變得離不開人了，自從馴服於人的第一天開始，牠身上已注進了人的一種什麼魔法，時時召喚著牠，再也變不成原來那個自由的具有桀傲的野性的蒼鷹了。那是往日的夢，已經逝去了。

牠反抗過人的這種無形的征服和控制。

牠的舊主人在牠剛飛上天不久就用類似的招數逮住牠，馴成了一隻獵鷹。相處幾年中，牠多次反抗過那人，一直到這次最後的叛逃。那次是個多麼激動異常的出獵！主人肩上架著牠，騎一匹快馬，奔馳在山野上追逐獵物。牠興奮極了，逮了一隻又一隻野兔山雞。只要主人一轟跑野物，隨著他的一個手勢一聲口哨，牠就如閃電般地飛撲過去抓住獵物。當然牠還沒吃到嘴裡主人就趕到，把獵物從牠爪下收過去。

牠知道這是打獵的規矩，只有到了晚上，主人才把最後逮到的野兔或山雞扔給牠吃。中間不讓牠吃，是爲了刺激牠更猛烈地進攻獵物。可那天牠一直等不到那個血淋淋進餐的時刻，天已經黑了，主人仍貪婪地追逐著野物，一次又一次地從牠嘴裡奪走獵物，並且拼命地吹著口哨打著手勢讓牠幹活。

牠不滿意了，主人的貪心和一天沒吃到肉的空肚腸使牠暴躁起來。牠實在疲倦了，當主人搶下那隻牠非常想吃的肥兔時，牠被激怒了。牠再也沒有回到主人的肩上。

圍獵行上稱這種現象叫做「厭主」。主人慌了，騎著馬追逐牠，並發出一聲聲的悔恨自責的召喚，把那隻奪走的肥兔給牠扔過來。但牠不屑於吃了。牠飛出一段落下來，也不完全飛走，等主人哀叫著靠近過來時，牠又飛走了，不讓他逮住牠。牠就這樣停停飛飛、飛飛停停地跟主人追逐著。

這時，從森林裡突然飛出一隻漂亮的野雄鷹，一聲尖利的唿哨，閃電般向牠飛撲過來。登時勾起了牠雌性的欲望，忘卻了一聲聲呼喚牠回歸的主人，一陣拍翅高飛，追隨著那隻向牠調情的雄性蒼鷹升入了高空。

那可真是個充滿激情的「私奔」。

牠們甜甜蜜蜜地一起生活了幾天。一起進攻野兔赤狐，一起飛衝雲層霧障，一起露宿懸崖古樹。然而，凡事情終歸有個結束。牠們很快又厭倦了。牠無法忍受跟同類長期廝混的方式，牠們是個獨立性強的猛禽，把一方拴在另一方身上的方式，太古老了。牠們都要追求新的天地，新的世界，新的刺激。經一場激戰之後，牠跟牠終於分道揚鑣，趁狂熱的激情，牠一頭闖進了這一帶沙漠世界。

結果，牠又誤入了這個矮小老人的圈套。牠覺得這個世界哪兒都被這兩條腿的繁殖力極強的人類占領了。連這荒漠裡也設有他們的陷阱。

經歷了六七天的搖籃馴化，主人給牠鬆綁了，只是在一隻腿上還拴著一根長繩。掛在脖子下的小巧玲瓏的鈴鐺，時時發出悅耳的聲響。

有一天，主人右手臂上套上一隻長長的皮筒，讓牠落在他微彎起的手腕上。牠熟悉主人們的這個用意。牠進入了第二階段的訓練：捕獵。

二十米外，一個女人把一隻活雞拋到半空中。

「啄！」主人一聲猛喝，手腕往前一推。

登時，牠身上的本能恢復了，眼睛閃射出凶狠銳利的光束，倏地向前飛撲，還沒等那隻雞落地，牠的鐵爪就抓住了牠。牠剛要撕開雞肉吸吮牠的心血時，主人奪走了那隻雞。接著又往上拋雞，牠更爲迅疾猛烈地撲過去。

「真是一隻聰明又凶猛的鷹，捕獵的本事恢復得很快！」主人歡快地喊叫，把那隻雞扔給牠吃了。

牠天天如此訓練。後來腿上的拴繩也撤了，牠已經淡漠了逃離的欲念，熟悉和習慣了老人的愛撫。牠完全被這位新主人的魔力征服了。

牠等待著新主人帶牠去出獵。可奇怪的是，主人並沒有這樣的意思，他跟那個女主人一起似乎等待著什麼。

悠閒中牠有些煩躁。牠最不習慣這種缺少激情的平安日子。

伊琳把水和乾糧裝在包裡，正要躡手躡腳走出屋，小明明還是醒了。

「媽，帶我去，帶我去！」

「明明，留在家裡跟鄭爺爺一起玩！」她哄著兒子。

「不嘛，妳答應好今天帶我去的！」鄭爺爺老坐在坨頂向東看，不理我，也不讓碰獵鷹。」小明明抗議著，從被窩裡爬起來，光著腳就下地。

她沒辦法，只好迅速給兒子穿好衣褲，把一頂小草帽戴在他頭上。然後她拿起老鄭頭的那桿砂槍，領著兒子走出屋子。她勘察方圓幾十里的苦沙坨子已經好幾天了，今天是最後一天，要走完苦沙坨和大漠接壤地段的最後一段路程。她幹得很認真，決心對這座三面環沙的沙海孤島苦沙坨子來個全面踏查，從它的地理位置、土質、植物密度和生長情況都進行一次普查。

她不知道自己爲什麼突然萌動了這個念頭。想推翻那位「博士」的權威性結論？還是只想完成一下場部領導交給她的任務？或者什麼也不爲，只是想幹點什麼？以擺脫生活的沉寂。

「媽媽，妳看，鄭爺爺又坐在南坨頂上！」

果然，老人抱膝坐在高聳的南坨子頂上，那隻獵鷹落在他肩頭上。老人嘴裡咬著菸袋，默默地凝視著東方的地平線。她知道老人是昨天傍晚時就坐在那兒的，不知是夜裡沒有回來還是今早重又上去坐的。瞧著他那一動不動的神態，會以爲是一尊黑岩石雕像。

「媽媽，鄭爺爺還在等他的兒子嗎？」

「是的。」

「他兒子在哪兒？」

「在東方的一座城市。」

「是不是又愛上了森林中的美麗姑娘？」小明明突然問。

「哦？哦，是，大概愛上了森林中的姑娘。不過，鄭爺爺說兒子會回來看他的。」

「回來？會不會是回來取他爸爸的心？」小明明又冒出一句。

「你這孩子，胡說些什麼呀！」她趕緊制止兒子。同時，一種莫名的傷感情緒襲上她的心頭。她抓住兒子的手，加快了腳步。

她經過南坨子西側，進入最後路程的踏查。老鄭頭發現了她，揮了揮手，走下坨子來。

「鄭叔叔，有什麼事嗎？」她迎上去問。

「我今天去場部，下午回來。妳去轉坨子小心著點，早點回家。」

她知道老人這是去場部看有沒有兒子的信。兒子答應回來的日期早已過了。

老人肩上架著鷹，沿著坨子裡的小路，向東走去了，很快消失在草坨和沙丘後邊。

她也趕路了。惦記著老人的事，心裡有些發沉，覺得老人把挽救苦沙坨的希望寄托在遙遠的早已忘卻故鄉的兒子身上，是不是明智和幼稚。即便是他兒子說服場領導繼續保留這個林業所，可他能有回天之力擋住大漠的東移嗎？她並不想傷害老人，可經這幾天的勘察，她正在得出一個可怕的完全違背她心願的結論：那位「博士」的判決也許是對的！

西邊大漠的推進是驚人的，它已經把阻擋它東進的苦沙坨子地帶切割成很多小塊，並用它的漫漫黃沙包圍著它們，用不了多久，這些小塊就完全被吞掉。老鄭頭居住的林業所這部分坨子情勢稍稍好些，大多坨子上長出青草和灌木叢，如黃柳、胡枝子、金雞葉等，它們的固沙封坨的能力是無以倫比的。這歸功於老鄭頭幾十年苦心經營。然而，儘管這樣，面對大漠這只是杯水車薪，無濟於事。從莽古斯大漠近幾十年向東推進的速度和面積判斷，苦沙坨子一帶將被沙漠淹沒，這一點也許是鐵一般無情的事實。

她爲自己得出這樣一個結論感到不安，覺得對不起鄭叔叔。同時，她也隱隱感到自己忽略了一個什麼因素。她想找到這個因素。因爲她心中一直有一個想推翻那位「博士」的結論的強烈欲望。

清晨的涼爽還沒有退盡，趁天熱之前，她要完成今天的計劃。她從南坨子的西側插過去，由大漠和坨子接壤處往北趕。這一帶分布最普遍的是新月形沙丘，這是單一的從西北吹來的主風下，或在兩個大小不同、風向相反的風力下逐步形成的沙丘。這種沙丘的平面圖很像是一個新月，沙丘兩翼之間的交角有的大、有的小，隨著風力大小演變著。迎風坡緩而長，背風坡陡而短，高度大約十五米左右。她知道這種沙丘移動速度較快，危害較大。不過，她越往北走，靠近老鄭頭的實驗地一帶時，這種新月形沙丘逐漸少了，出現了很多灌叢沙丘。這是屬於那種固定和半固定的沙丘，流沙受到植物群叢阻礙後堆積而成的。隨著植物的生長，流沙堆積的增加，灌叢沙丘也不斷增高增大。這種沙丘多是由黃柳沙包，白刺沙包、錦雞兒沙包組成。

發現了這片灌叢沙包，她爲之一震，心中不免興奮起來。她知道，這裡多數沙包上的灌木都是經老鄭頭的手培植起來的。肆虐的風沙，在這一座座由灌木武裝起來的沙包面前退縮了，失去威力了，明顯地回避著這一帶，隨風向南轉移，於是形成了她剛才經過的那片新月形沙丘。其實，這些灌叢沙包的原狀也是新月形。她隱隱感到自己正在發現著一個什麼東西。

已近中午，太陽有些熱了。明明玩累後，說什麼也不肯走了，她只好背著他爬上一座有樹蔭的坨子頂上歇息。攜帶著這麼一個幼兒在荒漠莽坨上搞勘察，在過去她早罵自己發瘋了。

她的臉被太陽曬得通紅，也顯得消瘦，只是那雙憂鬱的眼睛很興奮地閃動著，望著連綿起伏的大漠，她的心胸也開闊了許多。從西邊的大漠吹來陣陣灼人的熱浪。被強烈日光照射的沙漠變得刺目耀眼。大肚子蟈蟈在草叢裡拼命鳴唱著，此起彼伏，相互呼應，太陽曬得越猛，牠們脊背上的透明蟬翼發出的聲響越響亮，越富有節奏。大自然賦予萬物各種本能，萬物又以此組成千姿百態、千變萬化的大自然。

喝了水吃了午飯，小兒子又在樹蔭下睡了一覺。她覺得對不起兒子，不該帶他來這大漠裡受罪，過幾天還是送回場部的老母親那兒好，這裡太苦了。

下晌落日前，她勘察完了最後一段路程，當背著兒子往回返的時候，已經是黃昏了。

從路邊躥出一隻野兔，小明明高興了，從後邊追出了幾百米遠。她剛要喊住，一件使她魂飛魄散的事情發生了。由路的斜岔跑出來一條灰色的比狗粗大的野獸。長尾巴夾在後腿中間，伸出通紅的舌頭，眼睛綠瑩瑩的，直朝前邊的明明撲過去。

「狼！」她失聲驚叫，渾身發涼，「明明，快跑！後邊有狼！」她發瘋地大叫著向兒子跑過去。一跑才發現手裡還有一桿砂槍。她立刻舉起來，可兒子和狼正好在一條線上，想朝天開槍又勾不動扳機，原來她根本沒有裝火藥。她只是爲了壯膽才帶槍的，沒想到真要用時卻不知道如何裝火藥。

那條狼聽見後邊的喊聲，停下來回頭瞅一眼，這是一條餓紅眼的很有經驗的老狼，牠很快判斷出後邊這人並非獵人，於是又轉過身撲向前邊的小孩兒。

明明發現了狼嚇傻了。不知道跑，也不知道喊叫，呆呆地站在原地，盯著愈來愈逼近自己的野獸。

「救命呵！救救我的兒子！來人呵！」她向四周呼救。曠野沉默著。她不顧一切朝狼跑去，可軟軟的流沙地上跑不快，趕不上前邊四腿騰空的惡狼。

明明驚醒了，哭喊起來，拔腿就向右側跑。他想繞過狼跑到媽媽這邊來。可這一跑更縮短了他跟狼的距離。大灰狼從二十米遠處飛身躍起，撲向明明。她驚駭得喊不出聲來。

與此同時，從她頭頂上閃過一個黑影，閃電般迅疾，還沒等老狼撲下來，這隻黑影在狼的前額上狠狠抓了一把。狼一聲嚎叫，摔落在地上，立刻又前身伸屈著趴在地上，張著血紅的嘴，齜著尖利的牙齒，凶狠地向上尋視著黑影的再次進攻。

伊琳這才看清那是鄭叔叔的獵鷹。

惡狼只好放棄到嘴邊的童孩，等候獵鷹再次撲下來。獵鷹在狼的上空低低飛旋，狼緊張地隨著鷹原地轉圈。

「咴！」從坨頂上傳出一聲猛喝。刹時，獵鷹又一個閃電般的俯衝，正好在轉圈轉得暈頭轉向的狼的前額和眼睛中間猛抓了一把，還沒等老狼張開嘴，鷹又飛速地上衝到半空中，氣得老狼無可奈何地乾嚎叫。這次老狼又吃虧了，一隻眼睛連皮一起全被撕下來，噴出的黑血染紅了牠尖長的嘴臉。

老狼不停地嚎叫著，原地打著轉，血漸漸模糊了狼的眼睛，看不清頭上盤旋的獵鷹的影子。於是老狼一聲長嚎，夾起尾巴，鑽進柳條叢裡飛速逃走了。

伊琳跑過去抱住了嚇癱的兒子，呼喚著：「明明不怕，我的好兒子不怕，老狼跑了……」

老鄭頭不慌不忙地從坨子上走下來，看著老狼逃遁的方向，問：「明明沒事吧？」

「謝謝你，鄭叔叔，幸虧你趕回來了，不然——」她眼裡浸著淚水，嗓音發顫。

「不要謝我，要謝牠！是牠救了明明！」老鄭頭親暱地撫摸著肩上的鷹。

那隻鷹似乎不屑於理會人的感謝，在老人的肩上蹭了幾下利喙，抬起銳眼望著老狼逃走的方向。

「早晨我去場部時，東坨子路上發現了狼的腳印，心裡放心不下，沒敢在場部多待就返回來了。這畜牲不知從哪兒冒出來的，這裡好多年沒見了。」

伊琳抱過老人肩上的獵鷹，用嘴親著鷹的頭脖和翅膀。老鄭頭叫明明站在沙地上尿了一泡尿。他說嚇呆的孩子尿一泡尿魂就能安寧。倒真的應驗，明明漸漸臉色轉緩過來，有了血色，眼神也正常了。他抱住鄭爺爺的脖子說什麼也不下地了。

「噢，你這個男子漢，還怕什麼狼喲！」老人高興地抱著明明，肩上落著蒼鷹，邁著健步往回走。

「鄭爺爺，你爲什麼不打死那隻惡狼放牠跑了！」明明仰起臉問。

「孩子，你不懂。沙漠裡凡是有生命的東西都珍貴，包括狼。我們這世界是由萬物組成的一大家子，一物降一物，相生相剋，少一個也不行，嚇跑就行了，不會再來了。」

對老人的話，伊琳思索了許久。

她問起老人的兒子有沒有信來，老人陡地沉默了，臉變得陰沉，一句話也不說。

第二天，她發現老人怪異地坐在院門口的木墩上，衝落在膝頭的鷹發呆。那隻鷹歪著腦袋望著主人，伸腿拍翅，掛在脖下的小銅鈴，時而發出悅耳的聲音，隨晨風四處飄散。

老鄭頭站起來從房柱釘上拿下掛在那兒的一隻野兔。吹一聲口哨，獵鷹便從他肩上飛落到地上。只見他用刀把野兔切割起來，割下一塊往下扔一塊，獵鷹就伸出嘴迅速而準確地接住那塊肉。獵鷹的喉嚨裡發出陣陣歡快而急促的聲響。老人默默地餵著鷹，那張被大漠的風吹得黑蒼的臉沒有什麼表情，唯有那雙眼睛偶爾閃出未能鎖住的悲涼。

餵完肉，他又給鷹倒了一小鐵碗水。那隻鷹把頭一仰一伸地飲起水來。他幹這些事，表現出令人不解的莊重和嚴肅，好像進行著一種什麼儀式。

「走吧，咱們該走了。」他衝著鷹嘀咕了一句，打了一下手式。鷹騰地飛上來，落在他的肩頭。他架著鷹兀自往外走去。

伊琳納悶，走過去問：「鄭叔叔，你去哪兒？」

「放鷹。」

「放鷹？去打獵嗎？」她沒懂放鷹的意思。

「不，放鷹。」老人又極簡單、短促地回答。

「爺爺，我也去看放鷹。」明明跑過來央求。

「願去就去吧。」

她領著明明，跟在老人後邊。她想知道個究竟，一路沒話，不久，他們來到北邊的一座高坨上。老鄭頭仰臉凝視片刻湛藍迷人的天空。他從肩上拿下鷹，抱在懷裡依戀地撫摸著，然後解下了小銅鈴。

「你們來告別吧。」他突然說。

「告別？跟鷹告別？」她不解地盯住老人。

「對。跟牠告別。」

「你是說把鷹放走？徹底放走？」

「是。這是一隻雌鷹，開始發情了。」他並不看她，自顧自說著，「再說，鷹是一隻自由的高貴的飛禽，牠應該在高空中生活。我也不打獵，老讓牠伴著我在地上生活，會毀了牠的。」

「那你兒子小龍……」她脫口說道。

「妳又提起他！」老人突然吼了一句，隨即意識到失態，放緩了口吻，「他……來信說再過一個月才能回來。」

原來是這樣，難怪他情緒這麼壞。

「爺爺，不要放走鷹！過一個月小龍叔叔來了怎麼辦？」小明明跑過去抱住那隻鷹。

「來了再說。這一個月我沒閒空管牠。給我，明明。」他伸出了手。

「不，我不給你，牠救過我的命，我不放走牠！」明明緊抱著鷹不放，向一邊跑去。

三、蒼鷹

「明明！」老人怒喝一聲。明明站住了，老人發出一聲口哨，獵鷹當即騰地飛離了小明明的懷抱，落在老人的肩頭。

「孩子，聽爺爺的話。」伊琳走過來抱住兒子。

老鄭頭從肩頭抓過鷹。貼在自己臉上輕輕親了兩下，然後抬起頭，衝著高空發出一聲長長的尖利的唿哨，隨即把手中的鷹拋入空中。鷹展開雙翅，衝向高空。牠輕捷地搧動著雙翼，在半空中盤旋了幾圈，然後一個往下俯衝，挾著一股風朝直不偏不倚地落在老鄭頭的肩上。

老漢沒想到這一點。臉上抽搐了一下，一雙濁眼不知是風吹的還是情催的，潮濕了。

「你不願走，可我不留你。」老人橫下心說，又把鷹拋入空中。

這回鷹根本沒有上飛，從老人拋到的空中直接飛回他的肩上，還用鉤嘴蹭了幾下他的肩頭。老人心裡熱呼呼的，但有些火了。他走過去從旁邊的樹叢裡折下一根長柳條子，把鷹扔在地上，舉起柳條子猛抽了一下，鷹發出一聲哀鳴，躲閃著。

老人又舉起柳條子，發狠地說著：「你走，你快走，我不留你！我不願意再看到你！」

老人怒吼著，揮動柳條子「嗖嗖」地抽打著，他怕自己再過一會兒動搖了決心，更爲凶狠地驅趕那隻不肯飛走的蒼鷹。

蒼鷹在地上彈跳著，尖叫著，就是不肯飛走。老人的柳條子雨點似地落在牠的周圍和身上，而且毫不留情地從後邊驅趕著。蒼鷹終於忍不住疼痛，騰地起飛了。牠在老人的頭頂盤旋，可老人惡聲惡氣地怒叫著，向牠揮動著柳條子。

鷹發出一聲長長的哨鳴，依戀地繞完最後一圈盤旋，然後緩緩拍動雙翼，扶搖直上，穿過上邊的淡雲，漸漸在上千米的高空中變成了一個黑點，最後與高空藍穹溶合在一起，看不見了。

老人把手裡的柳條子折成一截一截，扔在地上，頭也不回地走下坨去。但他的腳步有些搖晃，像喝醉了酒似的，眼睛紅紅的。

伊琳看著這一幕，直覺得嗓子眼裡堵得很，茫茫冷漠的沙坨更顯得壓抑，她抱緊了不理解這一切的小兒子。但願他不理解，或晚些理解。

苦沙坨子一帶一連下了幾天好雨。老鄭頭忙壞了，天天起早貪黑搶風搶雨種樹種草，像一個不停歇地飛來飛去的蜜蜂，人更瘦削了。伊琳也每天幫著他幹活兒，弄得一身土一身泥，嘴唇爆起了乾皮，眼睛也凹陷了。不過，這種肉體的疲倦使她忘卻了時時刺痛她的那件事，竟睡得很香，不做任何夢。

鄭叔叔從場部回來時對她說過，楊彬曾來場部找她，想辦理離婚手續，被她母親和弟弟趕走了。她母親對她放心不下，讓她早點回場部的家去。她心想，是該選擇了，人生無數個選擇中的又一重要選擇。

有一天她問老人：「鄭叔叔，你怎麼看？」

「我？我沒什麼看的，我只知道自己的事，在這苦沙坨裡扎窩，日月星辰、大漠風沙伴著我。」老人低頭幹著活兒，把樹苗放進坑裡用濕土蓋壓好，「孩子，重要的是我有事幹，我有自己喜歡的事幹，要不我就覺著活著沒味，活著空落落的，六神無主，總覺著禍從天降，經不起災難。我琢磨著，人一有自己喜歡的事幹，就不怕別的苦難了。真的，是這個樣子。」

她聽到這些隨隨便便說出的話，覺得心胸裡劃開了一道亮光。她似乎也更懂得了這老人。或許老人早就知道自己的所有心血將成爲泡影，因而他這麼孜孜不倦地幹也並不一定追求著眼前的功利，而只是完成自己的選擇，做做自己喜歡的事而已，這是一種內心使命的驅使。說開來，也是一種解脫，在自我心靈的完善和昇華中獲得的解脫。這種完善和解脫，能抵禦任何外界的打擊和人生的風暴，在人情被撕碎個七零八落時，也能使你支撐下來。

有一天他也問她：「孩子，妳到底幹啥來了？場部那幫頭頭交給了妳啥任務？」

「這……我是來避難的，真的，只是臨出來時領導才跟我談了一件事，就是調查你的苦沙坨有沒有保留價值。」她直率地說出實情。

「我知道，妳不是第一個領這任務的。那妳的結論呢？」老人平靜地問。

「我的結論？這……」她支吾起來，「我還沒有得出結論，我好像還沒有看到這裡的真相。」

「其實，妳也已經基本得出結論了。我知道，任何一個外來人，甚至可以說，這世界上除了我以外，任何人都會得出跟你們一樣的結論。因爲事情一目瞭然。說起來，只有我才了解這苦沙坨子。這個可惡的沙漠喲！」

老人背著樹苗走了。她久久地凝望著他的背影。還能說什麼呢，他心裡對一切都清楚。

有一天清晨，老鄭頭手裡拎著一隻下套子打住的野兔，向大漠的方向走去。

「鄭叔叔，你幹啥去？」

「鷹，我給母鷹送點吃的去！」

「鷹？母鷹？」她一時沒有轉過彎來。

「當然是我們的那隻獵鷹。」

「牠回來了？在哪兒？」

「老地方，在古城子歪脖樹上。」

「啊，太棒了！牠還是飛回來了，多有情義的傢伙兒！」她高興地叫起來。

「不光是自己，還孵出了三隻雛鷹，也快飛上天了。」

「太好了，咱們快看看去。」她領上兒子，跟老人一起出發了。

老鄭頭瞇縫起眼睛，朝東南方向張望了片刻。那裡，剛從地平線上躍出的太陽，被一層淡黃色的霧瘴罩住，毛茸茸的，失去了熱力，它的下部正蒸騰滾湧著一團渾濁的氣浪。老人不禁皺起了眉頭。伊琳望著這不祥的景色，也感到今天不會有好天氣了。

不過，這邊的漠野格外的寧靜，甚至顯出一種莊嚴的美。露水打濕的沙坡上，留有許多小甲蟲爬過的痕跡，苦艾和沙柳靜靜地挺立著，一條大拇指粗的黑花蛇在沙灘上亂扭亂拍，蛇身的中部鼓起圓圓的一塊硬團，那是吞下了一隻野鼠，牠正為消化而進行運動。菸袋鍋那麼大的腦袋，卻吞進了茶杯粗的野鼠，貪心不足的蛇正處於極度的興奮中，把小沙灘拍打得沙土飛揚。

驀然，一個黑影一閃，還沒等那條蛇清醒過來，已被從上邊伸下來的兩隻爪子鉗住，抓拎到高空中又狠狠摔下來。蛇落在沙地上斷氣了，那隻鷹又來個俯衝，一聲唿哨，把死過去的蛇抓過去，向西邊的古城廢墟飛去。

「哈！真是一物降一物！看見沒有，這就是牠，我們的獵鷹！」老鄭頭高興地說道。

伊琳看得心驚肉跳，赤裸裸的弱肉強食！

當他們來到古城廢墟時，老蒼鷹正把那條蛇撕扯個零碎，扔進歪脖樹上老窩裡喂雛鷹。三隻雛鷹嘶嘶叫著，貪婪地爭搶著蛇肉，互不相讓，不時地攻擊對方，你叼我一口，我啄你一下，弄得鷹窩裡飛揚起片片羽毛和塵沙。

其實這三隻雛鷹都很大了，幾乎是跟母鷹一般大。可還是不能獨自飛行捕獲獵物，仍然依靠母鷹日夜找食物來餵養。牠們未免太窩囊了，伊琳想。一條蛇肉很快搶光吃光，對這三隻已長大的饑餓的雛鷹來說，一條蛇肉太少了，少得連一隻雛鷹都吃不飽。牠們又發出饑餓的嘶鳴，伸脖蹬腿，不安寧地互相打架，然後又共同瞪著牠們的老母鷹。母鷹無可奈何地在旁邊的樹枝上歇息。

牠已經很累了，耷拉著翅膀，羽毛蓬鬆著，顯得沒有精神。餵飽這樣三隻長大的鷹，是一件多艱難的事情，不是一隻母鷹所能完成得了的。但牠還是內疚地閉合上雙目，微垂著頭，似乎在說沒盡到一個母鷹的責任。慈母的心，在飛禽走獸也一樣。

「這三隻鷹雛，該飛出窩自己覓食了，到時候了。」老鄭頭說。

「那牠們怎麼還不飛出去，老折磨媽媽！」伊琳深爲不平地問。

老鄭頭一時無話，神情有些悒鬱起來。「唔，牠們有牠們的規律……」

伊琳覺得老人說得含混，似有什麼難言之隱。這時，老鄭頭仰起臉衝那隻老母鷹發出一聲口哨，並做了個召喚的手勢。母鷹微微睜開眼，朝這邊張望了一下，並不予以理睬，仍閉上眼睛。牠已經認不出自己的老主人，或者不想認識了。老鄭頭嘟囔了一句，有些傷心。他不甘心，向前走出幾步，稍靠近歪脖樹，重新吹出口哨打手勢。

母鷹警惕地揚起脖子。接著，牠驀地飛離樹，直向老鄭頭撲過來。老鄭頭以爲鷹要落到他的肩頭，高興地伸出了右肩頭。誰曾想，母鷹凶猛地撲過來狠狠抓了一把他的肩頭，並用雙翅掃打了一下他的頭部之後又飛上了天。老鄭頭捂著肩頭搖晃了一下，被抓破的肩頭流著血，疼得他呻吟起來。

「該死的畜牲！混帳！不認主的、挨槍子的……」他忿忿罵起來。母鷹在空中盤旋了幾圈，重又向他俯衝過來，他躲閃著，揀起樹枝揮舞著，叫罵著。母鷹發出陣陣威風凜凜的唿哨，在他頭頂上盤旋，伺機進攻。

凡是有崽子的飛禽走獸都有這種共同的本性：護崽子。此時此刻，母鷹對所有敢於接近牠窩的人和獸都起疑心。時刻準備著以生命來保護自己的後代。雛鷹飛離窩之前，永遠不會放鬆警惕，任何人也別想靠近牠的窩，這是一個母鷹的神聖職責。

老鄭頭無奈，只好悻悻地退回來，跟鷹窩保持一定距離站著。母鷹這才放棄進攻，飛回樹上，不時投來一瞥警惕的目光。

「這鷹變得這麼兇！」伊琳說。

「牠這是怕我奪走牠的孩子，跟人一樣。」老鄭頭思索片刻，從地上揀起那隻兔子，往前跨出幾步，又向鷹發出一聲口哨。當母鷹憤怒地飛撲過來時，他立刻大喝一聲：「嗾！」隨即把兔子拋到空中。

奇事出現了，刹那間那隻鷹恢復了獵鷹的本領，一個閃電般的飛擊，一雙鐵爪子牢牢抓住了那隻兔子，然後飛回歪脖樹上去了。

三隻嗷嗷待哺的雛鷹，一見母鷹腹下的那隻兔子，都歡快地鳴叫起來，拍翅蹬腿，躍躍欲試。

母鷹毫不猶豫地把兔子扔進窩裡。於是乎，三隻雛鷹撲在兔子上，又展開了一場血肉飛濺的爭奪戰。

母鷹落在旁枝上，愛憐地望著爭食的雛鷹。其實，牠自己也很餓，但並不想去跟孩子們爭食。牠用鉤嘴梳理了一下羽毛，不知怎麼突然轉回頭注視起東南方向的天際。牠的眼睛閃露出一種動物的驚恐，十分不安地搧動了幾下雙翼，同時向三個崽子發出了警告的唿哨。

老鄭頭也回過頭望了望東南方向。伊琳覺得東南天際正展現著終生難見的最綺麗壯觀的景象。那一輪毛茸茸的失去光色的太陽，已經被那層紛亂濃厚的黃色氣體死死纏住，雲騰霧湧，它不甘心地拼命掙脫，企圖摔掉這個沉重的包袱往上升騰，可是事情並不那麼容易，那股可怕的黃色氣體完全吞沒了它，遮住了它的輪廓。很快，黃色氣體蔓延到整個東南天空，在黃色體的下部，貼著地平線還滾湧著一股更爲濃稠灰暗的氣浪，迅猛異常地朝這邊移動過來。沙漠霎時變得死靜，鳥鑽進草底，蛇匆匆入洞，周圍坨子蒙上了一層陰森可怕的氣氛，迫使這裡的所有生命陷入緊張的沉默之中。

「要變天了，要來風暴了……」老鄭頭憂心忡忡地注視著東南天際。

「那我們快回家吧。」伊琳抱住兒子。

「再等一等，這三隻鷹雛該飛上天了，到時候了……牠們的窩經不起這場風暴，不飛走就全部完蛋！唉，到時候了……」老人奇怪地嘮叨著，臉上又呈現出剛才曾出現過的那種異樣的神色。伊琳猜不透使老人心情哀傷的原因。

這會兒，沙坨上吹來了涼絲絲的一股風，挾帶著邊塞沙蒿子、苦艾、沙柳條的苦澀味，掀開了他們的衣角，弄亂了他們的頭髮。被風刮起的細沙粒，在他們腳邊旋轉，草屑和樹葉順著風頭向前滾動。大風的前奏已達這裡，沙漠呼吸著緊張的空氣，等待著一場洗劫。

母鷹聞到這苦澀的風，更爲警覺的朝東南張望著，接著「呼」地一下，突然飛臨到鷹窩裡，向自己的三個崽子發起了進攻。牠狠狠地啄牠們，用尖利的鐵嘴不停地叼著咬著。牠企圖驅趕三個崽子趕快離窩飛上天。可是，那三隻可憐的崽子紛紛躲閃著，驚恐地回避著突然變得凶狠的母鷹，發出一陣陣乞憐的哀鳴。

老母鷹可不顧牠們的乞求，用爪子抓，用力翅拍，毫不留情地驅逐著這三個不成器的孩子。牠憑動物的本能已經預感到，如果不趕緊帶著孩子飛離沙漠地區，牠們將會被沙暴捲走並埋進沙底。可怕的沙暴迫使母鷹做出了抉擇，一種無法逃脫的命運的抉擇。

三隻雛鷹終於被凶猛的母鷹趕出了溫暖的小窩，在樹頂上徘徊飛旋。然而，他們並沒有按照母鷹的意願升入高空，而只是在窩的上空低低地飛旋著。牠們還缺乏勇氣和膽量。母鷹憤怒了，展開雙翅飛出去，在半空中追咬起牠們。

三隻雛鷹逃避著母鷹，又都伺機飛回了窩裡。母鷹怒不可遏了，發出飲血食肉的嘯鳴，箭一般扎進窩裡，猛撲向三隻雛鷹。一隻雛鷹的頭上連皮帶毛被叼下了一塊，一隻雛鷹被撞倒了，另一隻的嘴邊被啄了一下淌著血。顯然，如果不順從母鷹的意願，牠將會一一啄死這三隻雛兒。

一直不敢對抗母鷹的三隻雛鷹，在生命受到威脅的情況下，終於被激怒了，血管裡滾湧起反抗的熱血。牠們的頭脖高聳起來，揚起年輕而已經堅硬的利啄，擺開了戰鬥的架式。此時，牠們身上的動物的母子關係的本能變得淡漠，而鼓滿了爲自己生存不顧血族關係相拼一場的野性。當老母鷹再次發起進攻撲過來時，三隻雛鷹一起迎戰，撲向了牠們的媽媽，從三個方向圍咬起牠來。

這是一場生和死的撕拼。老母鷹更爲激烈地對抗著，毫不畏懼，顯出自己所有的戰鬥本領，點

燃著三隻雛鷹的仇恨的火種。

母鷹畢竟年大體衰，加上饑餓，牠漸漸支持不住，頂不住三隻年輕的鷹的反抗。牠開始退卻著，招架著，終於倒在三隻雛鷹的鐵爪和胸脯下邊。牠的頭部、脖子、前胸等多處受傷被叼破，淌著黑褐色的血，染紅了羽毛。牠的傷是致命的，似乎等的就是這樣的結局，牠停止了反抗和掙扎。

「鄭叔叔，快，母鷹倒下了！快去救救牠！」伊琳嚇壞了，緊張地捂著嘴喊叫。

老鄭頭卻沒有反應，沉默著，一動不動地站在原地。他腮幫上的一塊肉一跳一跳地抽搐。

「鄭叔叔，你怎麼了，快去救老獵鷹呵！你爲何不去救牠？」伊琳憤怒地搖晃著像一尊石雕般的老鄭頭。

「妳喊叫啥！這是無法挽救的！」老鄭頭突然咆哮了一句，接著，垂下了頭，低聲說，「孩子，這是無法挽救的，這是牠們的規律，妳沒看見老母鷹自己都放棄逃走和停止反抗了嗎？這是蒼鷹的規律。夠日子的雛鷹必須吃掉母鷹的血肉才能飛上天，才能具備閃電般俯衝、進擊、扶搖萬里的本事！而母鷹則透過這種獻身，透過這種肉體轉換，才能永遠留在牠酷愛的高空，這是一種偉大的犧牲。孩子，這是沒有辦法的事情，牠們的法則，法則！無法破壞的法則！這也是世界上蒼鷹極少的緣故。」

伊琳發現老人的眼眶裡閃動著淚珠。臉色顯得蒼涼而悲壯。

她震驚了。哦，多殘忍的法則！

她突然忍不住喊道：「不，我不承認這法則！我不能眼瞅著老獵鷹被自己的崽子啄死！我是人類，不管牠們的鬼法則！」她揀起一根棍子，欲朝歪脖樹衝過去。

老鄭頭一把抓住了她。

「孩子，我求求妳，不要破壞牠們的法則，我們沒有權力這樣做。老獵鷹自己也不同意妳這麼做的。」

「可牠救過我兒子的命！也是你留給兒子的禮物！別忘了，禮物！」

「禮物，早就沒意義了。我的那個兒子不回來了。給妳看看吧，這是上次我去場部時收到的信。」老人從懷裡掏出一封揉得皺皺巴巴的信，遞給了她。

伊琳匆匆讀起來。

爸爸：

請原諒你的兒子，我不能回故鄉看望您了。我要參加一個關於治理沙漠的學術報告會議，我要宣讀自己的論文，也許能獲得碩士頭銜。

爸爸，恕兒子直言不諱，您離開那個苦沙坨子吧！在那裡埋掉了您的幾十個春秋還嫌不夠嗎？據場部領導來信說，您要我回去的目的是，讓我去說服場領導，為您保住那個苦沙坨子。這真有點荒唐。苦沙坨子能不能保住，能不能免於大漠的吞併，我說不準，也沒有興趣，但您卻應該走出那該死的沙坨子，享幾年晚年清福了，到我這裡來吧，爸爸，我求求您，場部領導也叫我勸勸您，別辜負了他們的一片好意。也不要使一直想對您盡盡孝心的兒子失望。

愚兒小龍拜上

×年×月×日

伊琳緘默了。拿信的手微微顫抖。她感到心直往下沉落，猶如掉進了一個無底的冰窟窿，甚至好比誰拿一把沒開刃的鈍刀來回鋸著她的心。生活對老人沒有多少給予，現在把僅有的希冀也收回去了。她感到愴然，現實的冷酷讓她驚愕。一個一輩子扎在沙漠裡卻不知道靠沙漠還能當博士碩士的老父親；一個遠離沙漠、忘了沙漠，卻又想憑沙漠獲取博士碩士頭銜的兒子；還有眼前這隻爲子孫的飛上天甘心獻出自己血肉的蒼鷹……哦，這個世界是多麼紛雜、荒誕，而又讓人激憤啊！難道正因爲這樣，人們才有執著的追求，父輩才有不懈的希冀，母鷹才有不吝嗇的犧牲嗎？她似乎看到這個地球正從那母鷹的血泊和父親的軀體上苒苒上升。至此，她才發現了一條真理：她生活的這個地球向前滾動的動力原來是犧牲。

沙漠的風吹得疾了。沙丘上的苦艾、沙蒿子急遽地搖曳起來，在風中發出「嗖嗖」的熱烈絮語，天地間開始變得渾沌一片。

伊琳看見母鷹最後掙扎了一下，那三隻紅了眼的雛鷹紛紛啜飲起從母鷹胸膛裡流出來的熱血。這是牠們等待已久的上帝安排的聖餐。與此同時，在牠們身上也注進了往後有朝一日會有同樣命運的因素。因爲牠們是蒼鷹，具有能搏擊萬里的蒼鷹才具有的法則。

一陣狂風吹來，把樹上的鷹巢一古腦刮捲到地上。三隻年輕的鷹「呼」地騰空飛起，猶如三隻黑色的幽靈。牠們的軀體裡，頓時奇蹟般地產生出無限的衝擊力，在呼嘯的狂風飛沙中穿梭、進擊、飛躍，顯得那樣敏捷、矯健、奔放、勇猛。牠們高鳴著，向肆虐的風沙宣布著自己的輕蔑。

牠們最後俯衝下來，低低地飛旋在那個被刮落的裹有牠們母鷹殘骸的鷹巢上空。三隻鷹莊嚴有序地盤旋，一圈、兩圈、三圈……風大了，沙狂了，這三隻幽靈終於發出悲涼的哀鳴，飛離鷹巢，猛然如三隻黑色的利箭，劈開茫茫的黃色沙霧，直衝霄漢，扶搖而上，尋覓著更高的天空、更自由的王國。在極目處變成了三隻黑點，最後消失了，完全溶化在高天的胸膛。

老鄭頭的臉上靜靜地淌著兩道淚水。

伊琳懷裡抱著兒子，默默地垂著頭。她在思索。生活的啓迪如此嚴酷而豐富。

大風搖撼著沙漠。

那個裹有母鷹殘骸的鷹巢，被風捲著向前滾動。老鄭頭走過去，雙手捧起了那鷹巢。他脫下外衣，把鷹巢包裹起來，自己赤裸著瘦瘦的古銅色的脊背，大步走到那個古城廢墟的一堵舊牆下。他蹲下來用手挖出一個坑，把鷹骸放進去，上邊蓋上土壓好，然後站起來把那堵舊牆推倒在鷹墳上邊。

他就這樣安葬了老獵鷹，在墳前站了許久。

往回走時，他對伊琳說：「妳不要責備小龍吧，他有他的選擇，每個人有每個人的選擇，都有自己的道理。我想通了，我已經不責怪他了。苦沙坨子林業所能不能保留，不是問題的本質，關鍵是一個人要走完自己選擇的路，去辦好內心許願的事情。我決定了，我哪兒也不去了，就是撤消了這個綠化點，我也留在這裡，死後跟老獵鷹一樣躺進這裡的沙底。」老人的眼睛安詳平和地看著沙漠，稍停片刻後接著說，「妳知道，這裡有個流傳已久的說法：人死在哪裡，他的靈魂就轉移到那個地方的什麼活物身上。我死後變成這裡的一棵苦艾草、一隻小鳥什麼的，也甘心了。兒子說我是受苦的命，我是認了這命。」

伊琳默默地咀嚼著老人的話。

當他們趕回家裡來時，沙坨裡已經是天昏地暗，飛沙走石，猶如一面怒濤萬丈的大海了。一切生命都在這狂暴的風沙中瑟瑟發抖，經受無情的鞭打，去選擇生和死。

他們關緊門窗，點燃上小油燈。風沙在屋外肆行，小油燈在過堂風中搖曳，若明若暗。狂烈的風沙從四面衝擊著這間土屋，恨不得掀翻後一口吞掉它。

老鄭頭久久站在窗前，凝望著黑暗中肆虐的風沙，說：「不行，我得去看看……」

「去看什麼呀，鄭叔？」

「去實驗地，還有幾棵樟子松幼苗沒來得及立沙障子，風前叫鷹攪和得給忘了！」

「風沙這麼大，天又黑，您就別去了吧！」

「不去不行。沒有沙障子，小幼松會被風刮折，流沙也會埋掉它。」

老人說著就準備起來，用繩紮緊褲腿，紮緊腰，又找出細鐵絲、大板斧、馬燈等用具。

「鄭叔叔……」伊琳遲疑了一下，「是不是要我陪你去？」

「不用，妳吃不消。把門窗關好，我很快就回來。」

伊琳還想勸阻，可老鄭頭拽開門，提著馬燈一頭扎進風沙裡。伊琳目送著那盞在風沙中艱難前行的馬燈光，重重地嘆口氣。

她開始焦灼地等待起來。老人的身體吃得消嗎？別在風沙中迷了路……她有些疲倦地斜依在坑牆上，思索著。這些天來，生活對她的啓發和教育太多了，她需要清理一下自己的思想。她有些奇怪，不知爲什麼，這些天自己居然忘掉了那個創傷，同時也有了一個新的感覺：那件事並不值得自己那樣哀傷。她發現自己正在找回已丟失的自己。其實，沒有那個人，她也活得很好，這樣一來，她的心裡頓時豁然明朗了許多。他和她之間的鴻溝是無法填平的，結婚並不是一件一勞永逸的事情，人與人之間想溝通就得付出代價，而且，有的是永遠無法溝通的。

她終於找到了老人說的那個「支撐點」，站立在自己的兩條腿上了。於是，她在心裡頭一次寬恕了他，就像老人寬恕了兒子，母鷹理解雛鷹一樣。這是沙漠的性格，沙漠的胸懷。

後來她睡著了。一覺醒來，窗戶紙上透著曙色，外邊的風不知什麼時候停下了。

「鄭叔叔！」她一咕嚕爬起，喊叫起來。

沒有回音。老人還沒有回來。

她慌了，匆忙下地去開門。可是門推不開，從門縫裡往外一瞧，她嚇了一跳，原來流沙在門口堆了幾尺高，完全堵死了門。從門是出不去了，她急忙返回裡屋，從炕上打開窗戶，跳了出去。她囑咐兒子不要出屋等她回來。她轉身向北坨子跑去。眼前的景象怵目驚心。只經歷一夜的風沙，坨子裡竟是面目全非。沙柳和榆樹叢都沒有了葉子，光禿禿的，背風坡上的苦艾和沙蒿子都埋進沙裡只露出尖兒來，而有些高沙丘被削平了，可又有些新沙丘憑空出現了，一棵陡坡上的老樹被吹出了根，像一個脫光褲子的男子哈腰站在那裡。沙坨裡的地形變了，老天心血來潮，一夜之間重新安排了這裡的布局。她像一個遠古洪荒時期倖存的野人，跋涉在這片經一場洗劫的土地上。

「鄭叔叔！」她一路喊著，跑在那片消失了所有生命痕跡的沙坨上。

她踉踉蹌蹌趕到老柳樹坨子實驗地。

「鄭叔叔！」

沙坨靜默著，沒有一絲生命的回聲。小鳥們早已飛離了這裡，沒來得及飛走的也被風沙捲到該去的地方；小蟲們躲進沙漠的深處，還沒有來得及鑽到地面上來，那是個艱難的工程，活著爬出來的不會有幾個。

那座供歇息的小馬架被刮倒了，一半埋進流沙裡。不過她發現，這一帶終歸是經人的手種植管理的坨子，風沙的毀壞比其他地方輕微得多。胡枝子和黃柳儘管也被刮沒了葉子，但仍然頑強地挺立著。沙坨子和沙丘的移動也不大。

她找到了栽樟子松的地段。每棵幼松周圍都架立著三角形高籬笆牆，用鐵絲紮連著。在籬笆牆的外邊，被擋住的流沙堆得老高。她發現有幾棵幼松的沙障子被風捲走了，小松樹全被流沙埋住了。

她在被流沙埋掉的一株幼松旁找到了老鄭頭。看來他是爲了不讓流沙埋住幼松，不停地給樹苗扒沙子時昏過去的。他歪坐在沙地上，頭垂在胸前，流沙已埋到他的腰部，他的帽子不知刮到哪裡去了，頭髮和鬍子裡灌滿了沙子，滿臉灰塵，閉著眼睛，嘴角凝固著褐色的血塊，他咳血了！

她撲過去抱住老人，扒開埋住他的流沙。他的呼吸很微弱，兩手冰涼冰涼。

「鄭叔叔！」她急切地呼喚起來，擦拭著他嘴邊的血塊和眼角的沙塵。

老人終於醒過來了，微微睜開布滿血絲的眼睛，費力地看著她。

「鄭叔叔，你怎麼啦？沒事吧？」

「沒什麼，孩子，剛才胸口有些悶，我睡過去了，我挺好……」他一字一頓艱難地說著。聲音低微得很。

「那咱們回家吧，我來背著你。」

「回家……好，回家，」他歇了歇，沉重地喘著氣，「今天妳要給幼松澆澆水……他們又挺過了一場大難，會長好的。」

老人在她的後背上又吐了幾口血，昏過去了。大概他的內臟什麼部位原來出了不輕的毛病，趕在這會兒鬧大發了。

背著老人往回走時，她突然發現了自己這些天一直尋找的總覺得被自己忽略了的因素：那就是鄭叔叔這樣的「沙漠人」的因素。倘若每座沙坨子上都守留著這樣一個鄭叔叔，這樣一個沙漠人，那大漠還能吃掉苦沙坨子，還能向東方推進嗎？這是能夠推翻所有「博士」「碩士」立論的最重要的人的因素。如果人類本身重視了自己的因素，撒哈拉沙漠就不會往南推進六十四萬平方公里，世界上不會有百分之三十七的土地淪為不毛之地，不能耕種，中國也不會有十二大沙漠沙地，美麗富饒的科爾沁草原上也不會出現一個科爾沁沙地，同時，我們的後代也不會再發現新的沙漠古城廢墟。

她暗暗做出了一個決定：留在這裡幹。如果鄭叔叔去世了，她就接下來幹；如果老人沒有問題，那就一起幹。她要整理這次調查的實況和數據，還要去場部為苦沙坨子舌戰一場，要做的事情很多，她一下子著急起來。

她很感激失去知覺後緊伏在她後背上的這個瘦削的老人——人間的老蒼鷹。她感到他的血已經溶進她的身軀裡，這確實是一種靈魂的轉移。

她終於能起飛了。她發現，那個更高的空宇、更高的境界、更自由的王國，其實就在她腳下的第一步。

四、沙葬

獻給生於沙漠和死於沙漠的所有生靈——作者題記

四、沙葬

楔子

從那座骷髏頭似的禿沙包後面，趔趔趄趄晃出一條白狼。

顯然，牠咀嚼多了坨子上的乾麻黃草，四腿搖擺，雙眼微紅，如灌足了老白乾的醉漢，也流露出長期饑餓造成的萬般疲憊。在這初春的枯旱季節，坨子上除了去年的麻黃草外，還能有啥可填肚子的呢？到午後，從騰格里・罕山吹來的季風攪起漫天黃沙，昏天黑地肆虐之時，牠更是只好閉眼蜷臥坨根了。

牠把頭猛地抖動幾下，想振醒麻木的神經和身軀。牠知道，不能以現在這種疲態和一肚麻黃渣來迎接下午的風沙。那會在某個沙窩子裡，被流沙埋得無聲無息。

牠爬上那座骷髏頭沙包。其實沙包頂上什麼也沒有，名副其實的光禿禿。牠爬上來當然不是爲覓食。牠想吹吹風。站在高高的沙包頂上，迎風長嗥兩聲，也是極痛快愜意的。

牠，白狼，就這樣迎風站立著。在骷髏頭似的禿沙包頂上，像一隻白色的幽靈。初春的風徐徐吹來，帶著幾分涼意，幾分溫馨。白狼的身上，不由激靈一顫，似乎感受到了某種氣息，某種刺激，牠拖地的尾巴微微翹起，裸露出被毛茸茸的大尾巴一直遮蓋得很緊的臀下部位。牠是一條雌性狼。部位開始浮腫。

「嗷——嗚——」

白狼終於擺脫麻黃草的麻醉，發出一聲尖利的哭喪般的嗥叫。於是，死寂的荒漠，剎那間有了生命的氣息，然而也更顯得蒼涼了。白狼緩緩轉過身，蹲坐在兩條後腿上，久久地向遙遠的東方注視起來。那眼神，那神態，似乎陷入了遙遠的回憶中；也似乎在諦聽、搜尋一種久遠淡忘的呼喊。

不知過了多久，這隻狐獨的白狼有些悵然，懶散地從沙包頂上走下來。牠知道時間不多，趁風沙囂動之前，一定要吃到些像樣的東西。牠是一條務實的狼，不能光喝西北風。

一片鬆軟的沙灘地。白狼發現了幾個小鼠洞，洞口有新土。牠一下子興奮了。牠翕動敏銳的鼻子，把每個洞口認認真真嗅了幾遍，最後確定了一個新土較多的洞口，悄悄蹲坐在洞旁。一場狩獵開始了。牠耐心地等待著，偶爾張一下發緊的上下嘴巴，伸出舌頭舔舔久未沾血腥的嘴唇。這是對牠的耐力和經驗的考核。時間不多，牠把賭注押在這個洞口。遺留在洞口的小生靈氣息，不會欺騙牠的。一切都在意料之中。

果然，有動靜了。

一隻土撥鼠賊頭賊腦地從洞裡鑽出來，左張右望。聰明的白狼，一隻爪子踩住洞口，一隻爪子迅猛地拍向土撥鼠。土撥鼠有牠的精靈，牠一出洞便感覺出危險，且壓根兒就沒再打算返回剛才走出的洞，從狼爪子一旁，迅疾地向旁邊另一洞口奔去。這些洞在地底都相通著，只要鑽進任何一個洞口，都可逃之夭夭，氣死白狼。

可白狼畢竟是個行家。土撥鼠剛滑出牠的爪子，牠便判斷出牠要逃往的方向，隨之也「噌」地躥過去，兩隻前爪同時撲住，長嘴已經咬住了那隻精明又可憐的土撥鼠。立即伴出嘎吱嘎吱的尖牙咀嚼骨和肉的聲音。牠感到了久違的血肉之香。白狼已發現這片沙地是土撥鼠群落的繁殖地。牠得意地嗚嗚低吟起來。

當牠正追趕第五隻離洞的土撥鼠時，從一叢沙蓬棵子後頭「嚯」地躥出一隻黑色的旋風，撲來咬住了牠正追趕的那隻鼠，三下兩下吞進肚裡去了。白狼猛地一驚。

一隻黑色的公狼。體魄健壯、粗大，威風凜凜。

白狼毫不猶豫地撲向牠。喉嚨裡滾動出雷聲：「呼兒……」

黑色公狼閃過牠的第一次攻擊。不屑一顧地站在一旁，並不急於舉行反擊。

黑狼似乎處於某種疑慮。感到了這隻白色同類的不同一般處；說牠是狼吧，身材比一般的狼稍顯瘦削些，簡直有些像狗，也比一般的狼更顯得精明、狡黠、敏捷；說牠是狗吧，又那麼十足地野性、凶狠，全然沒有狗的被馴化的特點和沾染的人類氣息。這到底是一個什麼樣的同類呢？黑狼舉棋不定。

白狼再次躍起。齜牙咧嘴，毫不畏懼，像一條白色的閃電擊向黑狼。黑狼這才閃開喉嚨，張開尖利的獠牙，迎向白狼。旋即，牠又奇怪地轉到白狼尾巴後，收斂起渾身蓄滿的凶殘和狂烈，伸出尖鼻子嗅起白狼尾根下部位來。牠有了某種感應。牠辨認出這是一隻開始發情的雌性同類。

於是，黑狼喉嚨裡滾動的低吼漸漸變成含滿柔情的呼喚。廝咬也充滿了愛撫的調情。

白狼的身上發出閃電般的顫慄。牠轉身便逃，黑狼跟著猛追。於是，荒漠上黑白兩條閃電一前一後捲起一場狂烈的生命追逐。死亡之海的荒漠，爲這種愛之追殺所刺激，飛揚起了塵沙歡呼助興。

初春，對狼來說，是一個交配播種的季節。

遙遠的東方，似乎也傳出那個悠久的呼喚：「白孩兒——白孩兒。」

一

套驢的勒勒車吱吱扭扭呻吟著，終於爬上進莽古斯沙地的第一道沙坡。原卉長舒一口氣。

「啊，終於踏進這塊沙地了。」她心中隨之也生出一陣波動：白海當年也是從這裡踏進這個惡魔的瀚海莽古斯沙地的吧？她微微閉上雙目。往事不堪回首。當初那場風波，弄散了她家。丈夫白海遠走沙漠，兒子高飛出國，只留下孤伶伶她一個在都市裡熬生活。她不覺嘆氣。

趕車的中年漢子歪過腦袋問：「不舒服？還早哩，開頭兒我沒說過？別來這鬼地兒。」

原卉歉然一笑，搖搖頭：「沒有不舒服，走吧。」她盯著趕車漢子後背上斜挎的獵槍，心裡對他那種獵人的過分機警敏感有些吃驚，也有些不舒服。

她是昨天從縣城來到這位於莽古斯沙地邊緣的黑兒溝新村的。縣林業局陪同來的幹部爲她安排妥當之後，她就讓那人回縣裡去了。今天一早，村長包老大就派民兵連長鐵巴趕車送她進沙坨子，尋找那位雲燈喇嘛，並說只有這個鐵巴連長才有可能找到雲燈喇嘛。因爲他是這位喇嘛的親侄子。而雲燈喇嘛則是丈夫生前唯一交往和一起生活的人，找到他，才能了解到丈夫生前最後幾年的狀況，也能揭開他逝世之謎。

「鐵連長，」照村人稱呼的習慣，她也生澀地這麼叫了一聲，「請問，你多久沒見到你那位叔叔了？」

「一年？不，不，差不多兩年了。」他的眼睛警惕地搜索著周圍沙坨子，漫不經心地說。

「兩年？」她驚訝地叫起來，「你叔叔沒在村裡跟你一起生活？」

「他？呵呵呵……」鐵巴嘎嘎地乾笑幾聲，「他是個老跑腿子。喇嘛嘛，過去是不能娶女人的。這些年他壓根兒就沒在村裡待過。」鐵巴乾喇喇地咳出一口濃痰，吐在沙地上，用巴掌摸一把嘴，又補充一句，「他是個『巴達爾欽』，就是雲遊僧，沒有固定的地方。」

原卉不免失望，抬眼望望蒼蒼莽莽的沙坨子，說：「那你領我上哪兒去找他呢？」

鐵巴眨了眨那雙狡黠的小眼睛，笑了笑：「鳥飛千里也有個落腳的地方，我那位叔叔走遍世界，回來後還是有個安歇的老窩。」

「在什麼地方？」

「諾干・蘇模廟。」

「諾干・蘇模廟？」丈夫從沙漠發回省裡的信中介紹過這個地方。她依稀記得，諾干・蘇模的意思是綠色的廟，好像是指一座被沙漠埋掉的舊廟。丈夫曾稱在諾干・蘇模廟發現了人類治服沙漠的一種新模式，甚至忘記了自己當時變相流放的身分，狂妄地向沙漠研究所所長提議：應該把沙漠研究所移到諾干・蘇模廟來。狂熱，又不識時務，所裡同行們，身居都市研究沙漠並獲取各種成果和桂冠的研究員們，當然不屑一顧。有些人則把隱含嘲諷的目光投向她，探詢她的反應。

她還能有什麼反應呢？神經早就麻木了。自打丈夫遠走沙鄉起，她的心就木了，乾了，死了，沒有血了。相隔五年沒有見面，當她突然頓悟到自己好像在什麼地方弄錯了，這一切有可能不是真實的時候，爲時已晚。研究所收到了來自莽古斯沙地的一封簡短的電文：白海身亡。沙葬。雲燈。

她陷進自責懊悔的苦海中，痛不欲生。

她畢竟是位不凡的女子，決心親自進莽古斯沙坨子，查清丈夫生死之謎。同時見識一下丈夫推崇不已的那個諾干・蘇模模式，當然還有那位發出電文的雲燈。她寫信通知遠在澳洲的兒子，希望他回來陪她一同前往，尋覓爸爸的蹤跡，可兒子回信乾脆：希望她去澳大利亞，他給辦一切手續。

她苦笑。過去，三足鼎立的他們家中，始終不曾有過和諧，現在，只剩下她們母子倆也未必有共同點。但她已決心向丈夫靠近，儘管太遲，選擇是重要的。她向沙漠所的新任領導們提出了自己的科研計劃，並得到支持和允諾，讓她先來考察諾干・蘇模模式。真如丈夫白海所說，在這兒開闢一個沙漠所的治沙科驗站之類的也未嘗不可。

「諾干・蘇模廟還多遠？」原卉問鐵巴連長。

「四、五十里路。」

「路好走嗎？」

「路？壓根兒沒有路。」

「那怎麼走法？」

「瞎估摸著走吧。」鐵連長的眼睛屢屢往四周野坨子斜睨，似有什麼心事。

「你好像還有其他的事要做？」原卉問。

「沒啥大事！找一條狼。」

「找狼？」原卉嚇了一跳。

「對，找一條白狼。昨兒黑夜牠又咬了我家一隻羊。一年一隻！該死的白狼，就咬我家的牲口，媽那個臭×！」他惡狠狠地詛咒起來。

原卉心中反感，又有些傷心地想：這個世界上，看來每個人都有些自己排解不開的難題。恩恩怨怨，愛愛憎憎，忙忙碌碌，生生死死，自己又何嘗不是。唉，真累人。還是古人聰明，處無爲之

事，行不言之教。一切順應自然。少去多少無聊和煩惱。

勒勒車默默地行進。在沒有路的沙坨子上，軋出兩條曲曲彎彎的轍印，活似兩條被生生拉長了的蛇。

鐵巴那雙黃豆粒般小而圓的眼睛超負荷運轉。他有種預感，那條兇殘狡黠的白狼，就在沙坨子上的某個暗處潛伏著，隨時會發動進攻。他跟牠的較量不是一天兩天了。他瞇縫著的細眼縫裡流泄出寒冷而銳利的光，搜索每個沙包每棵沙蓬叢。

不知走了多久。拉車的灰驢停住了，叉開腿撒出一注尿來，乾涸的沙坨子上登時泛出一股臊臭味。

「歇會兒吧，驢也歇歇腳。」鐵巴說。

原卉下車。走過去觀察起一座被季風衝旋出來的懸崖般的高沙丘。沙丘頂部和背風坡面，長出些稀疏的艾蒿、酸棗棵，還有一種她認不出的矮棵子叢生植物。她發現這類叢生植物生命力極強，牢牢盤在沙丘上，根鬚部護住下邊的沙土不被風刮走，形成了這座奇特的懸崖式沙丘。而受風面正因爲沒長這類固沙力極強的叢生植物，被風吹裸出黃沙。她非常驚奇這種植物，突然想起，丈夫的信中也曾炫耀過他在莽古斯沙地發現了一種神奇的植物：沙巴嘎蒿。對，這個植物肯定就是那個神奇的沙巴嘎蒿了。

那邊鐵巴連長揮動著帽子召喚她。

「快來上車吧！我們得開路了。」鐵巴很興奮地盯著沙地上的一行足跡，顯得火急火燎。手裡還提著一隻剛被打死的沙斑雞兒。

「發現什麼了?是你叔叔的腳印嗎?」

「嗨，那兒跟哪兒呵!是白狼，是發現了那條白狼的腳印!妳看，新腳印!」

原卉哭笑不得，上車後，發現鐵巴趕著車，卻尋著那行獸類足印向前走，不免悲哀，說:「我們是先找白狼還是先找你叔叔?」

「別急，一回事。沒瞅見這腳印也是衝著諾干·蘇模廟的方向去的嗎?」

走了大約半個鐘頭，他們上了一座地勢較高的沙梁子。鐵巴遙指西邊一處綠地，說:「那邊就是諾干·蘇模廟了。」原卉這才有了精神。這時，她看見有個人沿著從北邊插過來的一條沙坨小徑騎驢而來，哼吟出一首古歌:

天上的風——無常，
地上的路——不平，
啊——嗬——嘿——

歌音拖長，悲涼，也有幾分哀婉，令人生出幾絲無端的惆悵。

「咦?誰在唱『天風』?」正俯身查看獸類足印的鐵巴抬起頭，發現了幾十米外的騎驢者，呼喊道:「喂——!」

那位騎驢者側過身來，向這邊張望。

「是他!沒錯兒，是我叔叔!走，咱們過去!」鐵巴趕起車，原卉也驚喜不已。那個老漢頭上

扣著一頂破邊兒草帽，身上穿的黑褐色袍子也破舊不堪，瘦削的黑臉如坨子上的榆樹皮，堅硬又多皺。

「是你？來沙坨子裡幹啥？」叔叔見到侄子一點也不高興，倒有幾分冷漠。

「我，我們正找你吶，這位省裡來的客人要去諾干・蘇模，村長安排的。」鐵巴急忙解釋。

老漢隨意瞅一眼原卉，卻盯住了扔在車上的沙斑雞兒，火了：「又殺生了，你做孽還沒做夠呵！坨子上現在除了跳鼠沒有東西了，都叫你們殺絕了！」

「嘻嘻嘻，叔叔，你可說錯了。有東西打，狼！昨兒黑夜又掏了我一隻羊，還是那條白狼！」

「白狼？」老漢驚問，臉上呈現出極濃的興趣，兩眼放光，「你在胡扯吧？」

「你還不信，那邊還有牠的腳印哩！我一直追蹤到這兒，該死的東西，可能就在附近。」

「腳印？白狼的腳印？在哪兒？我去看看！」老漢神色間流露出十分的急切和關注，轉身就跑向那邊沙梁子。

「他就是你的叔叔雲燈喇嘛？」原卉問。

「可不是，除了他誰還能這麼瘋癲！」鐵巴毫不掩飾對叔叔的不敬，同時機警地觀察起四周。他似乎感覺到了什麼，「喀啦」一聲拉開槍栓。

只見雲燈喇嘛登上那道沙梁子，衝著那行足印看了又看，不停地叨咕：「是牠的腳印，不錯，是牠的腳印！」然後站直身，手搭額頭向四周觀望搜索，悠悠地喊一聲：「白孩兒——白孩兒——」

荒漠一片寂靜。闃無聲息。

遠處的某一片沙蒿叢倒伏了幾下，似乎草下潛行著什麼東西。復又寧靜，一切如舊。

「唉，牠又走了。牠還在怪我。怪村裡人。唉，唉……」雲燈喇嘛幽幽地嘆著氣，走下沙梁，歪坐在驢背上。走了。

鐵巴見叔叔奔諾干・蘇模廟去了，急忙催促原卉：「快上車，咱們跟上他走。」

「他好像不大歡迎我們。」原卉擔心地說。

「他誰也不歡迎，只要是不信佛的人進諾干・蘇模廟，他都覺得褻瀆神靈。除了當年那位另一個半瘋子白海。」

「那白海怎麼會受到你叔叔的特殊待遇？」

「我也搞不清，到了諾干・蘇模，妳自個兒問去吧。不過我想，他不會讓妳在那兒待下去的。」

鐵巴趕動勒勒車。沙坨子上又傳出了吱吱扭扭的缺油車輪的摩擦聲。

原卉默默注視著前邊騎驢老漢那稍駝的背影，心裡倒很自信，丈夫能做到的事情，她也能做到。因爲她現在比他還瘋。

諾干・蘇模廟位於科爾沁沙地東南部一片白茫茫的流沙群落裡。當地人稱這片流沙地爲莽古斯・芒哈，意思是惡魔的沙漠。過去這一帶還不是現在這樣寸草不長的死漠地帶，屬於還有些植被的沙坨子，坨子上可以放牧，坨坡坨窪地上還可種莊稼。散布著稀稀落落的自然村落，維持著爲數可觀的蒙古族牧民和外來農戶。而且，諾干・蘇模廟也曾頗爲風光過，廟上住有幾十位大小喇嘛，供著金塑三世佛。平時香火繚繞。善男信女絡繹不絕。是科爾沁草原的一個重要喇嘛教活動場所。

黑兒溝村原來也位於諾干・蘇模旁邊不遠處。後來土地沙化，風沙侵吞了這片地。有天黑夜，一場罕見的大沙暴把全村大多數房屋埋進流沙裡，村民們這才遷徙到幾十里外的地方，建了現在的黑兒溝新村。爲何僅僅百年功夫，這裡退化成如此不忍目睹，變成爲白茫無際的死漠？人們都茫然不解。有人罵老天十年九旱不下雨；有人罵土地太薄經不起耕耘；也有人罵人自個兒個個像貓冬的熊瞎子，只會舔自個兒腳板，禍害自個兒，掘自個兒的死洞，是個沒救的敗類。

唯有雲燈喇嘛罵得與眾不同。他怪這裡的沙化是因爲過去拆了諾干・蘇模廟，人失去了對神佛的敬仰，也就失去了天地神佛對人的庇護。他認爲神佛是天地之靈，天地的象徵，冥冥中無處不在。爲此言論他付出了代價，被當時的村政權冠之以沒有改造好的反動喇嘛，二十一種人。天天派他到坨子上拉大耙，以洗罪惡，給忙著運動的沒有罪惡的村頭兒們摟柴草解決取暖問題。一舉兩得。

四、 沙葬

那是個寒冷的初冬。有一天，他拖著疲憊浮腫的雙腿，從坨子上回到破土房，發現屋裡地上蹲著一個人，白瘦臉上掛著一副眼鏡，額頭又大又亮，腦頂扣著一個藍布帽。腳邊放一網兜東西：書、鞋、牙具、臉盆。屁股下墊著一捲沒打開的行李。

雲燈喇嘛愕然。對方也有些驚慌，嘴角擠出歉然的笑紋，站起來。

「你是哪兒來的神？」

「我……我不是神，哦，對對，是神，牛鬼蛇神……」他謙恭地乾搓著手，語無倫次。「他們，村政府，派我來向你學拉大耙，是的，是這樣，學拉大耙。」

「哈哈哈……學拉大耙？」雲燈喇嘛憋不住笑出聲來。如今這世道學啥的都有，學社論、學語錄、學忠字舞、學大寨、學大慶，唯獨頭一次聽說學拉大耙，真稀奇。當年他在諾干・蘇模廟上當「格陪」喇嘛，曾教過小沙彌們學念藏經，現在要教人學拉大耙。還真新鮮。

「你到底是誰？從哪兒來？」

「我是下放鍛鍊的白海，原在省沙漠研究所工作，今天到達本村。他們派我到你這兒來學拉大耙進行改造。」白海認真恭敬地介紹了情況。

雲燈喇嘛不理解，改造人爲啥非得流放到邊疆沙漠，城市裡不好改造嗎？那邊疆沙漠的人需要改造上哪兒去呢？歷代都如此，也不發明一個更高明點的改造方式。他本想問對方犯了啥事，可又收回了念頭。

第二天，他們就一同上了坨子。拉大耙。

大耙，沙坨子裡特製的摟柴草工具。二米長的粗木桿長柄，四五十根筷子粗的鐵條子耙齒。柄頭搭在肩上，用短棍別在肩胸前。彎過來的大扇形鐵齒子足有半尺長，從地上拉過去，深深扎進土地表層，柴草就連根被摟進釘耙裡。

拉耙者，身後拖著大耙子，駝背躬腰，在長有柴草的坨地上不停步地行走，何時摟滿一耙才停下，把柴草堆放起來。就這樣一耙一耙地摟，堆成很高很高的柴草垛，再用大車拉回村去。一個大耙足有三四十斤重，一天拉下來，拉耙者在坨地上起碼走上一兩百里地。鐵打的漢子時間長了也吃不消。這可是名副其實的勞動改造。

白海默默地看著雲燈喇嘛給他示範拉大耙。他吃驚地看著那些艱難地生長在沙坨上的苦艾、黃蒿、羊草、沙蓬等植物，統統連根被鐵耙子摟出來。他忍不住揪心地喊一聲：「停下！」

雲燈喇嘛愣住了。唯唯諾諾的書生，怎一下子變得如此氣盛呢。

「怎回事？」

「拉大耙就是大耙摟個拉法？」白海蹬蹬跑過去。

「那還能是啥拉法？你以爲就像你們城裡人吃飽撐了出去溜彎兒？」

「你們這兒燒用的柴草，全是靠大耙摟來的？」

「對啊，我們這兒祖祖輩輩全這麼幹過來的！」

「這是破壞！這是加速土地沙化！難怪這兒都成了不毛之地！唉，唉，這是犯罪呀……」白海痛惜又無奈地跺著腳，蹲下去，心疼地抓一把連根拔起的苦艾，觀察起根鬚部分，想弄清還有沒有根鬚殘留在土裡。

雲燈喇嘛在一旁漠然地瞅著，心裡笑這書生的呆氣傻樣。

「別犯傻了，快拉耙吧。你說破壞，可不這麼破壞，沙窩子的人燒手指頭呵？」

白海欲哭無淚。「我不幹。」

「不幹？好哇，那你從哪兒來回哪兒去吧。」

白海默默地往肩上套上那把沉重的大耙。心在顫抖。

於是，沙坨上出現了兩列並行的各有兩尺寬的大耙印跡。大耙過處冒起兩股白煙，白煙消散後，失去植物的土地活似被剝光了衣飾的軀體，赤裸著躺在那裡。可憐巴巴，醜陋不堪，慘不忍睹。很快，這種赤裸的印跡擴展、交錯，漸漸布滿了這片沙坨子，像一道道碩大的網捆住了裸露的大地。

白海似乎聽見了身後摟進耙裡的植物在哭泣，感覺到赤裸的土地在顫抖。他是一位從事沙漠研究的科技工作者，他一直提倡研究沙漠與具體治理沙漠結合起來，想找到一條人類征服沙漠的有效措施。沙害是人類面臨的四大災害之一，全世界百分之三十七的土地已被沙漠吞沒，成爲不毛之地，而且這個面積以驚人的速度日益擴大。如果人類拿不出有效措施，不久的將來，人類賴以生存的這個地球有可能全被黃沙所掩沒。他相信，這種結局決不是危言聳聽。他自願下放到這塊沙地，就是想借此機會長期住在沙地，腳踏實地研究東西，搞出點具體的模式。

雲燈喇嘛似乎習慣了這種祖祖輩輩沿襲下來的生存方式。他還有一種習慣，拉耙時嘴裡不停地念經，既能減輕累乏，還能溫習經文。他也恨沙漠，因爲沙埋了他精神所寄望的諾干・蘇模廟的殘跡。他認爲沙漠是個大妖魔，而拆了廟、毀了神殿，便是放跑了這個沙妖。這是報應。天地對人的懲罰。

傍晚，當昏黃的太陽被吸進西邊的大漠裡時，他們二人才收工回家。白海累得渾身酸痛。雲燈喇嘛去坨根撒尿，突然驚呼起來：「快來看，我撿到了啥？」

白海走過去。

一隻如小貓般的小狗崽，窩在一棵沙蓬棵子下邊瑟瑟發抖。通體雪白，四肢亂抖。亮晶晶的一對黑眼睛可憐無助閃動著，白色額頭上還有一小撮白得透亮的額毛。看樣子出世頂多幾天工夫，哼哼嘰嘰，小嘴蠕動拱尋著母奶。

「不會是狼崽吧？」白海不安的看看荒野。

「哪有雪白色的野狼！這是被人扔掉的狗崽。沒錯，誰家不願養丟在這兒了，要不母狗是個沒有家的野狗，出去找食兒被人當瘋狗打死了。噢，多可憐喲，多漂亮的小東西喲！」雲燈喇嘛表現出異乎尋常的興奮的熱情，抱起小狗，摩娑著其光滑柔嫩的皮毛，輕輕偎在懷裡，嘴裡不停地念叨著：「哦，哦，跟我回家吧，我來養活你，我來給你當媽媽當爸爸，扔在這荒野上，你會凍死餓死的。我聽見了佛的召喚，讓我來救救你這可憐的生靈吶！」

其實，白海一點沒有反對的意思，沒必要去搬佛旨。何況，他自己都像個無家可歸的弱狗一樣寄住在別人家裡。

「反正老天叫我發現了牠，那就是說牠跟我有緣。這世道，有緣的又有幾個呢？這是天意，天意不可不聽啊！」雲燈不停地叨叨。

白海覺得老喇嘛在多年的單身生活中，嘗盡了孤獨、寂寞、淒涼，現在遇見這麼個令人心疼的小狗崽，就像找到一種寄託和慰藉。

就這樣，兩位被改造者的生存環境中，又增加了這個第三者。命名時，老喇嘛難得露出笑容說：「就叫牠白孩兒吧，雪白雪白的小孩兒。」

白海笑笑，心裡挺感激老喇嘛跟自己如此不生分，用諧音取他名爲小狗名。

他也開玩笑說：「叫小喇嘛吧。」

雲燈喇嘛乍聽臉變了，復而拍掌大樂：「妙，妙。那就我叫牠白孩兒，你叫他小喇嘛吧。各叫各的。反正人有好多叫法兒，動物爲啥不行。」

奇怪的是，這小狗居然把這兩個名字同時都接受了。而且更不可思議的是，老喇嘛喚牠「小喇嘛」時牠決不理睬，白海叫牠白孩兒時牠也不認可。牠只承認每個人的專利，不允許相互亂串使用。

小狗崽哼哼嘰嘰的嗚咽，給他們昏暗潮濕的土房裡帶進了一絲生氣和暖意。有時爲了爭奪晚上誰把牠抱進自己被窩裡睡的權利，兩個人之間經常發生些爭執。不得已，只好用孩童時的「剪刀石頭布」來解決爭端。

二

白孩兒、白孩兒、白孩兒……三年？五年？七年？究竟有多久？聽到這聲人類的呼喚，牠真是如雷貫耳，魂驚魄動。

白狼在狂奔。

牠似乎想透過這種發瘋般的狂奔荒野，來逃避那個熟悉而陌生的呼喚。已經非常久遠了，該遺忘的都遺忘了，在牠的記憶中，至今唯一留存的就是那刻骨銘心的與人類共處的生死經歷。可不知爲何，多年來，牠一直怨恨著人類，包括那老人。尤其那個端槍的獵人，只要見到他的影子，牠就渾身毛骨發炸，熱血沸騰。牠對人類的仇恨，遠遠超過了對人類的依戀。

牠逃離並不是害怕那個惡人，而是懼怕他手中的那桿火器獵槍。人類也只有靠槍了，不靠槍，他們什麼也幹不成。

白狼終於跑到大漠深處的一處洞穴旁。這是牠們的老窩。在一座聳立的沙岩根部，一叢倒長的

茂密蒿草遮掩著一個黑乎乎的洞口。那隻黑狼機警地從沙岩上的柳叢裡跳出來，迎接白狼。黑狼見牠嘴上沒有叼著獵物回來，稍有不滿，呼呼兩聲哼叫，然後還是原諒了牠，親暱地拱拱牠的嘴。白狼沒有興趣與牠親熱，走開去，鬆鬆懶懶地躺在洞口旁的沙地上。雙眼又失神地遙望起東方的遠處來。

黑狼不甘心，顯得悠閒的樣子走到白狼身旁，用嘴輕輕拱拱白狼已隆起的肚皮，又極爲敬重地嗅嗅白狼的陰部。牠已經非常有把握地意識到，不久的將來，牠就要做爸爸了。然而，牠的挑逗招致了白狼的厭惡，甚至惹怒了牠，「呼兒」一聲回頭咬了一口黑狼的耳朵。

黑狼急忙跳開去，顯得沒趣。受孕後姘居時期，母狼是一家之主，絕對權威，而且也兇狠，公狼一般鬥不過。黑狼紳士般寬容地站在一旁，並不計較白狼的喜怒無常，張了張發木的血盆大嘴，伸了伸懶腰。然後縱身一跳，敏捷地上了沙岩頂上，趴在那裡，擔負起警戒任務。

傍晚，這兩隻饑腸轆轆的狼一同向東方出發了。

這次黑狼打頭。有節奏地伸展四腿，矯健輕捷地奔跑著，直奔莽古斯沙地東邊上的諾干・蘇模廟一帶插去。黑狼胸有成竹，早已摸清進攻的目標，牠不愧爲荒漠上流竄多年終未被人類消滅的一條老公狼。

牠們是通過舊村址上起伏沙丘的掩避，潛進諾干・蘇模的。一戶人家，兩間舊土房。這無關緊要，關鍵是房後拴著一頭老牛，今晚，那頭老而瘦弱的黃牛，是牠們要進攻的對象。只要放倒了這頭牛，夠牠們享用一個月的。埋在沙子裡慢慢吃，不會腐爛。

土房的窗口透出燈光，在黑夜裡顯得晃眼。不知何因，只要見到燈光或火焰，黑狼就恐懼。或許是潛伏在牠身上的祖先的遺傳基因在作祟。狼的遠祖，最初與猿人戰鬥時，大概就吃虧於猿人手中的火把而敗下陣的。不然，人類的祖先就不是猿人，而可能是狼人了。

白狼似乎沒有這種恐懼心理。牠對燈光有著某種難以名狀的感情。牠忍不住趴在窗臺上往裡瞧了一眼，於是瞧見了那張熟悉的老臉，是白天一聲聲呼叫「白孩兒」使牠心驚肉跳的老漢。原來，這裡是他的家。

牠意識到什麼了，悄悄離開窗戶，迅速轉到房後。牠發現，黑狼已經接近那頭倒榍的老牛了。感覺到危險的老牛，繞著木樁子打轉，拚命掙脫韁繩，鼻翅「噴兒噴兒」地搧動，「哞哞」地發出恐懼的低吼。

白狼見了老牛，似乎內心深處閃過一個遙遠的記憶，牠身上一抖。那是一個不大適宜牠小嘴的過於大的奶頭，然而奶汁豐富得像條泉，牠嗆得咳起來。

當黑狼一躍而起，撲向老牛咽喉之機，白狼躥過去，從斜岔裡橫撞開了黑狼。被這意外的撞擊弄懵了的黑狼，閃開身，發現是白狼，牠被激怒了。發出一聲憤怒的咆哮，齜牙咧嘴，警告白狼不要管閒事，再擋可不客氣了。而白狼並不懾服於黑狼的威脅，兇猛無比地衝著牠的咽喉下起嘴來。這可是致命的，也是明白無誤地告訴對方，交情斷了，關係結束了，來真格兒的了。

翻臉的兩隻狼，昏天黑地撕鬥起來。驚恐萬狀的那頭牛，感到莫名其妙，警惕地蹬著兩隻相鬥的惡狼。情侶變仇敵，獸性大發，相互殘殺變得更加激烈。反覆撕咬，滾打，撞擊。而由於身孕行動遲緩的白狼，漸漸變得處於下風了。正這時，從土房頂上突然傳出一陣「噹、噹、噹」的洋鐵盆或什麼鐵器相敲猛擊的激烈震蕩聲，同時，一個沙啞而粗亮的嗓音高喊：

「狼來了！狼來了——」

這是人類古老的轟趕野狼的方法。

果然有效。黑狼驚恐之極，立刻放棄白狼，扭頭就向西方大漠逃竄而去。白狼也拖著疲憊遲鈍的身體，向另一個方向逃去。很快牠就停下來，回頭去望那座小屋。從房頂上下來的那個老漢，把牛牽進屋裡去了。接著，那盞燈也滅了。白狼低低地發出幾聲呻吟，如怨如哀，如泣如訴，然後便默默地離去了。

從遠處的西方大漠，隱隱傳來大黑狼那不平的長嗥，繼而大沙地又恢復了黑夜的神秘和寧靜。

四、沙葬

舊村址。

勒勒車從這裡通過。說是舊村址，其實舊村痕跡蕩然無存，流沙淹埋了殘垣斷壁。黃沙裡偶而可見風化的白骨和零星的陶片兒，還能證明這一帶人類曾居住過。細軟褐黃的流沙線，溫柔地吞噬了這裡所有的生靈。繁衍生息過多少代人的舊村址上，現在連根草都不長了。聽不見鳥兒叫，看不見飛蟲，頭頂上一動不動地扣著一個灰濛濛的天穹。陰森而乾枯的死亡氣息，時時從那漫漫流沙中透露出來。

原卉突然有一種不祥的意念：人類生存的所有環境——城市、鄉村、原野、森林，有一天都會變成這個舊村址的樣子吧？遙遠的未來，有那樣一場災難的日子等著人類吧？到那時，所有地球生靈就如這些風化的白骨一樣，毫無生機，萬劫不復。她不寒而慄，不敢想像。好在勒勒車走出了這個死亡地帶。

再走三五里，就是雲燈喇嘛居住的諾干・蘇模廟。當然，實際的諾干・蘇模廟已不復存在。廟被拆掉，磚瓦拉去蓋了村部辦公房屋。就是不拆，風沙也會徹底埋了這座廟宇。雲燈喇嘛只是在舊廟原址上蓋了兩間土房而已。

原卉發現，以諾干・蘇模廟舊址爲中心的方圓幾百畝地方，跟東邊幾里外的舊村址截然不同。這塊四面環沙的巴掌大的地方，居然還有著綠色植物！她不禁驚呼：「真是個奇蹟！生命的奇蹟！」

其實，趕車的鐵巴連長也沒想到會看見這種情景。從隨村搬出這一帶後，他一次也沒回來過，而且全村也沒有人回來過。唯有跟神佛有緣的雲燈叔叔被宣布爲好人或不是二十一種人之後，便搬來這裡落戶居住了。人們都以爲他靠雲遊化緣熬日子，絕沒想到他在這塊諾干・蘇模廟巴掌大的地上，開發出這樣一種生存天地。他有些目瞪口呆，難道真的有神佛庇護著他叔叔以及這塊供敬過神佛的土地嗎？

原卉急忙下車，仔細查看起這個生命的奇蹟。

她發現，創造這個奇蹟的就是那個神奇植物：沙巴嘎蒿！

在阻擋流沙侵吞的邊緣地帶，全是這個奇異的植物繁衍覆蓋。一片片一叢叢，綠油油地擋住流沙層的蔓延。這蒿草，高不到一米，旁枝繁茂，屬叢生植物，耐旱喜沙土，生命力頑強。難怪她丈夫稱它爲改造沙漠的寶草。

跟沙巴嘎蒿一同混雜著生長的還有沙柳條子，這也是一種叢生木本植物，株高達兩三米，根鬚很深，枝葉茂密而嫩綠。被流沙埋了一半株桿，仍然頑強地挺立著，狂風吹得它彎腰貼地面，風過後仍舊挺直了腰桿，顯示出生命的不屈和堅韌且富有彈性，婀娜搖曳。諾干・蘇模廟這塊巴掌大的地方主要靠這兩種植物，才能在大漠嘴邊苟延殘喘，沒有淪爲死亡地帶。

原卉面對丈夫白海生命的最後幾年裡生活奮鬥過的地方，內心無限感慨。這就是白海所說的「諾干・蘇模」模式了。她決心認真考察和研究一下這個神奇的模式。倘若這個模式真的像丈夫所推崇的那樣具有普通意義，爲人類治理沙漠提供切實可行的示範，她下一步將不遺餘力完成丈夫未竟的事業，總結和推廣這個模式，並且在這裡建立一個沙漠研究所的外派機構什麼的。現在，當務之急是跟雲燈喇嘛談話，了解丈夫的情況和找到他遺留的筆記或資料。

鐵巴把勒勒車停在雲燈喇嘛的門口。卸下毛驢，放進門前一片蒿草灘，叔叔的那頭驢也在那兒吃草。兩個牲口抬頭相視，都「哇哇」地長叫起來，大有相見恨晚之態，走到一起觸觸鼻嘴，以親吻識別著對方的性別。

「叔叔！」鐵巴推開虛掩的籬笆門，「咦，人呢？」

土房外表雖然破舊不堪，裡邊倒十分乾淨整潔。靠窗向陽處是一座土炕，鋪著單人用的褥氈，旁邊放一個四方炕桌，用的年頭多，已擦拭得油光錚亮。炕桌上整齊地擺著一摞藏經，上邊壓著一個精巧的小銅鈴，還有一串精致玲瓏的烏木念珠。後牆上擺著佛龕，供著銅塑觀音和達賴班禪喇嘛的畫像。佛龕前點著「珠拉」燈和香。原卉對喇嘛教一無所知，但也被這種喇嘛教的宗教文化氛圍感染，油然生出一股祥和、安寧、肅穆的心緒。

「我這位叔叔在諾干・蘇模廟上當了二三十年喇嘛，別的沒學會，就學會了乾淨。妳看看，這屋裡拾掇的白是白黃是黃，鄉衛生院都沒有他這兒乾淨。妳先坐著，我出去找找他。」鐵巴說著出去了，原卉不敢一人待在屋裡，也跟著走出來。

雲燈喇嘛正抱著一捆柴禾從後邊繞出來。

鐵巴急忙走過去想接過柴禾，雲燈喇嘛閃開了他。老漢有些喘，但也不願給侄子一個表現的機會，顯然他們之間成見很深。

「叔叔，我可照包村長的吩咐，把客人送到了。人家可是上邊兒來的，省沙漠研究所的大教授，到咱們這兒來搞調查的。」鐵巴在這位叔叔面前始終提不起精神來，閃爍其詞。

「她調查她的，跟我有啥關係？」雲燈喇嘛把柴草扔在門口，拍打著身上的塵土。

「人家是專程來見你的。」

「見我？」

「對。」

「我一個野坨子裡的孤喇嘛，見我幹啥？」

鐵巴詞拙，他當然搞不清原卉爲啥見雲燈喇嘛。

「老師傅、老哥哥，是這樣：白海生前向沙漠研究所寫信，特意介紹了諾干•蘇模廟的情況，現任所領導很重視白海的介紹，特派我來學習調查。」原卉觀察著雲燈喇嘛的臉色，又說：「同時，順便了解一下白海生前在這兒生活工作的情況。」

當聽到白海這名字時，老喇嘛迅疾地瞥了她一眼，那眼神銳利如刀，他在臉盆裡洗洗手，走進屋裡坐在炕沿上。沒有話。

原卉有些發窘。沒想到這老人的脾氣如此乖戾和冷漠。

「老哥哥，你能跟我說說白海的情況嗎？或者能把他的遺物轉交給我？」原卉鼓起勇氣，極爲誠懇地請求道。

「把老白的遺物交給妳？憑啥？妳是他的啥人？」雲燈喇嘛冷冷地反問。

「我…我…我是他的……妻子。」原卉支吾半天，終於說道。

「妳是老白的妻……妻子？」雲燈喇嘛拿眼睛直直瞪她半天，「老白可沒向我說過他有老婆。」

「原先是，後來不是了。我們……離了，現在看……我對不起他，我搞錯了些事，我好悔恨……」原卉真想在這位白海生前共患難的人面前痛哭一場，傾訴一下內心的疚愧。

「他活著時，沒向我交代過把他的東西交給別人，對他，我也沒啥好說的。他向你們說的諾干・蘇模『磨石』，我也搞不懂是啥。這裡就是諾干・蘇模廟，妳自個兒看看吧，有沒有啥『磨石』。」雲燈喇嘛往佛前的「珠拉」燈裡添進些黃油，一邊又說，「天不早了，想看啥快點看吧，要不天黑前趕不回村裡了。」

原卉真有些生氣了。老喇嘛不介紹不交遺物不算，還下了逐客令，這種拒人千里之外的冷冰冰，使她懊喪和傷心。可見白海始終沒有原諒她，老喇嘛是爲白海出氣，但她不想就此罷休。

「老師傅，我打算在諾干・蘇模廟住些日子，做一些調查研究，還希望你提供個方便。」

雲燈喇嘛的眉頭立刻皺起來，說：「女施主，我是一個出家人，妳在我這兒吃住實在不方便，我幫不了妳的忙，妳還是快快回村去吧。」雲燈喇嘛轉過身對他的侄子揮一下手，變得嚴厲，「還站著幹啥，不快去套車把客人送回村裡，想在半道過夜呀！」

鐵巴搖了搖頭，無奈地對原卉說：「咱們回去吧，他就是這個脾氣，說不通的。我去套車。」

鐵巴出去了。雲燈喇嘛向佛龕合掌祈禱了些什麼，然後盤腿坐在炕桌前，一頁一頁讀起桌上的藏經來，再也不理睬原卉，似乎屋裡壓根兒就不存在這樣一個大活人。

原卉無奈。「那好吧，不打擾你了，不過，我還是要回來的。」

雲燈喇嘛沒有任何反應。清癯瘦削的臉上，只有一種超然的肅穆神色，眉宇間透出一股醉心宗教的清雅虔誠的氣質。

她們走後，白狼黑狼來了。

白孩兒得天獨厚。

兩個主人為了爭奪牠的感情，明著暗著都投入了極大的財力、物力、還有耐力。白孩兒成了他們兩人進行智力競爭的特殊陣地。一個喇嘛教高僧，一個科學工作者，兩個不同領域的智者，各自在白孩身上無意間做起了某種試驗。作為信佛的喇嘛，主張給白孩兒吃素行齋，反對餵肉沾葷，要培養出白孩兒的佛性來，「一切眾生都有佛性」嘛，使牠成為一條慈悲的狗；而白海而主張尊重狗道，按照狗的生存規則餵養牠。狗的祖先在荒野上未被人類馴服之前是吃肉沾葷，被人類馴服之後也沒改掉這種習性。因此他反對白孩兒吃齋，而且還堅持發揚狗的其他傳統，不必拘泥於人類的準則。對此，老喇嘛當然地使用了否決權。他是白孩兒的發現者，又是這三個元素之家的首席主人。白海不能不承認他這個權力，只好暗中不服氣地觀看著發展。

白孩兒白天跟兩個主人上坨子，陪他們拉大耙，晚上回來後，在他們兩個人被窩之間拱來轉去，遊戲翻滾。雲燈喇嘛給牠嘴對嘴地餵稀粥，餵菜湯，可是處在哺乳期的小狗老是哼哼嘰嘰表示胃腸不滿足，而且明顯不見長肉。尤其是晚上一進他們的被窩，濕漉漉的小嘴老往他們的胸脯上拱擁。

有天夜裡，老喇嘛從睡夢中被驚醒了，原來白孩兒正緊緊地咬住了他的乳頭，拼命地吮吸呢。吮得生疼。

「得給牠餵餵奶，牠太小了。」雲燈喇嘛悟出道理。

「是的，得餵奶，等牠長牙了還得餵肉。」白海點頭贊成，又不失時機地補充發揮。

「你叫牠啥名兒來的？」雲燈問。

「小喇嘛。」白海答。

「喇嘛不吃葷，信佛守齋。」雲燈白了他一眼。

白海瞠目。心說，好個老喇嘛，真想把牠培養成個小喇嘛呀！

這一晚，風高月黑。

雲燈喇嘛抱起瘦弱的白孩兒出去了。後邊跟著白海。

羊西布河灣裡，是生產隊下犢乳牛的棚圈。雲燈喇嘛悄沒聲地潛進牛圈，蹲在一頭奶房碩大、秉性溫和的老乳牛後腿旁，雙手舉著白孩兒讓牠吮起乳牛的乳頭來。開始，乳牛和白孩兒都不適應，可餓急的小狗真的吮出一口奶來後，就咬著乳頭不放了。乳房膨脹難受的乳牛也感到舒服輕鬆起來。

小狗一邊吮吸一邊滿足地哼哼著。老牛愜意地哞哞低吟。

雲燈喇嘛看著這情景，慈父般地露出笑容。萬分感激地拍拍牛背，摸摸牛脖。

白海在牛圈口望風。稍有動靜就心驚肉跳，可一見圈裡的情景，心又暖融融地化成春水。

他們接連幾天如此這般，白孩兒明顯長胖長大了。而需求量也變大了，口味變高，對他們的稀粥稀湯更不屑一顧。

「小傢伙兒，嘴刁了，嘴饞了。」

「再過些日子，可以斷奶餵其他過硬的食物了……」他沒敢提肉字，只提示一下便罷。

「那也不餵肉，不沾葷腥。」雲燈給他點破。

「咱們不用餵，牠自個兒會找的。」

「要是真那樣，我雲燈喇嘛可不養活牠了。」老喇嘛不是賭氣，而是平靜而果決地說。「我決不讓牠沾上人的惡習。人是個太殘忍太霸道的食肉動物，你看看你們這些不信佛的人，啥不吃？天上飛的，地下跑的，水裡游的，吃得那個全乎，那個貪勁兒。就說吃雞吧，雞腿、雞翅、雞肚、雞腸、雞冠、雞頭、雞皮、雞爪、雞肝、雞血、雞脖、雞胗，除了雞毛雞屎外，雞身上哪樣都不落地全吃夠！野狼吃雞都沒有那麼細。人啊，早晚把這個地球吃個乾淨吃個光！唉，你說說，人這玩意兒還有救嗎？」

白海聽著毛骨悚然。有生以來，他頭一次聽到這麼一種奇怪的高論，也頭一次用這種旁觀的角度，觀察思索人的吃雞和吃其他動物的事情。他一時不知道說什麼好，也不知道如何從哪個角度辯駁它。人是吃的東西花樣很多，尤其是中國人，可以說無所不吃，要不然，也不會形成個什麼「吃文化」。這一點，人類真是這個地球的主宰。他突發奇想，暗暗自問：在地球或茫茫宇宙，有沒有一種「吃」人類的動物，或者主宰人類的某種物質和精神的東西呢？

「有的。人類的頭頂上有主宰他的東西。」雲燈喇嘛似乎是看透了白海的內心活動，又似乎是闡述著自己的思想，「這個主宰就是那個神秘的自然，按道家的話說就是『道』，『道可道，非常道』。按我們喇嘛教的信奉，那就是佛，無所不在的佛。佛是人類的最高主宰。」

白海知道面前的這位老喇嘛，不是一位普通的喇嘛，他過去在諾干・蘇模大廟上，曾升為學問較高的上層「格陪」位置，等於現在的高級職稱。但他也不盡贊同「道」或「佛」，作為宗教的信奉，能跟宇宙的自然法則等同嗎？而且，白海也不相信，小狗白孩兒真的能順從喇嘛教的戒律，至死不吃葷腥。除非牠不接觸這個複雜的世界，至死只跟雲燈喇嘛生活在一起。

他們仍舊偷偷餵著生產隊的乳牛奶，白孩兒長成滿地亂跑的小狗。

有一天，雲燈喇嘛被民兵叫到村政權辦公室。白海一個人去拉大耙。晚上回來，還沒見雲燈回家。他不放心，偷偷跑到村部尋找。村部院裡，那頭老乳牛被拴在木樁上，雲燈喇嘛雙腿跪在牠前邊，後邊押站著荷槍民兵。

白海明白了，他們偷餵牛奶的事發了。老喇嘛這是向生產隊革命的老乳牛請罪認錯。

老喇嘛半夜才被放回來。白海攙扶他坐在炕上，用熱毛巾敷一敷他那雙腫如饅頭的膝蓋頭。端來熱粥和窩窩頭。他不吃，伸手抱住歡跳著撲向他的白孩兒。抱得那個緊，小狗無法忍受地呻吟起來。他的兩行淚水無聲地淌出來，滴落在白孩兒的腦袋和嘴巴上。

白孩兒仰頭看著老主人的臉，似乎感覺出他的情緒，伸出舌頭舔一下掉在嘴巴上的鹹的淚水，接著伸出紅紅的長舌舔起老喇嘛臉上的淚水。

白海的心怦然而動。好一個通人性而有靈性的狗！

於是，雲燈喇嘛感到遭受的一切委曲和痛苦，都無所謂了。他寬慰地笑了。

「你知道我給老乳牛下跪請罪時，心裡都說了些啥嗎？」雲燈喇嘛問。

「無非是說：『革命』的牛奶奶，我有罪，罪該萬死，死有餘辜唄！」

「呵呵呵，不對，我是這麼說的：謝謝你老牛，死後轉世，老喇嘛一定投生到你肚子裡。你比人慈悲，寬容，也比人尊貴。」

「哈哈哈……」

雲燈喇嘛連續去了三天村部。後來乾脆不讓回來了，說是隔離起來了。不久又轉移到公社去了。白海一打聽，原來不只是偷餵牛奶一件事，掌權者讓他交出原諾干・蘇模廟供奉的金塑三世佛。土改開始時，這尊金佛不翼而飛，爲此，廟裡的活佛、大小喇嘛都受盡了罪，死了幾個人。現在老案重提，不追回價值連城的金佛，「革命者」們聲言決不罷休。

只有白海照顧白孩兒。可白孩兒每天晚上嗚咽著找雲燈喇嘛，總是去拱拱去嗅嗅去撓撓老喇嘛的舖蓋捲和炕席。有時乾脆蜷臥在那兒，熬一夜。不過，牠已經感覺出人間不祥和的氣氛了，變得機警、謹慎、安穩。

白海白天已不去拉大耙了，安排到學大寨科學種田組裡服務，不能帶著白孩兒去。牠很是懂事，白天一早，牠就躲出去，不知去哪兒度過一天，晚上很晚才回來。也不鬧著要食吃，吃喝問題全自理，在外邊解決完後才回家來。牠的感覺就像那時的「黑幫」子弟，從不放肆或張狂，明白身分，明白深淺，決不惹是生非，這倒讓白海省去不少心。

晚上一回來，牠就趴在老喇嘛睡過的地方，嗚咽哼哼一陣，那個痛苦難受的感覺，就如失去親人的孤兒。這時刻，白海就抱起牠，撫慰摩娑半天，告訴牠老喇嘛很快就回來，我們耐心地等他。牠就在他懷裡漸漸變得安靜起來，並睡在他被窩裡。第二天一早，白海還沒有醒的時候，牠就出去了。

白海看出來了，白孩兒每天出去都是在尋找雲燈喇嘛！

牠在一戶一房地找，一處一地地尋。找完了本村，又去找外村。每天晚上回來時，疲憊不堪，無精打采，甚至有時身上帶傷，不是爪子流血就是皮毛撕破。有時泥一道汗一道，腿和肚子濕漉漉的。顯然牠吃了很多苦，與同類相鬥，被人追打，而且蹚河涉水走過很遠的路。終於，有一天牠找到公社，而且找到了隔離喇嘛的那間小磨房。從此，牠守起這個小磨房。當然不是在門口，而是在離小磨房不遠的小樹林裡。很機警，只要有人想靠近牠，或想逮住牠，牠早已逃得無影無蹤。動作迅速而機敏得直讓人嘆氣無奈。

尤其令人吃驚的是，這期間，牠真沒有學會吃肉沾葷的習慣。有一次，白海扔給牠一塊雞骨，牠聞聞後掉頭走開了。早先，雲燈喇嘛爲了防止牠學會吃肉，有意扔給牠一塊肉，在牠要吃的時候奪下來，狠狠毒打了牠一頓。從那以後，白孩兒對肉類失去了興趣，牠是一條有記性、有信義的狗。

後來，雲燈喇嘛解脫了，宣布無罪。那時有罪和無罪時常發生轉換和易更，今日是主人翁，明日可能是階下囚，或者今日是階下囚，明日可能是主人翁。

白孩兒歡蹦亂跳地歡迎老喇嘛的生還。牠圍著皮包骨頭弱不禁風的老喇嘛撒歡兒。他們三個坍塌的三角架重新豎立起，變化的就是白孩兒長大了，他們兩個長老了。而這時，白海也接到了原單位的信函，讓他返城。他卻把它撕了，說治沙得從這兒起步，他的研究也得從這兒開始。他以極大的熱情和對人類事業的真誠，投入了工作。每天搜集、整理、研究這裡的沙漠植物生長狀況和一年的氣候變化以及對植物的影響。記筆記、撰寫論文，到野外考察。老喇嘛則侍弄著分到手的一片土地。

接下來，就是那個大旱年。白孩兒的厄運開始了。

沙坨子裡十年九旱，農民們祖祖輩輩習慣了這種氣候。可這一年邪乎，從冬天就開始了旱情，一冬無雪，入春仍無雨。一直到夏初時猴尿似的滴答了一場小雨。農民們搶著種苞米，眼巴巴地盼著從地裡拱出了小苗，又守著人參草似地珍貴地侍弄著。挑水澆苗，除草鬆土，火辣辣的毒日下撅著屁股勞作，一直熬到命根子般的苞米青苗入秋灌漿。連續旱了兩年，坨子裡的農民一般都是吃一頓餓兩頓，勒著褲帶等新糧下來。

村街上晃蕩著餓癟的人，餓癟的牲畜，還有餓癟的狗們。

有一天夜裡，護青隊的民兵們聽見正灌漿上糧的苞米地裡，傳出一陣陣「唰唰」的聲響。有人偷青。拉開槍栓，民兵們悄悄地摸進青紗帳裡。結果並不是人，而是一群餓急的村狗在啃青苞米。牠們幹得很技巧，立起後腿用胸脯一撞一壓苞米桿，然後兩隻前爪摁踩住又嫩又甜的苞米棒子猛啃猛吞。

民兵們開槍，機警靈敏的狗們早已逃之夭夭，消失在黑夜的青紗帳裡無影無蹤，農民們心疼、氣惱，又毫無辦法。而且，這類狗啃青的事不僅限於一兩個村子，狗群串著村子啃莊稼，禍害面積日益擴大。於是，鄉政府貼出告示：打狗。全面消滅狗。各村各戶動員起來，掀起一場打狗的人民戰爭。村長書記帶頭，當頭等大事來抓。打狗護青，保糧保國家。口號很響亮。

沙坨子裡，狗類的災難開始了。村村響起槍聲，鄉鄉打狗滅狗。整日不絕狗類的哀嗥和人們的呼喝叫喊。野外經常撞見受傷流血的狗在逃竄，後邊有一群行刑隊舞棍弄槍地追趕。千百年來，狗被人類馴服之後，一直是人類的忠實朋友、可靠的奴僕。牠們與人類患難與共，爲人類肝腦塗地而索取甚少，主人只扔給牠啃剩的幾根骨頭，牠們就滿足得感動不已，搖尾晃腦。儘管牠們只會用尾巴微笑，用舌頭淌汗，不會言語，但牠們具備了人類所不能具備的品質，靈性通達，忠實可靠，情感純樸，不知背叛。可現在，牠們被自己的主人拋棄了，出賣了，爲了一時的生存窘困，主人們不顧上千年的交情，上千年的勞苦，背信棄義地要將牠們斬盡殺絕了。狗們的哀嗥表達著：人是一個多麼不講情義，自私狹義的傢伙啊！

「唵嘛咪叭哞吽！」雲燈喇嘛合掌念佛，嘴裡叨咕，「不能怪牠們，不能怪狗呵，牠們沒有罪，沒有罪……唉，人怎能怪牠們呢，你是牠們的主人呵，該殺的不是牠們呀！」

白孩兒蜷臥在他的腳邊，雙眼微閉，無精打采。

「拿牠怎麼辦呢？牠已經知道了正在發生的事了，一聽到槍聲，牠身上就顫抖，唉唉。」白海把自個兒吃的糠窩頭掰了一半放在白孩兒的嘴邊。白孩兒連碰也不碰，仍舊閉著雙眼，耳朵卻豎楞著捕捉外邊世界的每絲動靜。只要聽見槍聲，牠迅速地睜眼看一下雲燈喇嘛的臉，四肢瑟瑟抖動。

「牠嚇壞了，兩三天不吃東西了。」白海輕輕撫摸著白孩兒的脖子，「村裡就剩下咱們這條狗了，老喇嘛，怎辦？殺狗隊隊長是你的侄子，你去說說情吧。」

「哼，那個畜生！我念了幾十年的佛，沒想到家族裡出了這麼一個作孽的敗類！」雲燈喇嘛正罵著，腳邊的白孩兒「呼兒」的一聲跳起來，躥向門口。「汪汪汪！汪汪汪！」凶狠地吠叫起來。

「叔叔在家嗎？」院子裡傳出鐵巴的叫聲。他手裡提著槍，後邊跟著兩個民兵，每個人胳膊上套著紅布箍兒，有字：殺狗隊。

白孩兒凶猛地叫著，齜起獠牙猛撲，不讓行刑隊進屋。三人雖然手裡有槍，可一見白孩兒非同一般狗的如同豹子般的凶惡狂態，卻有些怯懦踟躕。有個民兵忙舉起槍。鐵巴按下他的槍口：「別急，這是我叔叔的心肝寶貝，我去跟他商量商量再動手。」

「叔叔，我有話跟你說，讓我進屋裡去吧。」鐵巴在門外喊。

「白孩兒回來，讓他們進來。」雲燈喇嘛怕他們馬上真開槍，喚回白孩兒。白孩兒便回到雲燈腳邊蹲坐，兩眼兇狠狠地盯著三個劊子手。

「有啥事快說。」

「叔叔，全村的狗，我都殺完了，就剩下你這條白孩兒了。留到最後殺白孩兒，這已經是小侄兒給你留的最大面子了。村長說過我幾次了。我沒辦法，你還是下決心，把白孩兒交給我們吧。」鐵巴看是說勸，其實是在命令。

「你先殺了我，再殺白孩兒。」雲燈說。

鐵巴一愣。

「大叔，全村家家戶戶都殺了狗，只剩下你這一條，大家會怎麼想？你會得罪大家的。這個事我們只能公事公辦，不能給你特權。」另一民兵發出威脅。

「哼！哪裡還有個公?!我的狗不啃青，別人恨我幹啥？」

「現在不是啃不啃青的問題了，是你不能搞特權，大家都沒狗了，就你養狗，會激起民憤的。我也擔不起包庇你的責任。」鐵巴繼續施加壓力。

「我不跟你囉嗦，你先殺了我，再拉走白孩兒。」雲燈硬倔倔地說了一句，再也不開口。

鐵巴毫無辦法，眨眨綠豆似的小圓眼睛，一跺腳，悻悻地帶人走了。

第二天，村長包老大派人傳雲燈和白海去村部談話。雲燈把白孩兒拴在屋裡柱子上，可白孩兒始終戀戀不捨地狺狺叫著，眼裡流露出深深的恐懼。

「別擔心，我們去去就回來，我們會說服村長的，他們會讓步的。」雲燈拍了拍白孩兒的腦袋才離開屋，把門上了鐵鎖。

兩個善良的人到了村部院子，才突然驚醒，這可能是個圈套，於是轉身就往家跑。

一聲槍響。

他們倆的心「格登」一下。完啦，白孩兒死了。風急火燎地趕回院子時，正趕上鐵巴第二次舉起槍。院牆角拴著白孩兒，腿上咕咕冒著血。但牠仍倔強地向鐵巴猛撲狂叫，齜牙咧嘴兇狠無比。要不是一條鐵鏈子鎖住了牠，肯定撲過來活撕了鐵巴。牠躍起，又被鐵鏈拽回。鐵巴咬著牙嘿嘿冷笑，幸災樂禍地看著狗在死亡之前的掙扎。

「不要開槍！住手！」

雲燈和白海發瘋般地撲上去，推開了鐵巴的槍，槍響了，子彈從狗的頭上呼嘯著飛過去，沒打中。

「你這畜生！我跟你拼了！跟你拼了！」雲燈發瘋般叫著，撕打著鐵巴，完全失去常態，眼淚口水一起流，嘴巴抽搐，雙眼血紅，硬奪過了鐵巴手裡的槍，狠踹猛踢，不解氣，又遠遠地扔進院角的化糞池。

鐵巴給弄懵了。他壓根兒沒想到叔叔這麼快就返回來，也沒想到平時脾性溫和得連隻蟲子都不敢碰的叔叔會如此瘋狂地拼命。他膽怯了，轉身便逃跑。

雲燈和白海飛跑過去，抱住了白孩兒。解開鐵鏈，手忙腳亂地包紮牠的腿傷。傷勢不輕，雖然不至於致命，也得下功夫醫治才行。白孩兒呻吟著，渾身哆嗦個不停。幾天來沒日沒夜地哼哼哭泣。雲燈懂些藏蒙醫術，找來草藥碾碎敷在牠腿上。他們倆再也不敢離開家、離開白孩兒了。

白孩兒也一動不動地趴在窗臺上，眼睛充滿憂慮地遙望遠處的荒野大漠。不久，牠不吃不喝，也不呻吟了，可眼睛始終不離開遠處的大漠。

「奇怪，牠這是怎麼啦？」白海不解地問。

「牠是想走了。」雲燈說，走過去抱起牠的頭，「唉，牠是怕透了人了，不相信人，想躲開人了，去沒有人的荒野上了。牠的老祖宗就是從那兒來的。」

「是啊。以我們倆的力量，能護得住牠嗎？殺狗隊像狼一樣窺伺著我們院兒。找機會，還會殺了牠的。他們是不會放過牠的。」白海也憂心忡忡地說。

「牠是一條懂事的狗，啥都明白，牠也不想給我們添麻煩了，唵嘛咪叭哞吽！我們當牠的主人，又保不了牠的一條命，有啥法子呢，唉，讓牠去吧，讓牠去荒野，把牠還給天地自然吧，一切由佛做主。」

這是個皎潔的月夜。

他們兩人最後一次清洗了白孩兒大致恢復的傷口，又把兩個人的口糧糠窩頭熬成粥餵了牠，然後牽著牠，悄悄走出村子，白孩兒似乎什麼都明白，一切都順從著主人的安排，像一個聽話的孩子，被大人送出遠門，靜靜地，一聲不吭，稍瘸著後腿。

他們三個，踏著荒坨子上的如水月光，默默走著。

遠離村莊二三十里地，到了一個荒無人煙的沙坨子裡，他們停下步。

雲燈喇嘛解開白孩兒脖子上的繩套。輕輕拍了拍牠的脊背，又把臉貼在牠的嘴臉上，磨蹭來磨蹭去，很久很久。白海站在一旁，默默地看著這個令人斷腸的訣別情景。

「走吧，走吧，走得遠遠的。別再碰著人，離人住的地方越遠越好。你們沒法明白人世，也學不來人的樣子。走吧。以後可全靠自個兒了。小心腿上的傷，慢慢熟悉外邊。會熟悉的，會活下去的，會的，會的。你們祖先就從那兒來的。當個野狗好，好，用不著再聽人吆喝了，也用不著再替人操心了。去吧，按你們老祖宗的方法兒去過吧。往後吃啥喝啥也隨便好啦，甭再守老喇嘛的戒律了……」

雲燈喇嘛嘮嘮叨叨話語綿綿，像是對出門遠行的孩子不厭其煩地叮囑，而白孩兒則一動不動、微閉雙目聆聽著。悄悄傾灑的老淚又滴落在狗的嘴巴上，白孩兒又像當年一樣，伸出濕潤的舌頭舔去這淚水，然後又仰起頭，去舔老喇嘛滿臉的淚花。

那濕潤柔和的舌頭輕輕地舔著，表達著無限情愫；尾巴微微地搖動，似乎在訴說離別的淒楚，牠的眼角也噙著兩滴晶瑩的淚珠。之後，牠又走到白海腳下，低頭拱了拱白海的腿腳，白海木然，心在流淚，老喇嘛的解除戒律更令他心顫。白孩兒立起一頭撲進白海的懷裡，搖頭擺尾，然後下來圍著他們倆轉圈撒歡兒，蹦跳打滾，「呼兒呼兒」呢喃，彷彿要用這故作的輕鬆消除別離的沉重。最後一轉身，迅疾地向荒野奔去。

牠跑起來了，跑得一顛一顛，但很快變得矯健，轉瞬間，在茫茫沙坨的溶溶月色中，幻覺般地消失了。

大地是這樣的靜謐，這樣的博大，這樣的深邃，這樣的神秘。只有夜晚，大地才充分顯示出了這超然的氣質，包容著所有依附於它的生靈，也包容著所有的合理和不合理的，完整的和殘缺的，強大的和柔弱的一切，以及所有的生生死死、輪迴周轉。

雲燈喇嘛佇立在沙丘上，默默祈禱。為遠去的狗，為腳下的沙，為身旁的友，為這昭昭太陰之夜。

「唵嘛咪叭吽吽！願佛光普照人生！」

三

每當夜幕降臨，諾干・蘇模廟周圍便出現一個白色的精靈。牠身後，還蹣跚而隨一個更小的幽靈，也是通體雪白。一圈、兩圈、三圈……牠不緩不急地圍著諾干・蘇模轉悠，不肯離去，也不敢過分靠近。

牠兩耳直立，諦聽搜尋每個可疑的細小聲響，雙眼閃射出綠光，向黑夜的每個角落搜索。牠就這樣一夜復一夜一圈又一圈地在諾干・蘇模周圍逡巡著，像一個機警而忠實的巡邏哨。而一到東方

四、沙葬

沙線冒出那輪燃燒的火球，用灼熱的光彈地毯式掃炸茫茫沙坨子時，這個白色的幽靈便向大漠深處悄然隱去。牠似乎只屬於那個太陽世界，是黑夜的使者，黑夜的守護神。

有幾次，慘淡的下弦月被濃雲遮蔽的午夜時分，趁著夜幕的掩護，從西方大漠裡躥出一隻黑色的幽靈，向諾干·蘇模箭般射來。牠刁鑽狡黠，千般計出，一門兒心思地進攻那頭老牛。然而，每次都功敗垂成。每當牠要靠近牛圈時，一隻白色的精靈便從某個暗處閃電般地躥出，跟牠拼鬥一番。那個兇殘勇猛、氣勢澎湃勁兒，使黑色幽靈抵擋不住幾個回合便敗陣而逃。

有次，牠甚至在頭上頂著一棵碩大的沙蓬草，悄悄潛進牛圈，然而還是被那個白色精靈嗅出了氣息，咬傷了牠的尾巴。牠也被激怒了，這是一場殊死的最後的搏鬥，一場尖齒利牙的較量，膽識與氣魄的撞擊。牠們的綠眼都變得血紅，各自嘴裡塞著對方的沾血的毛皮，追逐、騰躍、嗥囂、滾打，沙地上抖落起一片片血跡、汗珠、雜毛和斷尾。

最後，那隻半搭兒小精靈也投入了戰鬥，準確無誤地一口咬住了黑狼的咽喉，儘管牠的牙齒還不夠尖利，但牠那部位拿捏的準確和狠勁兒，讓黑狼心悸。一陣窒息使黑狼猛然悲哀地感覺到，自己又失敗了，永遠不是對手了，以後不能再來了。牠甩落開小精靈，擺脫大白狼，再次往沙漠上逃遁。

每天夜晚，在那間舊土房頂上，始終有個老人默默觀察著暗夜裡發生的一切。他不喊不叫，不聲不響，盤腿而坐，雙手合十，目視著黑夜裡的搏鬥，似乎感悟著世間的陰陰陽陽生生死死之自然之道，也似乎向天地神靈作著祈禱。

當一切重歸沉寂，濃重的夜色復又吞沒一切，而那白色精靈再次悄然消逝的時候，他也悵然若失，不禁喃喃自語：「哦哦，牠還是不願回來。這麼多年了，牠也習慣了荒野，回來幹啥呢？唉，唉，還是不回來的好，噢，我的白孩兒……」

後來，黑狼再沒出現，於是白狼也銷聲匿跡。

老人不甘心，還在苦苦等待。他每天夜裡拌一盆精美香甜的食物，放在牛圈門口。而第二天，那盆食物依舊擺在原地，儘管食盆周圍的沙地上留有清晰的分三瓣的狼狗類爪印。這證明白孩兒就在附近，就在哪處人眼落不到的地方。牠畢竟擺不脫童年的自己，但牠拒絕就食於人類了。老喇嘛並不灰心，依舊每晚放出一盆食物，期盼著有一夜牠會吃了那盆食物。

奇蹟沒有出現。食物只有招來了夜遊的野貓、盤食的鼠蟲、還有一隻不懷好意的狐狸。黑狼絕跡了，白狼也絕跡了，牠們似乎遠遠離開了這一帶沙地。諾干・蘇模廟又恢復了往日的安寧。老黃牛悠閒地甩動著尾巴，隨主人開始了春季的耕耘。

只是，他變得更加抯鬱，更加瘦削了。

白孩兒啊，你在哪裡呢？

他害的哮喘病犯了。多年來沙漠裡的乾燥而寒冷的氣候，毀了他的氣管和肺部。氣喘咻咻，整個胸肺成了呼呼作響的風匣子，猶如把肺葉含在嘴裡喘著，而且整夜整夜地咳嗽，爲嘔出黏在嗓眼的一口黃痰，他撅著屁股跪伏在地拼命咳，額角青筋暴起，如蚯蚓。唯有那頭老黃牛，同情地望著他「哞哞」哼叫。

他等待著最後期限的到來。該結束了。

白孩兒，你在哪裡？

四、沙葬

滾滾沙塵中，那輛勒勒車再度滾進諾干・蘇模這風沙中飄搖的小島。

這回陪原卉來的還有村婦聯主任奧婭。她們從車上一包一包地抱下東西。鐵巴卸著一頂帳篷。他們在離雲燈喇嘛的土房幾十米處，選一塊平坦乾燥的沙地扎樁埋桿，支起了帳篷。帳篷裡擺起兩張行軍床。

原卉拉來婦聯主任做伴，準備在諾干・蘇模住一段時間了，這是她跟縣林業局和鄉政府反覆交涉的結果。諾干・蘇模廟這一神奇的沙漠綠島，猶如一顆鑲嵌在黃沙上的綠色寶石，吸引著她要在這裡紮下來，揭開這裡的植物生存之謎，尋覓丈夫白海的步步蹤跡。

風沙稍許安靜了。飄蕩在半空中的雜物腐塵沉落了，空氣變得清潔起來，能聞到清新的苦艾和野草的氣味。沙柳條支起彎得太久的腰桿，舒展起灰綠的葉子；流沙浮層在陽光下晶瑩閃亮；蜥蜴、甲殼蟲、金花鼠等所有風沙來臨時鑽進地底下的小生命，此刻都紛紛跑出來，在沙巴嘎蒿和金雞葉中間戲嬉、奔躥、游動。

她們踩著柔軟的流沙，去拜訪雲燈喇嘛。他的老土房更顯破舊了，流沙已經拱擁到門口。雲燈喇嘛的命根子那頭老黃牛，在外屋地上啃玉米葉子。

「叔叔，有客人來了！」鐵巴打著招呼。

「大叔，我又來了……」她感到氣氛有些不對。

雲燈喇嘛躺在炕上，氣息奄奄。臉呈青色，呼吸微弱。哮喘病折磨得他快垮下來了，猶如熬乾油的燈。稍懂醫學的原卉，急忙進行搶救。她看出他這是哮喘病引起的窒息，再加上身體虛弱，不能自理飲食造成了這種差點昏死過去的狀態。

原卉急忙拿出自己備用的醫藥盒，找出消炎化痰之類的藥，給老喇嘛餵下去，又讓奧婭熬粥，扶起他的頭慢慢餵進去。

雲燈喇嘛終於活過來了。

「是妳救了我？」雲燈喇嘛睜開眼睛頭一句就這麼問。

「是你自己救了自己，我只是稍稍幫忙了一下。」原卉笑著說。

「爲啥幫我？」

「不能眼瞅著你咽氣吧？」她有些火了。

「要是我真想咽氣呢，有意讓那口痰在胸口堵死呢？」

「我怎麼知道你在等死？」

「唉，可我已經感到夠了，不願意再向前走了。他和牠都撇下了我，我還走個啥勁兒？以前是爲了找牠，可牠不需要我了。沒有了找牠的事情，我就該歇腳了，牠，唉……」雲燈喇嘛魔症般地嘮嘮叨叨。

「你說的牠是誰？」

「白孩兒。」

「我丈夫？」

「不，那條狗……」

「哦，那條白狼……」

四、 沙葬

「你爲什麼管那條狼叫白孩兒呢？」

「牠小時候的名字叫白孩兒。」

「白孩兒是我丈夫的名字，你爲什麼給牠起我丈夫的名字？」

「那是爲了紀念，爲了那時還有一條狗記得他，別人都把他忘了。」

原卉的心猛地一陣刺痛，滴出血，痛得她皺起眉頭。

「牠那時還有一個名字，叫小喇嘛，是白海起的。」

「我丈夫？」

「他是不是妳的丈夫，我不知道，他也沒提過。我只知道那時只有小狗白孩兒是我們倆唯一活著的伴兒，也是唯一跟我們有感情的生命。也就牠最疼最親近我們。可牠和他都撇下我離開了，我不願意再走了，不願意走了……」說完，他長出一口氣，如釋重負地閉上雙眼。

急得原卉差點揪著他問：「先別走，先告訴我白海是怎麼死的？他的遺物在哪裡？」

「現在我不會死了，想死也死不成了。妳放心。我想安靜躺一會兒，妳不要再問這問那了，到時候我會告訴妳的。」老喇嘛說。

「什麼時候？」

「快了，那個時辰快到了。」

原卉激動得差點哭出來。她感激地望一眼老喇嘛清瘦的臉，輕輕下炕走出屋去。她衝著莽莽沙坨子低語道：「感謝上帝，他答應了，答應了……」

送走了鐵巴連長，她和奧婭開始勘察諾干・蘇模這塊綠州。這是一個全靠人工改造、治理、保護出來的沙海中的小綠島。先用沙巴嘎蒿和沙柳條子固定住四周流沙的侵入，圈出這塊圍繞諾干・蘇模廟爲中心的小方圓地，裡面再搞綜合治理。坨坡上種著耐旱耐風的高棵作物草木樨，還有些紫花苜蓿草，坨窪地上有一小片一小片的苞米高粱地，看來老喇嘛是靠它們打糧維持生存。

莊稼地周圍種了些防風樹林，有楊樹、沙棗拐、還有些白檸條。原卉深深感覺到這片錯落有致、井井有條的綠洲，是出自於一位不同一般的高明設計師之手，是多年精心經營治理的結果。這個人不僅懂治沙學，還懂植物學，尤其是綜合利用的沙漠植物學。這不會是雲燈喇嘛，他只對藏經佛學有深奧研究，對自然科學不會有太深的興致。這肯定是丈夫白海生前的傑作。

原卉在本上做著記錄，不認識的沙漠植物就問問奧婭。

「咦？奧婭，雲燈喇嘛的吃水問題怎麼解決的呢？妳看，這裡沒有河水，也沒有水泡湖泊，門口也沒有見井，真奇怪。」

「有井的，只不過不在門口，妳跟我來，我領妳去看看。」

奧婭領著原卉沿著雲燈喇嘛門口的一條小沙徑走去。這是一條長年被人畜踩踏出來的小路，直直不拐彎地伸向前邊五十米外的一片窪地。那裡長著雞爪蘆葦和茂密的水莠草、沙柳叢，地勢低窪，是一塊比平地低出二、三十米的一個深凹盆地。下到下邊，立刻感覺出潮濕、陰涼，空氣新鮮濕潤。這時，前邊草叢柳叢深處撲啦啦一片響動，紛紛飛出不少大小禽鳥。

「我們好像驚動了這兒的飛禽走獸。」奧婭說。

「不會有狼吧？」原卉心驚地問。

「大白天狼不會來這兒。其實，狼也是怕人的。你不惹牠，牠也不會惹你。都是逼急了，餓急了才向人進攻。」奧婭說著，走過去撥開小路盡頭的一片蘆葦和青草，於是看見了那個井。井口有兩米方圓，水清澈而晶瑩，不深，只有一兩尺可見底。如果奧婭不撥開覆蓋遮蔽的草叢，原卉決不會想到這裡掩藏著這麼一片生命的活水。

「這就是井呵？」

「叫沙井，別看這裡是沙漠，可要是雨水好的年月，在任何一片低窪坑，一鍬就挖出一個井來。不過旱天就夠嗆了，地下水很快就被沙漠吸乾蒸發掉了。所以，沙漠裡的水來得快，走得也快。」

「真奇妙，這裡的沙漠，跟我曾去過的沙都——沙坡頭和騰格里大沙漠完全不一樣。那裡的水位決沒有這兒的高。」原卉發著感慨。

「別忘了，這裡的土地是後退化成沙地的，原先叫科爾沁草原，曾經是水草豐美、綠浪滾滾的大草原，淪爲沙地沙坨子也是僅僅幾百年的工夫。」奧婭說。

「噢，真可惜呵，真難以想像，大草原變成如此的大沙漠，黃燦燦的沙侵吞了綠油油的草，真像是惡魔的手裡變出戲法。一個可怕的變戲法。」

她們離開沙井，往回走出十多米遠，原卉偶然回過頭一看，眼前出現了一個美妙的奇蹟。沙井的周圍聚集了許多生靈，有一隻狐狸往井裡伸進尖嘴飲水，還有兩隻獾子，幾隻旱獺，不遠處有飛禽沙斑雞、老鶻、雀鳥、野雉……等等。這些生靈，經歷了一天的覓食、求愛等疲勞，感到焦渴了，當黃昏來臨之際，都到這方圓百里唯一的活水進行洗滌、遊戲、飲喝。此地此刻，牠們之間相安無事，互不侵犯，就是平時相對立有嫌隙的，這會兒也都暫時休戰，各不相擾。這真是個奇特的世界。

看著這些，原卉驚異地站著不忍離去。「你看，它們多麼可愛，多有意思！像一群懂事的孩子，不打架，不稱霸，不挑逗，先來飲水的悄悄退去，讓給後來的，友好和睦。似乎在沙井邊牠們有著一種共同遵守的法則，誰也不破壞。」

「是呵，沙地動物有牠們的特殊法則。一種生存本能的法則。」

她們二人一邊說著一邊離開窪地往上走。這時從附近傳出一個奇特的響動，引起了兩個人的注意。原卉注視著出動靜的那片草叢。果然，不一會兒從那裡伸出個人腦袋，張望沙井周圍的情況，並向那邊悄悄摸去。這人是鐵巴連長，手裡提著一桿獵槍。

「咦？他不是走了嗎？怎麼又回來了？」原卉驚問，「奧婭，咱們快去阻止他，別讓他槍殺那些野物！」原卉說著，拉著奧婭的手，急忙奔過去擋在鐵巴的面前，「喂喂，你要幹什麼？」

「妳們不要管！」鐵巴壓低聲音，揮了揮手。

「老鐵，你不是回村了嗎，怎又掉了魂似的轉回來了？」奧婭問。

「老墳丘那兒有一對狐狸腳印，我尋著腳印過來的。媽的，沒想到這裡集中了這麼多獵物！」鐵巴掩飾不住內心的狂喜，眉飛色舞，「一張狐皮現在值一百五十塊吶！真他媽的值錢！」

「不許你殺害那些動物！」原卉嚴正地警告。

「嘿嘿嘿，狐狸狼獾也不是國家保護動物，妳們管天管地還管我打獵！大教授，妳就去管妳的治沙綠化去吧！別在這兒耽誤事兒！」鐵巴嘻笑著，並不理睬她們。繞過她們身邊，貓著腰，端著

四、 沙葬

槍，輕悄悄地靠近沙井，趴在一個小土包後邊伸出槍口瞄準起來。

原卉又氣又急，毫無辦法，又無法跟他理論，眼睜睜地看著一場慘殺即將發生。她知道沙漠裡的動物和植物互相都有依附關係，形成特殊的生物鏈，不能隨便傷害其中任何一物一草的。

奧婭則說著：「不管用的，鐵巴這個人就愛打獵，勸不住的。」並不去阻止。原卉眼裡汪出淚水。

「噹噹噹！噹噹噹！」

突然，半空中傳出一陣猛烈敲擊鐵器的聲響！同時傳出一聲高昂嘹亮的呼喝聲：「嗚——哦——狼來了！——」

沙井邊所有生靈一聽這突如其來的震蕩聲和呼喝聲，嚇得頓時一個個逃遁無影，空留出靜靜一片沙井水，悠悠地發出蔚藍色光。

鐵巴愕然，隨之怒氣沖天罵出口：「操你媽！」

感動得要哭出淚的原卉急轉身，抬頭去望那傳出響動的沙坡頂。

雲燈喇嘛站在沙坡頂上，拄著拐棍，一隻手提著一個破洋鐵盆和小鐵錘。一臉病容，一臉肅穆，又一臉慈祥的超然。黃昏的落霞映著這張臉，更加像銅雕石刻般的凝固、堅硬。

這時她們才發現了西邊的那個天。

「媽呀，你們看，西邊的天怎的了？」奧婭驚呼起來。

西邊的天空整個地在燃燒。沙塵、浮雲、煙霧，此刻全被點燃，形成了一個濃重的赤紅燃燒的巨型大幕，扣罩在西邊的大漠上空。雲片像鱗般散開，儘管肉眼感覺不出飛動，但那明明是在疾速地飛旋。很顯然，高空中正發生著一場激烈無比的風雲突變。漸漸，高空中的魚鱗片也燃燒起來，胭紅如血，血光滿天。

這是一種令人生畏的血色普照，血色淹沒。而此刻，大漠一片靜默，死般靜默，沒有任何聲響，吵噪的雀群早已飛遁，連空氣也凝固不動。這是沉重的寧靜，異樣的令人透不過氣的寧靜。萬物都會在這威嚴的景色中瑟瑟發抖，像一隻嚇呆的羔羊。

「唵嘛咪叭哞吽！天呈奇象，那個時辰就要來臨了。沙地人間將有一場浩劫，一場大災，我早料到了，啊、啊，慈悲的佛……」雲燈喇嘛向西天那奇景合掌念佛，一臉虔誠。「早了整整一冬一春，爲的就是降臨這個時辰。這個早已在冥冥中注定的無法回避的時辰啊！……」

原卉、奧婭，還有鐵巴都來到雲燈喇嘛的身後，內心湧滿被震懾住的迷惘。

老喇嘛瞥一眼鐵巴，威嚴地警告：「孽種，你快快離開這裡去吧，不要再進這塊淨土，不要再用你那雙罪惡的手殺生流血。天有血光，上天已怒，懲戒將到，不聽勸誡，你也逃不了那個時辰。記住，記住啊——」

走了白孩兒，日子變得索然無味。

殺絕了沙地的狗，保下來的苞米也遠不夠沙地農民熬過災年。他們向政府向外邊的世界伸手，要求救濟糧、救濟款、救濟衣物。儘管這樣，荒野上常有餓殍，要飯的農民成群成幫，丟盡了政府和領導者們的臉。而老天仍不停止懲罰，大風捲起成噸成噸的黃沙，撲向沙坨子裡苟延殘喘的村落。

四、沙葬

有一夜，諾干·蘇模廟一帶的自然村落，十有八九被流沙吞沒。政府又費盡人力物力遷徙這些無家可歸的農戶們，安置在沙地外合適的地方。有的歸進別的村，有的重新開闢新村。

挨著諾干·蘇模廟的黑兒溝村更是在劫難逃。黃沙埋了房子，埋了水井，埋了田地，埋了人們生存的希望。政府安排他們遷到五十里外的地方，重建新黑兒溝村。其實，那一帶也開始沙化，屬於沙坨子地，要是人類開進去，再開墾那些植被稀疏的坨地，不用多久，依舊會被黃澄澄的流沙掩埋掉。這是個惡性循環。

「人就像一群旱年蝗蟲，吃完這片田地又飛往那片田地，一片一片地吃乾吞淨。最後啃自個兒的腳脖丫子。雲燈望著忙忙碌碌搬遷的村人說。他坐在房頂煙筒上。房子已埋進流沙，只露出煙筒尖。腳邊放著一堆從房裡挖掘出來的生活用品，舖蓋行李，還有一包視若性命的經卷書冊和佛像。」

「以我看呵，人像一群螞蟻，掏完了這塊地，再搬到另外一塊地去掏，全掏空拉倒。」白海坐在行李上，拿草棍在沙地上隨便寫著字。他愛寫「中」字，而且好把「口」寫成個小圓圈，再把貫穿的一豎「｜」上下抻得很長。以前有位測字先生曾給他拆過「中」字，說他這人一生總在「方圓」裡掙扎，有時把方當圓，有時把圓當方，方方圓圓，圓圓方方，永逃不脫方圓之困。而且他總想衝破這現成的方圓規矩，獨樹一幟，走出方圓。一個豎「｜」穿過方圓，可結果成爲人「口」中的獨條桿，一生總被人說三道四，命運多舛。而且一「｜」下邊少個根基，難有大果。

他聽後苦笑，心想，這可是沒辦法的事。管不了那麼多，對他來說，有無大果的結局並不重要，重要的是過程。那個總想衝破方圓牢籠的過程。人生不就是從生到死的幾十年過程嘛。出世爲生，入地為死，老子說這叫出生入死。這裡有一種道理，誰能悟出誰得正道。他唯一的追求就是把這出生入死的過程走得問心無愧，走得充實些，有意義些，也自然些，當然也少些世俗功利性。

「咱們是不是也隨著第一批蝗蟲或螞蟻群撤走呢？」白海仍舊畫著他的那個「中」，一隻小蜥蜴不知好歹闖進他的方圓，他一下子用草棍摁住牠。蜥蜴在他的草棍下掙扎。

「你就跟他們走吧。」雲燈喇嘛的眼睛久久凝視著諾干・蘇模廟的方向。又說一句：「你放開牠！」

「你呢？你還想留在這兒不成？」白海問，草棍抬起，放開了小蜥蜴。小蜥蜴失魂落魄地逃走。雲燈感激地望他一眼。

「對，我不走，我要留在這兒。」雲燈說。

「留在這兒？在這被沙子埋掉的舊村裡？」白海驚奇地望著雲燈那張非常認真的臉。

「不、不、不在這兒。我要去諾干・蘇模廟舊址，在那兒搭個小窩棚落腳。」

「在那兒落腳？為什麼？」

「對我來說，唯有那兒是淨土，我八歲就在那兒出家受戒。」雲燈深思熟慮地說。顯然他想了很久，「我討厭當蝗蟲螞蟻。」

「可在那兒，你怎麼生存？」

「白天四處化緣為生，夜裡歸來在那兒歇腳。」

白海被他的想法震動。他腦子裡突然靈機一閃。

「喂喂，我有個主意，不必化緣為生當寄生蟲。」白海拍拍雲燈的肩頭，有些激動，「我曾去

諾干・蘇模廟舊址一帶考察過，那裡是風化的固家沙丘地帶，只要先穩住四周的流沙入侵，然後在固定沙丘上墊些黑土和羊牛糞等有機肥料，很快會治理改造出一小塊能長莊稼的土地來。要是成功了，我們可以長住在那兒，自給自足，扎下腳根，進一步向四周擴展，在大沙海裡搞出一塊兒小綠洲來，你說怎麼樣？」

「老說我們我們的，看樣子，你還想跟我作伴呵！」雲燈喇嘛顯然被他的計劃吸引住，笑著說：「你這人也真奇怪，好好的大城市不去待，卻死賴上這個大沙坨子，還有我這老喇嘛。」

「是啊，我跟你是有緣千里來相會，棒打不散呵。你到底是同意還是不同意我的計劃？」

「讓我想一想，這可不是簡單的事。」

「嗨，你這老喇嘛，你應該改革一下你們喇嘛教的一些教規，改掉靠化緣布施爲生的生存方式。內地的佛教禪宗，爲何歷盡劫難還能生存發揚？禪宗由慧能、懷讓、馬祖等高僧下傳至百丈禪師，這位百丈禪師制定出一個百丈清規：一個出家僧侶除了遵循五戒之外，還要做到從事耕種，自食其力，革除原先的靠信徒供養過活的乞食寄生方式，信奉一日不作、一日不食的準則。所以後來，唐武宗皇帝全國滅佛，拆廟逐僧還俗，佛門遭大劫難時，各宗派裡只有禪宗能夠倖存。你想想，這主要原因是禪門和尚都參加耕作，自給自足，不需要依靠寄生於社會。而且，他們就是拆除了寺廟也照樣悟禪悟佛，不須非靠經典佛像和廟堂不可，從事耕種，堅持勞作，就等於掌握了自己的命運。老喇嘛，如何？咱們就學這百丈禪師，自力更生，求存於沙漠吧！」

「好一個百丈清規！妙，妙，妙。」雲燈喇嘛拍掌含笑，「幾次運動，喇嘛教遭難，我們這兒遣返了所有喇嘛，徵用、拆除了所有寺廟，現在想來，本教早些引進百丈清規自力更生從事耕作的話，或許不會這麼個下場了。」雲燈喇嘛不禁感慨起來。

「想通了，咱們說幹就幹。察看地點，選擇位置，去搭個睡覺的窩棚先紮下來。」白海說。

「別急，咱們先跟村幹部打一聲招呼，領回咱們那份救濟糧。」雲燈不慌不忙地說。

「好呵，你這喇嘛也學會精打細算了。現在不是提倡承包嗎，我們就去承包那塊舊廟址地，他們巴不得少兩個人跟他們搶糧食吃呢。」

果然，村政府很鼓勵和支持他們的計劃。並幫助他們在舊廟原址上蓋起了兩間土房，門前沙窪地上挖出了一口沙井。

「行了，有了可睡的狗窩，可飲的沙井，就算安頓了。明日個起，解決填肚子的事兒。」白海在土炕上打了個滾兒，蹺著雙腳，樂滋滋地說。

「怎個解決?靠咱的兩雙赤手空拳去砸沙坨子要糧?」雲燈喇嘛用抹布細細地擦拭著他那張炕桌說。這張桌子跟隨了他三十年，老廟存留的唯一紀念物。

「學拉大耙時，我聽你的，這回，你就聽我的，保證餓不死你。」白海從衣服兜裡翻出一張揉皺的匯款單，遞給他，「明日個你去縣城，取這筆款子，再用這筆款子買一頭牛和苞米高粱種子回來。」

「嘖嘖，這張破紙還能換錢?你別拿我老喇嘛開心了!」雲燈看看那張綠格子綠字的信封紙，團把團把又扔了回來。

白海這才明白老喇嘛可能從未見過郵局匯款單，於是如此這般解釋一番，然後鄭重說:「這可是落實政策補發給我的幾年工資，你個老喇嘛拿仔細了，別給我弄丟了。快過期了，再不去領，人

家郵局可能退回去了。」

「你早幹啥來的？你自個兒去吧，這麼麻煩，我哪兒會去領錢呀！」老喇嘛犯難拒絕道。

「不行，我還有其他更重要的事做，再說，我也不會買牲口和種子，就得你去。」白海以絕對權威口吻下了令。

雲燈無奈，第二天就向縣城出發了。

當他五天後趕著一頭牛，牽著一頭驢，驢背上還馱著一口袋種子回來時，發現白海正躬著腰挑黑土，墊房前一片沙地呢。

「哈哈！你這老喇嘛還真有本事，居然多買了一頭驢回來了！行，還真會做買賣！」白海扔下扁擔和土筐跑過來，迎接他。喜不自勝地摸摸牛拍拍驢，又看看種子。

房前一片沙地有變化了。先是用鐵鍬全部翻挖一遍，然後把挑來的黑土摻進去，這會兒已經快完工了。雲燈納悶，附近全是沙坨子，他是從哪兒挑來的黑土呢？

「嘿，你這書呆子，不等等我自個兒倒先幹上了，從哪兒挑來的黑土？」

「舊村址那頭，風正好吹裸出一片舊時被沙子埋下的黑土地。」

「啊？五里外的舊村址？挑一擔土來回跑十里！」老喇嘛走過來掀開白海的衣領，兩個肩頭全起著血泡，有的泡被壓爛了，結出血痂子，紅腫老高。「你可真是不要命了。」老喇嘛嘆口氣。

「別少見多怪，過兩天就好了。關鍵是這沙土地光摻進黑土還長不出莊稼，最好是施上有機肥料。」白海拉上衣領，犯愁地說。

「咱們去村裡拉羊糞！羊糞是最適合沙土的糞肥，可能有你說的那個『有雞（機）』。」雲燈笑著拍了拍白海後背。

「行，就拉羊糞！」白海一拍驢後臀，黑驢毫不客氣地趵起蹶子，差點踢到了他。

「哈哈哈，馬屁好拍，驢屁不中，哈哈哈……」老喇嘛開心地大笑起來。

第二天起，他們就去五十里外的黑兒溝新村裡，人挑驢馱牛拉寶貴的羊糞蛋。一連幹了七八天，終於墊出了一片能夠撒籽兒翻種的土地來。

正趕上一場難得春雨，他們便搶著播下了苞米和高粱種子。種完地，歇了兩天，白海對雲燈說：「明日個起，咱們去擼沙巴嘎蒿籽兒。」

「幹啥？」

「種。」

「種？種哪兒？」

「種在咱們這片固定沙地周圍一圈，有它擋住流沙的侵入。」

「好主意。沙巴嘎蒿要是長瘋了，盤住流沙是沒治了。新村那一帶坨子上有的是沙巴嘎蒿，咱們趕緊擼來趁土地濕潤種下去，很快會長出來的，那玩意兒命賤，好活又好長。」

於是，新村附近的坨子上出現了兩個擼沙巴嘎蒿籽兒的人影。村裡人奇怪，這兩個半瘋子準是餓瘋了，擼蒿籽兒填肚子吧。他們種上蒿籽兒，接著又採集黃柳籽兒，種在沙巴嘎蒿的內圈。果然，皇天不負有心人，他們的門前長出了苞米高粱的青苗，四周長出了一叢叢沙巴嘎蒿和黃柳。

儘管風沙襲擊過幾次，他們倆一次又一次地挑拉沙井水，保住了這些可貴的綠色生命。頭一年，他們終於在這莽莽沙坨子裡站住了腳跟，打出了自己種下的糧食，也基本固定住了周圍流沙的侵吞。沙巴嘎蒿和黃柳叢幫助他們打天下，一叢叢一片片地繁殖起來了。

第二年開始，白海更是發揮所學專長，科學地、因地制宜地增加植物品種，栽種喬灌木，如沙榆、白檸條、沙棗樹、草木樨等多年生木本植物。一步步一點點地改造著這片沙地，稱之爲「諾干・蘇模生物圈」。幾年下來，「生物圈」像滾雪球一樣從小到大，形成了諾干・蘇模一帶的特別的植物群落，在莽莽沙海中嵌進了這麼一個綠色寶石，在強大的自然面前顯示了人類的智慧和創造力。

有一天晚上，雲燈喇嘛望著窗外，感慨萬端：「啊，儘管巴掌大，這諾干・蘇模畢竟名副其實地成綠洲了。真多虧了百丈禪師的清規戒訓。」

「嘿，你這老喇嘛，應該感謝我這個白海禪師才對。」

「你我患難兄弟，至死相交，感謝兩字豈能容納？」雲燈目光深邃，又望起遠處的莽莽沙坨子，「我現在倒是很惦念牠，不知道生死，流落哪裡，沒有一點音訊，唉。」

「牠是一條不同一般的通人性的狗，會活過來的。你要是感到寂寞，我寫信請省沙漠所的人上這兒來考察，甚至可以在這兒設一個治沙站，請你老喇嘛當站長。如何？」

「你可饒了我吧，除了白孩兒，我誰也不歡迎。讓你那沙漠所還是待在大城裡吧，除非你老在夢中念叨出聲的那個女人來找你，我老喇嘛合掌稱佛，竭誠歡迎，爲你們念三天太平祝福經。」

白海紅臉，又搖頭苦笑，他從未向老喇嘛提起過自己有女人。

「她……她是……唉，不提她吧。」他又咽下話。

「當初你來這兒改造，到底是啥事？有人說是女人的事，有人說是洋人的事。這麼多年我怕你難受，一直沒問。」

「其實，都不是，原因只是現在看來很世俗的小事，尤其由你這位與世無爭的出家人看來更爲可笑的事。那年所裡評職稱，有兩個優等名額，所裡一位明顯沒份兒的管行政的副所長想爭其中一個名額。第一個優等名額是所長的，上邊已內定的；第二個優等名額，大家公認應是我的，我自己也覺得應該是。可那位副所長卻盯上我了。」白海陷入一種令他痛苦的往事回憶中，拿下眼鏡無謂地擦拭著，「有天夜裡，我一個人在實驗室工作，所裡女秘書來請教事，又說了些她自己個人感情生活上的感受。我也沒太在意，人說之我聽之。可第二天傳出我對她圖謀不軌、行苟且之事的謠言，接著，又傳出我在國外發表學術論文是如何如何等話。領導找我談話到基層鍛鍊什麼的，我就順坡下驢，申請到你們這兒沙坨子裡來了。」

「哦，你是叫人算計了。」

他們誰也不說話了，緘默了。

天黑下來。雲燈點上暗紅的油燈。一閃一滅，從窗縫裡吹進來的一絲絲沙漠夜風，吹得油燈一閃一滅，瑟瑟抖動。朦朦朧朧地照出土屋內的人和物的輪廓。沙漠裡的夜晚，寂靜、空曠，又顯得神秘。不一會兒，風到底把油燈吹滅了，他們也沒再去點它。

「明天，我去沙坨子上挖錦雞兒的根鬚，爭取畫完百草根系圖譜。」上炕躺下後，白海迷迷糊糊地嘟嚷一句。

「我去苞米地鏟草，再澆澆水，地有些旱。上坨子帶個傢伙去，前兒個，我見一隻黑狼在坨子上轉悠。歇晌時回來，我貼大餅子，再弄個野蔥鴿蛋湯。」雲燈也翻過身去，不過他好半天沒睡著。他琢磨白海這個人，像個苦行僧，孤單一人跑到大沙地來尋找什麼「事業」，沒有家室，無所大欲望，只把苦心研究的所謂論文公布發表就心滿意足。還說什麼人這玩意兒就這樣，活著總得鼓搗點啥，鼓搗出點自己最樂意鼓搗的事，乃是人生一大樂趣等等。還說治沙這事兒，是人類亟待解決的生存大事，是人類的事兒，也是自個兒的事兒，這事兒總得有人幹。他對沙漠和沙漠植物的著迷，不亞於他老喇嘛著迷於喇嘛教佛經聖典。他跟著白海幹過幾次挖草木根鬚，畫根系圖的活兒。他知道那不是鬧著玩兒的事兒。

白海其實也很晚才入睡的。明天是畫百草圖的最後一棵草根了，他有些興奮。他知道，沙漠植物不能只看地上形態，要窮根究底，看一看它們隱藏在地下的另一面。挖根繪圖，須要外科醫生那般精細巧手和責任感，這樣才能不會弄斷微血管般細的根鬚，提供的科學依據也精確可靠。每株短小的植物都有龐大的根系，有的在地下潛行二三十米遠，要想完整畫下它的根系，就得挖開一個碩大的坑，不管根鬚跑多遠鑽得多深，都得跟蹤掘進，窮追不捨。

天剛濛濛亮，白海就起身出發了。背包裡塞上四五個昨晚貼好的苞米麵大餅子和幾根水蘿蔔，還有圖紙儀器，扛上鐵鍬，精神抖擻地走上沙坨子。

露水在沙面上鋪上一層白霜。濕透了明翅的蜻蜓黏在柳樹條子上飛不起來，耐心地等待著日頭升起爲牠曬乾；而忙了一夜逐食的跳兔，則正在沙坡上急匆匆打洞，以躲避白天陽光的酷烤。真是各有各的生存之道。白海微笑。覺得牠們真可愛。他繞開一對依偎睡眠在一起的野鵪鶉，輕輕爬上一座高沙坡。

他站在坡頂上辨認著方向。那棵三年前種下的荒漠錦雞兒，位於較遠的沙坨子深處的一片沙丘上。他繼續趕路。大概爬了二十多里的沙坨地，才找到它。

這是一小片沙巴嘎蒿群落地。難得地長活了一棵錦雞兒草。這是一種木本植物，三年前他在這兒撒沙巴嘎蒿籽兒時，隨便栽埋了一棵，居然活了，還很旺盛。適宜沙漠顏色的灰綠色葉子，很是繁茂，株高已達二尺有餘。在一片矮棵沙巴嘎蒿叢中，亭亭玉立，婀娜多姿，分外惹目。

「嗨，你真漂亮，真鮮活！還真有點捨不得挖開你的根鬚！」白海卸下後背上的包，放在沙地上，蹲坐在那棵錦雞兒旁，細細觀察著它生命的態勢，「沒有辦法喲，委屈你了，爲了讓你的同伴成群落地扎根在這裡，不得不挖開你的根了，原諒我。」

他開始挖起來。

挖得很技術，很內行，株高二尺，那根深最起碼有三米多深。他揮動鐵鍬先把離根遠的浮沙層挖開，以二米見方的面積，圍著錦雞兒挖起大坑來。他唯恐傷著根，挖得小心翼翼，等接觸到根鬚部後，乾脆不用鐵鍬，而是用手輕輕摳挖，再用毛刷子剔掃沙土，剝離出一根旁鬚根。他先拿尺量好，在日記本上做上記錄，排上編號，待全部挖出後，好在圖紙上繪出比例圖，然後他用塑膠套管按長短套住這根旁鬚根，保護起來，以免弄斷。

挖了兩個小時才剝離出十幾根旁鬚根，往下掘進了一米多深，而主根還插在深深的地底。離根稍兒早著吶。

「好傢伙，你可真能扎根，難怪你生命力那麼頑強，株桿也那麼結實有韌性，老百姓喜歡割你擰繩套。今天看來你是折騰我一天吶！」

白海爬出坑，坐在上邊歇息。就著蘿蔔啃大餅子，再飲一口帶來的沙井水，以補充能量。沙坨子上一下子酷熱起來了，早上的涼爽早被夏日的毒熱所驅盡，陽光明晃晃地直從頭頂上往下照。一絲兒風都沒有，悶熱悶熱。白海吃完乾糧，趕緊下到坑裡接著幹。坑裡還有些潮濕的涼氣兒。

他像一隻掘洞的土撥鼠，不懈地挖著沙土，又仔細耐心地剝離著一個個根鬚。套的細塑膠管越來越多，圍繞主根形成了眾多的管絡，細細密密，繁雜盤纏。要不是他有耐心和不乏經驗，根鬚早已相互纏繞或弄斷弄傷了。就這樣，他還是把一個主旁根的末梢給弄斷了。其實才是頭髮根一樣的寸長末梢部分。

「你這該死的笨蛋！該剁的手指！」他氣惱地罵著自己，用鑷子夾住那寸長根梢，再用膠帶把它黏貼在根上。

越往下越不好挖了。往上扔土也極困難。已有二米多深，一間房大的沙坑周圍又堆著小山似的沙土。可主根末稍仍不見影。他有些灰心了，累得呼哧帶喘，臉上汗一道泥一道，光著的膀子上沾著沙土，像一隻泥猴。他癱坐在沙坑底，瞅著那根還在往下伸延的主根發呆。他心裡恨起那個主根來，搞不清還有多深。真他媽的邪門兒了。坑底陰涼潮濕，有些駭人，他不禁打了個冷戰。他心悸地沿著預先挖出的出坑斜坡，急忙爬出沙坑。

外邊陽光明媚。空氣灼熱。大漠空曠。

他躺在滾燙的沙面上，咕嘟咕嘟灌了幾口水。埋在濕沙裡的水，已變得溫熱，一點兒涼勁兒也沒有了。他扔下水壺，抓過餅子咬起來。他一邊吃，一邊注視著耷拉起株桿的那棵錦雞兒，葉子已被曬蔫，更變得灰不拉嘰，無精打采。要不算了，餘下沒挖出的主根末梢推算著畫出來得了。他心裡說。他稍稍高興起來，鼓勵自己繼續下這個決心。可沒過多久，他罵起自己來：白海呀白海，真沒出息，再咬咬牙堅持一下就完成的事兒，還想投機取巧，唬弄自個兒，唬弄科學？真是昏了頭的混球。

於是他一咕嚕爬起，順著坑的斜坡又下到沙坑裡去。下坑前，他抬頭看了一眼那輪西斜的太陽。白得耀眼，刺目，但他還是看清了那圓碗似的白輪廓。他兩眼一下子變得漆黑，一時啥也看不見。他下到坑底，閉眼呆了一會兒，坐在濕沙上。

他沒看見，只是聽見了訇然一聲巨響。同時，他感覺到了身體被一種什麼巨大力量猛地撞擊了一下，歪倒了，接著是一陣憋悶。那輪白日頭害了我，媽的，他掙扎。想從擠壓埋沒著的沙土裡掙脫出來。沙崩原來是這樣，看著挺結實的坑牆，怎麼會崩塌了呢，他這才恐懼地想到死亡。

他無法動彈，手腳使不上勁。沒想到挖起來那麼鬆軟的沙土，坍塌下來卻如此緊密，堅固。唯有血在血管裡漲湧。心臟被擠壓得要爆炸，腦袋嗡嗡作響，堵塞的七竅膨脹得無比難受。而那棵錦雞兒的主根卻貼著他的臉。我不要死。我不能死。我不想死。但他還是死了。最後的一刹那，腦子裡剩下的只有那輪白日頭，耀眼刺目的白光漸漸擴散，終於佔滿腦際，化成一片空白。

那天早晨，雲燈喇嘛發現天格外地紅，紅得像抹了血，雲格外的流長，像條流血的河。而泱泱大漠，卻格外地寧靜。風不動，沙不躁，鳥雀無聲，靜得有些壓抑。處處透出沙漠裡夏天清早的迷人景色和氣氛。雲燈在苞米地裡鏟著草，心中老有個事兒似的，忽聞有烏鴉從頭頂聒噪而過，他突然心血翻騰。好不容易熬到晌午，他趕回土房，可不見白海身影。他這才醒悟自己是一直惦記著白

四、沙葬

海，冥冥中爲他感到不安。

他顧不上做飯，急匆匆上坨子。找遍了大小沙坨子，喊啞了嗓子，不見白海人影。大漠逶迤茫茫。唯有高空中回蕩著他那沙啞的嗓音。

他泥一把汗一把不懈地找著。當下午太陽西斜時，他才從一座較遠的坨子根兒發現了一個沙崩塌陷的大坑，坑邊放著書包、繪圖紙、筆、尺、脫掉的外套等物，他慌了，心急如焚，手忙腳亂地挖扒起那個坑來。不知挖了多久，手指挖出了血，撲簌簌掉的眼淚也變成了血，顫慄哭咽的嗓門也淌出了血。

他抱著已經死了的白海，嘴唇沒感覺地重複著：「你也走了，你也走了，你也走了……爲了一根草根，爲了畫一棵錦雞兒草的根系圖，你就走了。用命根喚了草根，哦哦哦，多值錢的草根啊！多厚重的沙葬啊，沙葬……」後來他嗚嗚痛哭著咒罵起來：「該死的草根，該死的根系圖，該死的沙漠！我永遠詛咒你們！你這罪惡的草根，罪惡的沙漠——你們還回我的白海兄弟！嗚嗚嗚……」

雲燈喇嘛一陣哭一陣笑一陣麻木，半瘋半癲。他抱著白海一動不動坐在沙坨子。就這樣，無言無淚無感覺地坐著。一個下午。一個夜晚。一個明天，偶爾，嘴裡念叨：「命根換草根……沙葬……沙葬了……你還我的白海兄弟……」

第三天清晨，他給白海下葬。按照習俗，用清水給他擦洗身子，換上一套乾淨衣服，輕輕放進他自個兒挖出的那個大沙坑裡，然後把一張畫寫的經符放在他胸前，頭髮裡撒些五穀籽粒，又把那棵錦雞兒草連它那套著細管的眾多根鬚一塊兒珍重地放在他的身旁。

「由它陪著你不會孤單了。」老喇嘛揮淚自語，緩緩動鍬，往沙的墓穴裡填起沙土來。一鍬沙，一把淚。還有一句經文。旁邊燃著三燭香。青煙裊裊飄騰，化入聖潔的晴空。

「喜歡沙，喜歡沙裡的草，它們都跟你在一起，黃泉路上，你繼續研究它們吧。這是沙葬，好兄弟，古來少有的沙葬，沙葬呵……」哽咽不成聲。

黃沙的新墳，堆得如小山。

老喇嘛在沙墳前栽了三棵荒漠錦雞兒草。周圍又栽了沙柳和沙巴嘎蒿。待來年將是一片蔥綠。

他又守了三天才回家。

四

「嗷——嗚——」

白狼揚起尖長的嘴，衝西天那如火如血燃燒的奇象，發出長嗥。

牠站立在一座陡立猙獰的高沙丘頂上。

這是科爾沁沙地北部奈曼旗境內的一片沙包區。這些固定或半固定沙丘，被季風沖刷後怪態百出，猶如群獸奔舞，又似萬頃波谷浪峰，顯得奇異詭譎，危機四伏。黑色的枯根枯藤在沙土裡半露半埋，不見一棵綠草。在沙包區的東邊，長著幾十棵老榆樹。奇怪的是，這些榆樹全部乾死，枯枝幹杈七曲八拐地扭結伸展，一個個張牙舞爪，神態各異。

似乎是正當這些樹正隨意生長時，大自然的突變剎那間把它們統統乾死枯僵在這兒，脫落去所有裝飾的綠葉青皮，只保留或凝固住了這一個個怪態百出的死枝枯幹。像鬼妖，像魔影，令人生出恐怖。這是被稱爲黃色惡魔的大漠乾熱風沙暴造就的傑作，是一種百年不遇的沙漠裡奇異的氣象現

象。只要經它衝捲過的地方，所有植物轉眼間全部蒸發乾水份，曬焦了綠葉，枯乾了枝幹。

就是百年大樹也很快乾枯而死，無一倖免。它是所有生命的死神。就是人在沙漠裡遇到這種乾熱風沙暴，也無法逃脫死難，很快變成一具木乃伊。這是可怕而殘忍的大自然懲戒手段。具有諷刺意味的是，人們稱這些乾死的老樹爲「奈曼仙樹」。不知仙在哪裡？仙在生命的扭典和死亡的怪態？仙在刹那間失去生命的華彩？無從思索，又讓人追思不已。

白狼在不停在嗥叫。

牠高昂著頭，兩眼恐懼地盯著西天呈現的奇異氣象。不安地躁動著，甩動尾巴，一會兒匍匐，一會兒躍起，齜牙咧嘴地長嗥短吠，不停地表達著一種動物的本能所預感到的危險和恐怖信息。牠身後不遠處就是那片乾枯的「仙樹」。牠的嗥叫，一聲比一聲駭人，含著絕望的哀鳴，又顯得憤怒和不平。

哮天無奈。奇象依然。白狼又縱身跳下高沙丘，奔進那片乾枯的「老仙樹」。在一棵粗大的老樹下，密藏著牠們母子安身的洞穴。小白狼正在洞裡酣睡，等候母狼銜來獵物餵牠。可白狼鑽進洞裡，一口叨住狼崽，走出洞穴。

在外邊，牠把狼崽放下，然後拼命地把狼崽往東方趕去。小狼崽雖然已經很大，但還不願意離開母狼，來回躲閃著不肯往東跑。牠跟母狼往東跑過幾次，那裡是兩條腿的人狼的世界，牠害怕。母狼自己都輕易不去那裡，今天爲何把牠獨自往那邊趕呢？而且母狼的眼睛那麼恐怖，兇狠，毫不留情，絕不許牠反抗，跟以往任何時候都不一樣。小狼崽迷惑又害怕。

見小狼不肯離去，白狼憤怒了，「呼兒呼兒」地發出咆哮，張開大嘴狠狠咬起狼崽，疼得牠

「嗚嗚嗚」地亂叫亂哭。那也沒用，母狼的追咬一口比一口兇狠。小狼崽絕望了，害怕了，感到不往東跑別無它路了，不然，母狼會活活咬死牠。

小白狼「嗚嗚嗚」悲泣著，終於撒開腿，向東方訣別而去，懷著一腔的怨哀。

白狼怕牠回頭，繼續不停地從後邊追咬著，讓牠斷去重新返回的念頭。

一大一小兩隻白狼，就這樣追逐著，猶如兩道白色的閃電，向東方劃去。有時，愛就是仇恨，有情就是絕情。被愛一方不一定明白此理，甚至至死不明白。

白狼趕走了小狼崽，終於如釋重負地長嗥一聲。然後，像一支離弦的箭般向諾干•蘇模廟方向飛射而去。身後留下一溜白煙。

月不像月，渾黃，暗淡，無神，周圍套了一層又一層環形光暈；星不像星，蒼白，無光，模糊，上邊抹了一層淡淡的白霜，沒有眨眼般的閃動，全是瞎了似的一片模糊；夜不像夜，失去了往常睡眠的靜謐、安穩，處處隱伏著浮躁、不安、紛亂和危機。

這是個燥熱的萬物不眠之夜。似乎都在期待著發生什麼，焦灼難耐。

原卉迷迷糊糊躺在行軍床上，似睡非睡，頭隱隱作痛，睡不著，她乾脆睜開了眼睛，這才發現村婦聯主任奧婭的床是空的。她初以爲可能是出去方便了，可久久不見回來。

她起疑，披衣向帳篷門口走去，於是聽見了那場正在帳篷外進行的小聲對話。

「快拿個主意，這天氣說變就變，妳是走還是不走？」這是鐵巴連長壓低的聲音。

「讓我想想嘛。你就那麼肯定變天？」這是奧婭的反問。

「妳沒見落日時候的那個奇象？這天兒準有大事，還猶豫啥呀，快點離開這兒吧！」

「那也得跟原卉大姐商量商量呵。」

「商量個屁！人家要查清丈夫的死因，妳還跟著她死耗在這兒呀？」

奧婭一時無話。片刻之後又說：「走也得等天亮了再走，跟原卉大姐說清楚，她要走便一塊兒走，願留就自個兒留下，我再跟你回去。」

「還等天亮呵！」

「你想趕夜路啊？我可不幹，想走你自個兒走吧。大野坨子裡黑燈瞎火趕沙路，不迷路才怪呢，黑狼會掏了你肚子。」

鐵巴顯然不敢一個人趕夜路回去，無奈地說：「好吧，明兒一早動身。」

「你睡哪兒啊？睡在車上嗎？」

「不，我去沙井邊蹲蹲，這一夜不睡了。」

「怎麼，你又打壞主意，想槍殺那些生靈？」

「不不，這回不用槍，省得驚動了那個老不死的。這回用炸藥，先把香噴噴的炸藥丟放在沙井邊上，明早去揀野物就成。」鐵巴嘿嘿笑著走了。

奧婭罵一句：「你這該死的傢伙，早晚會栽在這上頭的！」

原卉趕緊躺在床上。心想，這個奧婭心眼兒還不壞，就是有些稀里糊塗，分不清好歹。她等奧婭睡著後，悄悄穿衣走出帳篷。她要去找雲燈喇嘛。她趁著黯淡的月光，順沙路向老喇嘛的房子走去。這一夜真是邪門兒了，樹上的鳥兒飛起飛落，路邊的跳鼠、蜥蜴也不得安寧躥來躥去，整個像地震前的感覺。看來真的有一場異常天氣了，她心想。

走到雲燈喇嘛的門口，她又發現了一個奇特的情景。

朦朧的月光下，她見病歪歪的老喇嘛從房裡走出來，轉到房後牛圈旁的一座高沙丘下就不見了，突然消失了。原卉大爲疑惑，也悄悄走到牛圈旁舉目搜索。沒有任何痕跡，老喇嘛似乎一下子從地球上消失了。難道老喇嘛有隱身術不成？她站在那裡正百思不得其解時，從她背後響起了一個聲音，使她嚇了一跳。

「妳到這兒來幹啥？偷偷跟蹤別人不太好吧？」雲燈喇嘛不知何時出現在原卉背後的暗影裡。

「我……我……並沒有跟蹤你，我是有事來找你的。」原卉有些結結巴巴地解釋說。

「有事找我？那好，請講吧。」雲燈一邊說一邊往屋裡走去，步履困難，原卉從後邊跟著。

「你那位侄兒沒走，還在沙井邊上狩獵。」

「我知道他不會走。他孽根未淨，不會輕易住手的。」老喇嘛嘆口氣。

「那你不去阻止他了？」

「阻止？他這樣的人是不撞南牆不死心的。」雲燈咳嗽起來，片刻後，緩緩說道，「地獄裡有好多惡鬼冤魂喊叫救命。佛用慧眼觀察其中一個大惡鬼生前之事，發現這惡鬼儘管平時作惡多端，可有一次走路正要踩到一隻蜘蛛時，卻突生慈悲，抬腳邁過了蜘蛛。於是佛就把這隻小蜘蛛的吐絲放下去救他脫離苦海。惡鬼高興地抓著蛛絲往上爬，而其他惡鬼冤魂也都跟著爬上來。惡鬼嚷叫著這是我的，你們別爬，蜘蛛經不住的。他拔刀硬把下邊的蛛絲給砍斷了。可是他再往上爬時，那隻蜘蛛再也拽不動他了，一下子斷了，惡鬼又掉進地獄苦海裡。佛尊搖頭感嘆，拂袖而去。」雲燈喇嘛講到這兒，深嘆一口氣，「我侄子就像那個惡鬼，斬斷別鬼的生路，結果連自己的生路也給斬斷了。善惡都在一念之差，我侄子定要把那蛛絲砍斷，這是注定的事情，別人是沒有辦法的，我已經盡力了。」

原卉深受震動，默默感悟著其中的禪機。

「妳要是明天不離開這裡，就搬過來在我這土房裡躲躲吧，帳篷裡不保險。」雲燈遙望藏著無限玄機的神秘天地，喃喃說。

「謝謝你老大哥，不過，我還想問躲什麼呢？」

「躲應該躲的東西。」

「我們能躲得過嗎？」

「那就看個人的造化了。」

「究竟是什麼東西？是一場災難嗎？」

「妳真夠笨的，連動物都感知到了，妳還提這愚蠢的問題。當然是指一場空前的天災了。」

「老哥哥……」原卉見雲燈要回屋裡去，欲言又止。

「啥事？」

「你該告訴我白海的事了吧……」

「啊啊，是啊，明天，明天……一切都會明白的。」雲燈邁進門檻，又想起了什麼，回過頭來對原卉說：「妳能不能幫我一下忙，替我挑幾擔水，把屋裡的兩個水缸都裝滿？」

「可以，明天我和奧婭一起過來幫你挑。」

「不，現在就挑。」

原卉無奈，苦笑一下：「好吧，現在就挑，我去叫奧婭，反正這一夜是睡不成覺了。」

奧婭揉著惺忪的睡眼說：「老喇嘛準是瘋了，別信他瘋瘋癲癲的話，先睡，明早再給他挑水。」

「不行，我答應了人家，哪能食言。求求妳奧婭，陪我去吧，我一個人害怕去沙井那裡。」

「妳這個人也不正常，五迷三道的。好吧，咱們就深更半夜挑水抽瘋吧！」奧婭拗不過原卉，嘟囔起來了。

她們走到傍晚去過的沙井邊上，立刻感覺到一種異樣氣氛。

「救命啊——救命啊——」從沙井水面上傳出一個微弱的求救聲。

她們倆吃了一驚，仔細一看，只見沙井水面上伸出一個人的腦袋，水快淹過脖子了。

「咦？這不是鐵連長嗎？怎麼掉到井裡了？」原卉問。

「快救救我……我快不行了，我陷進沙井裡的泥潭裡了……」鐵巴見她們來，真是見了救星一般，呼哧帶喘，用盡氣力說著。他一隻手正抓著從岸邊伸到水面上的一根細柳條子，全仗著這根柳條子才沒有下沉到泥水裡。奧婭哈哈笑著把挑水的扁擔伸過去。

「抓好扁擔的鏈鉤，我拉你上來。你這傢伙，得到報應了吧！」奧婭力氣挺大，沒幾下就把鐵巴連泥帶水拖到了岸上。

鐵巴連滾帶爬上了岸，渾身污泥，成了落湯雞，一上岸就癱軟在地上，大口大口喘著氣，一邊嘴裡還罵著：「操你媽的臭狐狸，吃了炸子兒，還撲到水裡去死！」

「原來你是下去撈狐狸陷進泥潭的？」

「可不，害得老子差點喪了命，多虧了那根柳條子。太險了，嚇死我了……誰能想到看著見底的井水，下邊卻是無底的泥潭呢。真是邪門兒，都叫我趕上了。」

原卉突然想起雲燈喇嘛講的那個惡鬼和蜘蛛絲。她感到那個故事和現在發生的事情，似乎有著某種聯繫。難道老喇嘛真有預見，所以才堅持讓她半夜挑水的？原卉大惑不解。

「妳們怎麼半夜三更來挑水？」鐵巴緩過勁兒來，奇怪地問。

「還不是你那位瘋子叔叔，非讓原大姐半夜挑水。」奧婭說。

「是他？他怎麼知道我陷在泥潭裡出不來？」

「你偷獵人家沙井水餵養的生靈，人家能不知道嗎？你那位叔叔可不是一般人物。你揀一條命，還真虧了他吶。」奧婭數落著鐵巴。

「真可惜，那隻狐狸沉到泥潭裡去了。」鐵巴望著幽幽的井水，仍不無遺憾地念叨。

原卉心涼半截說：「那根蛛絲肯定是要斷了。」

聽得對面二人莫名其妙。

太陽模模糊糊地從東南沙堆子上拱出來了。遮著厚厚一層風塵。漸漸這層風塵變得紫紅，猶如一捲兒包裹布把那輪不安分的血球緊緊包起來，結果包不成功，反而全被染透，整個東南天際灑抹了半空血紅。

沒過多久，這輪血球扯動著半天白色帷幕，開始升高。像是襁褓裡的嬰兒，掙扎著，滾動著，想擺脫那可惡的被自己染紅又來束縛自己的白色襁褓。它們之間的爭扯越激烈，空氣就愈變得乾燥、悶熱、火辣辣。

原卉站在門口送走了奧婭和鐵巴。

當奧婭不好意思地說出她要跟鐵巴一起回去時，原卉微笑著答應了她。奧婭想到自己來此的責任，極力勸原卉跟她們一道撤離時，原卉堅決地拒絕。奧婭沒想到這個瘦小的知識分子，看不出多大年紀，像四十多又像五十多歲的城裡女人，居然膽子這麼大，脾性又這樣固執。她抱著幾分惋惜、幾分不解，坐上勒勒車走了。

原卉望著東南半邊天的血紅，不由得說：「真美。」

她進屋去，熬了一碗粥吃了。然後收拾東西，她要搬到老喇嘛土屋去。

當她走出帳篷時，就發現了那道不祥的波浪。從西方的大漠深處，徐徐滾出一道長長的混沌不清的浪潮，遮住了視線，什麼也看不見了，而且飛速地貼著地面向諾干・蘇模一帶捲過來。她一下子恐慌了，撒腿就向老喇嘛的土房跑去，嘴裡喊出：「救救我，雲燈大哥！」

那道渾黃的浪潮半道趕上了她。這是個由鋪天蓋地的狂風惡沙組成的浪潮。旋風打著轉，把沙子吹得沙沙作響，樹葉草屑羽毛都捲上了天，四周一下子變得混沌起來。接近中午的太陽立刻變得毛茸茸的，成了暗紅色，像烤紅變紫的圓盤。沙柳條子猛烈地搖曳，甩燈，發出呼嘯聲。從她的背後噴捲過來一股強烈的熱氣，燙得就好像後背上的貼身襯衣燒著了火，火燒火燎般的灼疼。嘴裡灌滿了沙子，眼睛也被沙粒迷得睜不開了。一些鳥雀像子彈似的，從她頭頂向東方射去。

她一下子摔倒了。離雲燈的土房還有十幾米，可她感到那是萬里之遙，永遠也爬不到那兒了。

黃沙也咽住了她的嗓眼，呼吸困難，想喊也喊不出來了。正這時，有人把她扶起來了。連滾帶爬地把她拽進屋裡去。她發現自己的行李、書包、臉盆等物隨著狂風飛捲，有的像球一樣滾過去，有的被刮到天空打著旋轉，忽上忽下。

「謝謝你，老哥哥，謝謝你救了我。」原卉大口大口喘著氣，驚恐地望著門外的世界。「這是怎麼了？天是怎麼了？地是怎麼了？這就是你說的災難嗎？」

「熱沙暴！可怕的上天下降的災難！沙坨子裡所有精靈的死神！」雲燈喇嘛陰沉著臉，孱弱的身體微微顫抖。由於剛才的一陣搏鬥，他幾乎耗盡了氣力，蹲坐在地上。

「太嚇人了，以前我只是在有關資料上讀到過這熱沙暴的事兒，可沒想到這麼嚇人。」原卉搖著頭，還沒有從驚嚇中緩過神來。

「這還是剛開始，更可怕的還在後頭。妳快去把水缸蓋好，再用大被子捂上，要不然很快就蒸發乾了。沒水妳就完了。」雲燈喇嘛眼睛注視著門外，似乎等待著什麼。

「怎麼能只是我呢，不是還有你嗎？」

「沒有我，沒有了，我的終期已經到了，我是熬不過去了。」雲燈平靜地說。似乎在說著睡覺吃飯之類的尋常事。平靜，輕鬆，不動聲色。

原卉聽著一陣愴然。沉默片刻，她問：「大師，你好像在等著什麼？」

「是在等，等牠——」

「牠？牠是誰？」

「白孩兒。」

「那條白狼？」

「牠是當年老白我們倆一起餵養的一條狗，一條有靈性的狗。牠該來了，應該來了。」雲燈很自信地叨咕著，眼睛搜索著外邊風沙中的任何異物。

外邊一陣騷動。不過不是白狼，而是鐵巴和奧婭。他們倆互相攙扶著，跌跌撞撞地撲進土房子裡來，兩個人都說不出話，沙子灌滿了嘴巴、眼睛和頭髮裡，熱風燒灼得臉上都燎起了水泡，皮膚變得黑紅黑紅，嘴唇乾裂，滴出血絲。人沒有人的樣子，狼狽不堪。

經原卉餵水搶救，兩個人才恢復了氣力。

「你們不是走了嗎，怎麼又回來了？」

「嗨，不用提了，我們沒有走出多遠就被這該死的熱沙暴趕上了！他媽的，該死的熱沙暴！」

鐵巴搶著咒罵，吐著嘴裡的沙子。

「哼，都怪你這混蛋！在老村址那兒發現了狐狸，死活也不肯走，白白耽誤了半天工夫，你這該死的混球，差點連老娘的命也搭上了！」奧婭憤怒地責罵起鐵巴。

鐵巴啞口無言。他們失掉了趁熱沙暴來臨之前走出沙坨子的好時機，只好又返回來躲難了。

鐵巴站起來，搖搖晃晃地走到水缸那兒，要舀水喝。

「不許動！」雲燈喝道。

「幹啥呀？喝點水還不行？」

「從現在起，水缸裡的水誰也不許隨便喝。」雲燈喇嘛嚴正地宣布，又望著鐵巴和奧婭，「我這兒儲存的水，原沒有你們倆的份，你們倆一回來，多了兩張嘴，現在起只好省著、勻著用水

了。」

「這麼一大缸水，還不夠我們三個人用的？」鐵巴不服氣地嘟囔。

「不光是我們三個，還有牠們——」老喇嘛指著門外說。

大家不約而同地向外看。這才發現，外邊院子裡的籬笆牆根、土房檐下、窗戶底下，不知何時聚集起不少沙漠裡的飛禽走獸。有狐狸、野兔、沙斑雞、鷹雀……沙井周圍生存的沙漠生靈中，倖存者此刻都跑到這兒來了。這些生靈，在狂暴的風沙裡一個個瑟瑟發抖，驚恐萬狀，可憐巴巴地向土房門口集中張望，向比牠們較強大的人類靠攏，求助於人類。

「看來那面沙井被流沙埋了，不埋也保護不了牠們呀。牠們不得已才向人類求助，唉，生存本能啊，我們怎能拒絕牠們！」老喇嘛說。

「啥時候了，還管牠們死活！我們人是重要的！」鐵巴忍不住嚷道。

「人重要？那是你自個兒覺得。由狐狸看呢，你重要嗎？所有的生靈在地球上都是平等的，沙漠裡凡是有生命的東西都一樣可貴，不分高低貴賤。」雲燈平視著前方，喘了口氣，「我們作爲萬物之靈的人，比牠們高明的人，更應該帶領牠們一塊兒躲過這個共同的災難，停止仇恨和殺戮，找出一條一塊兒活下去的出路。這是佛的旨意啊！」雲燈喇嘛的目光炯炯有神，臉色安詳而充滿慈悲，顯示出一種超然的賢哲的智慧。

原卉聽完這番話，內心怦然而動，似乎感悟到一種宇宙的真諦。她懷著極爲尊敬的目光望著雲燈，誠摯地說：「大師，我雖然不信佛教，但我衷心祝願這一佛的旨音、佛教的理想，能夠得以實現。」

「謝謝。」雲燈喇嘛感激地對她說。

一陣沉默。

不一會兒，一直望著門外的雲燈喇嘛突然興奮地驚呼：「你們看！白孩兒！我的白孩兒回來了！白孩兒，白孩兒！」

果然，一隻白色的閃電闖過狂風惡沙，劈風斬浪，像支利箭從遠處直向這土房射來。四腿如飛，身影矯健，剎時間來到門口，「汪汪」兩聲吠叫。

雲燈不顧病弱身體，開門迎過去，一下子抱住了白孩兒。

「我的白孩兒，我的白孩兒，我的孩兒……你可回來了，回來得好，好，好……」雲燈不停地喃喃自語，像是盼來了出門很久的遊子，臉貼在白孩兒的頭上，雙手哆哆嗦嗦地撫摸著白孩兒的脖子和脊背。

白孩兒搖頭擺尾，伸脖張嘴，一會兒用頭蹭蹭雲燈的手腳，一會兒立在後腿上撲進雲燈的懷裡，嗓子眼裡直哼哼嘰嘰地低吟，像呢喃低語，像激動的哭泣。只礙於不會人類的語言表達，神情則完全沉浸在久別重逢的喜悅裡。

此情此景，令原卉、奧婭、鐵巴都無不心動，也無法想像人和狗之間居然還能建立如此純真質樸、忠誠牢固的友情、經歷多年波折始終不渝，依然如舊。這點人跟人是很難做到的，很難溝通的。

白孩兒突然發現了站在角落的鐵巴。

「呼兒！」牠一聲吼叫，猛撲過去。

「救命啊！」鐵巴魂不附體地大叫一聲，往旁躲去。可是白孩兒的進攻是迅雷不及掩耳，兇猛之極，當別人還沒有回過神來，牠已經撲到鐵巴身上，撕裂了衣服，抓破了他大腿上的一塊肉，鮮血直流。

「叔叔，快救救我！牠咬死我了！」鐵巴殺豬般地喊叫著，舉起胳膊肘擋著頭臉。

「白孩兒，回來！」雲燈喝狗，「饒過他吧，你還沒有忘掉舊帳，算了吧，你看他沒魂的樣子，多可憐！」

白孩兒果然聽話，鬆開了鐵巴，搖著尾巴回來了。但牠仍舊餘怒未息地衝鐵巴「呼兒呼兒」發出威脅的低哮。鐵巴抱著腿縮在牆角，不敢望一眼白孩兒。

外邊的熱沙暴愈加狂烈起來。成噸成噸的黃沙被拋到空中，渾黃無際，肆虐無度。諾干・蘇模廟這塊兒沙海小綠洲，此刻完全變成了狂海怒濤中的一葉小舟，成爲熱沙暴進攻的目標，顯得孤弱無助，瑟瑟發抖。聚集在院子裡的那些可憐的生靈們更加恐慌了，來回奔躥，躲閃著風沙襲擊。牠們饑渴了，疲乏了，在乾熱的風沙中伸出舌頭艱難地呼吸。慢慢都擠到土屋門口，用頭拱門，用爪子抓門。

雲燈喇嘛從水缸裡舀出一瓦盆水來，顫巍巍地端著，在原卉的幫助下，把門擠開點，把水盆放在外邊。動物們爭搶著飲水，一盆水很快就被飲光，雖然不夠解渴，但足以維持牠們的生命了。接著，屋裡的人也每人分喝了一杯水。誰也沒有說話，內心裡充滿了對大自然的恐懼。在這可怕而神秘的大自然面前，感到自己太渺小了，太脆弱了。人平時以萬物之靈自居，不可一世，狂妄自大，似乎世間的一切不在話下，說勝天就勝天，說勝地就勝地。而此刻，顯得如此單薄無力，無可依托，無可奈何，可憐巴巴，不比那些小動物高明多少。

狂野的風沙猛烈地搖撼著雲燈喇嘛的土房。壓在房屋頂上的泥土紛紛掉落，壓房箔的秫秸草被吹得沙沙作響。「喀嚓」一聲，院門口的一棵楊樹攔腰刮斷，殘枝敗葉隨風捲走。接著，「呼啦啦」一聲，他們寄身的土房房蓋突然被強風掀開了！沙土轟然而落，全壓在屋裡幾個人的身上。房蓋上的籬笆和秫秸草全被風捲到高空，很快散失，不見蹤影。沒有了房頂，就沒有了遮蓋，風沙開始一個勁兒地往下灌，徒立四周的牆也開始搖晃了。

「我們完啦！我們完啦！」鐵巴發出絕望的哀叫。

「跟我來，到房後去！」雲燈喇嘛毅然說。

「到房後幹啥？那兒死得更快！」鐵巴嚎叫。

「房後沙丘根，我有個地窨子！」雲燈說著，在原卉的攙扶下，決然地跨出倒塌的土房門檻。後邊跟著白孩兒。奧婭也跟過去了。鐵巴見只剩下自己，恐懼地喊：「等等我，別撇下我！」一瘸一拐地跟過去了。

一走到外邊，原卉突然感到窒息，熱風沙像滾燙的棉花堵住了她的嘴和鼻孔。她急忙低著頭，回避著這可怕的乾熱的風沙。她也被眼前的景象驚呆了。裹挾著紅黃色沙塵的旋風沙暴，給了諾干・蘇模廟一帶的綠色植物最殘忍最致命的打擊。低矮的叢生蒿草類全被滾燙的熱沙流掩埋住，沙柳條、沙榆、沙棗之類則都被強烈地搖曳著，枝葉已全被吹蔫吹乾巴了，低垂下來，那些葉子很快被狂風捲得如吹散了的肥皂泡似的，紛紛從樹上刮下來，隨風飛舞，消失在望不見的黃沙天際。

熱沙暴使水分的蒸發如此之快，使象徵生命的綠色消失得如此無情而迅疾，真是人所不能料及的。生命力較強的榆樹葉子，剛剛還是有些綠色，可一陣熱沙風席捲而過，頃刻間全枯焦了，發乾發黑了，轉眼間又被刮得一乾二淨，只剩下光禿禿黑黝黝的樹幹和枝杈，裸露僵立在風沙中，「嗚嗚」作響。

原卉不忍目睹，恐懼地閉上雙眼。她感到空氣中的熱度不斷增高，越來越炙烤起來，皮膚上有針扎般的灼燙感覺。她腦子中突然出現了一個荒唐而可怖的幻覺：要是在這個乾熱沙暴中待上一會兒，自己也會被燒成爲灰燼了。熱沙暴會像摧毀那些樹木草物一樣摧毀了他們的。

她和雲燈喇嘛艱難地一步步向房後移動。

她們的嘴漸漸乾燥焦渴起來。一團團渾黃發紅的煙塵在使人暈眩的高空中沸騰著，那輪燃燒著的大陽此刻也成爲熱沙暴中的一根陀螺，被任意地鞭打著，吹捲著，滾動著。一會兒被吞沒，一會兒又被吐出。在狂暴的氣流中毫無抵抗能力地遭受肆意戲弄。

他們終於走到了。雲燈喇嘛氣喘吁吁地站在高沙丘下，伸手摸索著，打開了地窨子的門。這是一個挨著沙丘根，往地下挖進去的地窨式的倉屋。一走進這地下的房屋，他們立刻感到舒服起來，有一股陰涼的潮氣。白孩兒、奧婭、鐵巴相繼也走進了地窨子。

原卉發現，在他們的身後也跟著那些稀稀疏疏的倖存的沙漠生靈。只有大些的動物活下來了，稚弱些的早已被風沙吹散或倒斃在流沙中了。走在前邊的是一隻黑狼。不知何時，這隻兇惡的野獸也參加了向人類靠近的動物群裡，一掃往日的兇殘威風，夾著尾巴，耷拉著腦袋，伸出紅紅的舌頭，呼哧呼哧艱難地喘著氣，早沒了原先的攻擊性。大自然給了牠力量，又收回了這個力量。

白孩兒發現黑狼要衝過去，被雲燈喇嘛喚住了。走在最後邊的鐵巴見那些動物尾隨而來，急忙關住地窨子的板門。

「把門打開吧，讓牠們也進來，這地窨子能容納得下。你也不必害怕，牠們不會傷著你的。」雲燈對鐵巴說。

鐵巴放開門急忙往裡跑。那些動物們爭先恐後地擠進地窨子裡來，不過，牠們卻只在門口附近蹲臥著，不敢往裡走，不敢太靠近，牠們也害怕人類。

其實，地窨子裡面積挺大。雲燈喇嘛手裡端著燈，在前頭一直往裡走去。進了十米左右，他們面前又出現了一道門，門上掛著鎖。原卉他們十分驚奇。

「大師，這裡邊是什麼屋？」原卉問。

「你跟我進去就明白了。」雲燈說。

這裡間原來是個佛堂。迎面牆前供擺著三尊金佛。喇嘛教的三世聖佛：一位主前世，一位主今世，一位主未來世。有一人之高，每位佛前燃著長明「珠拉」燈。兩面牆上刻滿了藏蒙經文，地下放著些喇嘛教需用的法器，達木茹、牛角號、經輪，還有幾個紅木箱子，大概也盛放著經卷和喇嘛教的東西。

「大師，這裡是不是你做法事的地方？」原卉問。

「不，不是。我早已不做法事了。這裡是原先那個被拆掉的諾干・蘇模廟的地下室，由於封存得早，知道的人少，所以當時倖免於難，保存下來這金塑三世佛和大廟上的一些法器經卷。文革中，爲這三世佛，我可吃盡了苦頭。總算我對得起它們，沒讓它們遭到世人的褻瀆。唵嘛咪叭哞吽！」雲燈虔誠而欣慰地合掌念經。

「啊！金佛！三個金佛！」鐵巴也不知何時走進了這佛堂，一見金光閃閃的金佛喊叫起來，兩眼流露出貪婪的光，「叔叔，真有你的，金佛到底還是在你手上，滿過了文革中所有的審查拷問。真了不起！這可是價值連城的寶啊！」

「你給我出去！貪婪成性，殺孽深重，別進這佛堂褻瀆了神靈！白孩兒，轟他出去！」白孩兒「呼兒」的一聲衝過去，鐵巴嚇得趕緊逃離出佛堂，待在外間。

「唉，罪孽啊，他們哪裡知道，其實這三尊金佛全是泥胎，只是上邊塗了一層金粉而已。可世人卻不信這個，苦苦追索著三世佛，不放過他們。唉，罪孽啊！」雲燈喇嘛搖頭感嘆。

原卉聽著也苦笑。

這時，雲燈喇嘛打開一個紅箱子，從裡邊拿出一個陳舊的包裹，遞給了原卉，緩緩地說：「這就是白海的遺物。幾本日記，一副眼鏡，還有一些書什麼的。」

原卉趕緊打開包裹，翻看日記，裡面全是記著這一帶沙坨上所有植物的有關資料、數據，還有這一帶沙漠氣候的記載。

「他是爲畫一張百草根系圖，去挖錦雞兒草的根鬚時發生沙崩，埋進沙坑去世的。他走得匆忙，他還想在這兒幹好多事兒，可是，唉，好人命短呵，他就匆匆地走了，什麼也沒來得及交代。他根本沒想過死。可是，唉，他就死了，沙葬了。我是從他日記本上找到他單位的地址，才拍去的那封電報。他是我一生唯一的知交朋友，說實話，我真捨不得把他的遺物交給妳。」雲燈兩眼濕潤了。

原卉聽著這些，抱著丈夫留下的遺物，眼淚不由得默默地淌濕了衣襟。再也忍不住，哽咽起來，懊悔和痛苦撕咬著她的心。

「老白的屍體，就跟那棵錦雞兒草的根鬚一起埋在沙裡了。如今也已經找不到了，化爲泥土了，被吸進那些植物的根系中，一起生存在沙漠上了。這樣也好，來得平凡、活得平凡、走得也平凡。草芥之民還回草芥之本，遠離了世俗，也符合了他的爲人準則。」雲燈說完，如釋重負地微閉雙目，沉默了。

原卉也沉默著，思索著。

這時，外間地窨子裡出現了騷動。原來，被狂風捲來的流沙開始掩埋了地窨子的門，地窨子裡的空氣開始稀薄起來了。那些個可憐巴巴的動物們，多數奄奄一息，倒地待斃；稍有活動能力的黑狼和狐狸等大型動物，本能地意識到雖然地窨子躲開了熱沙暴的襲擊，可現在另一死亡的危險又威脅開了。於是大黑狼趔趔趄趄走到地窨子門口，用嘴拱開板門，拼命扒開堵得很高的流沙，終於不顧死活地衝出去了。跟著，能走動的狐狸等也都跑出去了。

流沙繼續掩堵起地窨子的門。速度很快。眼看就要整個掩埋了這間地窨子。

鐵巴驚恐地看著門，又看看裡間的雲燈喇嘛和原卉。

雲燈喇嘛咳嗽起來，呼吸顯得困難，他艱難地對原卉說：「我的時辰到了，我要跟我的佛堂和敬奉的三世佛一起埋入地下了。妳走吧，也許還有些生還的希望。」

「不，我也不想走了，我在這裡陪著你和我丈夫。」原卉果決堅毅地表示說。

「唉唉，妳也傻透了，跟妳的丈夫一樣。」雲燈又嘔心嘔肺地咳嗽著，臉無血色，變得紫青。

原卉走過去給他輕輕捶著背。

鐵巴突然歇斯底里般地狂叫起來：「不，我不死，我不死，我要活！我要出去，我要走！」說著，他站起來，向地窨子門衝過去，他拉開門，學著那條黑狼拼命扒起堵門的流沙，同時回過頭衝奧婭喊道，「奧婭，妳還想在這兒等死呀？快跟我一起走吧！」

奧婭看了看鐵巴，又看看雲燈和原卉，只見這兩個人臉上都毫無懼色和痛苦之狀，顯得泰然、安詳，一副一切順應自然的樣子。奧婭終於站了起來，跟著鐵巴的身後，從地窨子裡爬著出去了。

他們倆的身影消失在門外，很快沒有了聲息，唯有熱沙暴依然肆虐著，想把整個世界撕個零碎。

「妳也走吧，不要跟我比，不要在這兒等死。」雲燈喇嘛對原卉說，「爲了妳丈夫的這幾本寶貝資料，爲了他用生命畫出的沙漠百草根系圖將來真有點用處，妳也應該爭一線希望去活。」

「大師，我出去也是個死，沙漠裡我寸步難行，分不清東西南北。」原卉說。

「不，妳還有希望，我讓白孩兒帶妳走，牠會帶妳走出沙漠的。」雲燈喇嘛拍了拍腳邊臥著的白孩兒脖子，指指她又指指外邊，對牠說：「白孩兒，記住，從今後，她就是你的主人，你把她送出沙漠去！」

白孩兒似乎聽懂了，看看主人，又看看原卉，尾巴搖動著，表示服從。

「妳還得裝備裝備，穿點厚布衣服防曬烤，紮上腰帶，紮上褲腿，把臉也蒙起來，只露出眼睛就行了。」雲燈說著，翻箱倒櫃，找出了衣服和蒙頭巾。

「不，大師，要走，咱們一起走，我不能撇下你一個人走。」原卉哽咽著說。

「好了，此事不要再爭了！我知道自己的陽壽，時辰馬上就到，妳快點準備，不要再浪費時間，我的時間不多了！妳的路還沒走完，哪能半途而退！」雲燈喇嘛突然變得異常嚴厲，訓斥原卉，同時從一旁拿出了一瓶水遞給原卉，「這是我儲存在這兒的一瓶水，本來是擦金佛灰塵用的，妳拿走吧，路上省著用。」

原卉極爲難受，又不敢拒絕，心情沉重地望著那瓶水。

雲燈喇嘛無言地把水瓶放在箱蓋上，說一句：「願佛保佑妳。唵嘛咪叭哞吽！」雲燈喇嘛伸手輕摸原卉的額頂，行摸頂頌佛之禮，虔誠祝願，然後，轉過身緩緩走向三世佛前，盤腿坐在圓墊上，閉目合掌，朗朗誦出一聲：「唵嘛咪叭哞吽，老喇嘛去也！」便坐化圓寂。臉上呈出聖潔而和詳的光澤，嘴角掛出看破紅塵寬容一切的超然微笑，也似乎爲自己終於圓滿走完了人生最後旅程而感到滿意。

原卉默默地爲他祈禱。這位沙坨子裡的平凡喇嘛，爲自己信念終生不渝，最終也爲這一信念而安然坐化，顯得如此莊嚴肅穆，超塵脫俗，令她生出無限敬重和感動之情。她深深感受到一種信仰的威懾力和神秘的感召力。難怪人類各民族只要有了文明，便具有各自的宗教信仰，千百年來延續至今，代代相傳，香火不斷，自有它的生存和發展的道理，這也是一種自然，人類需要信仰。

她灑下兩行清淚。

白孩兒似乎也感覺到了雲燈喇嘛坐化產生的氣息，站在原卉的身旁，不敢走向前去，不敢像過去那樣親暱地磨蹭。牠真是一條有靈性的狗，牠怕褻瀆了逝者的聖潔。

原卉撫摩著白孩兒的頭說：「我們也該走了，去走完那沒有走完的旅程。是呵，咱們不能畏途，不能畏途啊——」

她按照雲燈喇嘛這位大師的吩咐，全副武裝起來，揣上那瓶水，背上丈夫的遺物，然後鞠躬告別了老喇嘛的遺體，帶著白孩兒走出地窨子，大步跨進混沌莽莽的風沙世界裡。

她們身後的那座地窨子，很快全被流沙掩埋了。埋得毫無痕跡，無影無蹤。倘若不是剛從那裡走出來，真懷疑世界上曾存在過那麼一個地窨子，裡邊藏有三世金佛和坐化的喇嘛大師。而真以爲這世界上唯有黃褐色的沙漠，亙古至今的主宰。

「我還要回來的。回來種百草，恢復諾干・蘇模廟的原來本色——綠色，那時再祭奠你們吧……」原卉暗暗說。

她和白孩兒邁開了勇敢者的步伐。

尾聲

三天後。

在那熱沙暴席捲過的茫茫沙地上，出現了一個奇特的景象：一條毛色雪白的大狼狗，用嘴叼拖著一個女人，艱難地行進在風沙中。牠連爬帶拖，搖搖晃晃，在牠嘴下拖拉的那個人頭臉被熱沙暴擊打得傷痕累累，乾裂出血，燎泡滿臉，嘴和鼻子灌滿了沙土，處於昏昏迷迷、奄奄一息的狀態。她的脖子上還套著一個白色包裹。

那條白狼儘管自己也疲憊不堪，搖搖欲倒，但仍然堅韌不拔地、忠貞不渝地，一步一步向東方挺進，挺進……

五、天海子

五、天海子

漠北。苦寒之地，有一大澤，名曰騰格里淖爾，意即天般大的湖澤。據傳，當初蘇武曾在這裡牧羊。老百姓管這裡叫天海子。

這天海子西畔一隅，紮著一座地窨子，裡邊住著海子爺。今晨海子爺醒得早，準備磨礪那把用禿了的穿冰鑿子。鑽出熱被窩，披衣推門。地窨子矮門紋絲不動。一夜風沙伴著小雪，凍死了小板門。海子爺嘆氣，搖搖頭，回身從地窨子灶口取出一簸熱炕灰，順板門下沿撒了一溜。一袋煙工夫，被焐軟的板門吱嘎一聲推開了，堵門的積雪和沙子被門扇掃推在一邊。

外邊的晨陽刺得海子爺晃眼。如一隻爬出洞的老狼，海子爺伸了伸懶腰，一夜縮僵了的老身子骨如根繩子般就被抻開了，抻順溜了。他吐了一口痰。那痰一離開嘴巴便凍成一小冰疙瘩，叮咚地在凍土地上蹦跳。

夜裡零下四十度，白天也達零下二十多度，在這苦寒之地的三九天，任何活物都容易被凍成冰砣子。海子爺打了個冷戰，趕緊又把稍鬆弛的身板兒收緊，掩緊了身後的地窨子門。然後，他往手上哈哈熱氣，去摸索門邊的穿冰鑿子，撅著屁股往地上的一塊大砂石上嗤啦嗤啦地磨礪起來。

可以這麼說，這天海子周邊百里地帶，就剩海子爺這麼一位兩條腿的活物了。當初大遷徙時，兒孫們跪在膝前求他，爺，一塊兒走了吧。海子爺晃腦袋說，不。老漢覺得，現在搞退耕還草是沒法兒的法兒，早幹啥去了？六十年前，他隨爺爺剛來天海子草地時，這裡只有幾戶牧民。就幾十年光景，響應號召什麼建設兵團、知青兵團、還有自由流動的盲流集團，都往這兒扎，都在這兒屯墾，美其名曰戍邊，把大好草地活拉兒屯成沙窩、墾成荒漠，才想起還草退耕搞移民。晚了三秋啦。海子爺不服，撇嘴，認爲草地如處女，處女一旦失去貞操將永遠不是處女，草地一經開墾將永遠無法復還，他稱死也死在這被人始亂終棄的老娘土天海子邊兒上。

兒子說，這兒已沒法兒活人了。

海子爺說，我有法兒活，開春兒我就往海子邊兒撒草籽兒插樹條子。

兒子沒轍，留足過冬食物，抹著淚一步三回首地走了。留下話，過年時再過來看他。可還沒熬到過年，一場沙塵暴便將海子爺的兩間土房捲個底兒朝天，後又埋進沙子底下。過去風吹草低見牛羊，如今已是風吹沙地捲牛羊。

老漢從風沙中揀回些零碎，就挨著天海子邊挖了個地窨子穴居起來。一是海子邊風輕地硬吹不起沙子，不至於活埋了他，二是少了糧食可取食於天海子。倔老漢海子爺像一個野人，居然在天海子邊撐了三個年頭，倒也無懼無悔也無退縮之意，如一隻老狼苦守著這片被棄的土地。

日頭漸高，大地上有了些暖意，隨著磨鑿子哧啦哧啦有節奏的推拉，海子爺的身上也漫上來些熱氣。他收起沉重而變鋒利的穿冰鑿子，又扛上長把冰撈子挎上大土筐，海子爺就奔天海子而去，開始一天的營生。

下完小雪，那小北風刮在臉上如刀割針刺。凍裂的地縫裡塞滿新下的小雪粒，封了口子，不小心踩進去會刮傷了腳脖子，好在海子爺對路徑熟得如身上的虱子。通向海子的兩三百米羊腸小路很快走過，偌大的天海子便一覽無餘地展現在他腳下。

海子邊沙崖下有一洞穴，口上遮著沙蓬子和黑蒿子。海子爺從此經過時，嘴上吹了吹口哨。哨聲頗尖利，天海子上便有了回聲。

那叢沙蓬子和黑蒿子下也有了窸窣動靜，若有若無的兩點綠光十分微弱、十分模糊地在那裡閃動。海子爺的嘴角呈出不顯的微笑，心說：老伙計，還活著，活著就好。爾後，他徑自踏上天海子冰面緩緩走去。

冰面撒下小雪花後變得很滑，海子爺幾次趔趄，總算穩住了身子。天海子很寬闊，無邊無際，冰面如一面碩大的毯子平緩地伸展開去，上面有小塊冰山和冰鼓包，還縱橫著無數條凍裂口，像是蛇蜒，又似海子的經脈，裂口內似有活氣兒，早晚有白氣升騰。海子爺說，那是天海子在呼吸。儘管冰封千里，海子水在三尺冰層下安睡，可海子爺隨時感覺到天海子的生命的勃動。夜裡可聞到咚嘭的冰面凍裂聲，海子爺說那是天海子在訴說，至於訴說了什麼只有他自己知道。白日天氣好無風時，陽光下的冰面上會閃現蜃影幻景，海子爺會痴呆呆地望過去很久，然後說那是天海子最神聖最美麗的生命主神的顯現，不可輕侮了它。

此時的天海子寧靜如睡獸。

海子爺在冰面上行了二百米，便到了他的勞作點。其實是兩個冰窟窿。一個如桌面方形，一個如大鍋口圓形，中間的空地上擺放著一個矮木墩子，坐在上邊可照顧兩邊的冰窟窿。經一夜寒凍，冰窟窿的水面已凍死，結了厚厚一層新冰，上邊落著白白薄雪。居然有兩隻天鷹從那凹坑裡飛躥而起，顯然牠們把這裡當成抵禦夜寒的臨時暖窩。海子爺笑笑，目送天鷹遠去。然後把土筐和冰撈子放在一邊，掄起穿冰鑿子，開始鑿那冰窟上新結的冰層。

先是幾個白點，後再用力鑿幾下，那新冰層畢竟薄些軟些，很快就四分五裂地鑿開了，那清冽的海子水一下子從碎冰下翻滾冒出。海子爺哈哈地搓搓手，操起長把冰撈子，一一撈淨水面上浮動的碎冰塊。於是，一汪清水深不見底地呈在他腳下，黑沉黑沉，從水面上飄出縷縷白氣，一股刺骨的寒氣撲面而來。

海子爺把另一冰窟同樣鑿開清理乾淨之後，他便靜立在兩個冰窟前，嘴裡默叨了幾句什麼。然後往冰窟的深水裡放魚鉤魚線。釣具是放在土筐裡邊的。很快，兩個冰窟水面上，每面漂起三個魚漂兒。老漢就坐上那矮木墩，點上煙袋，靜候起來。

海子爺的釣具也很簡單，沒有釣竿，魚鉤也是自製的，粗魚線的這邊頭兒都伸放在他的腳下，輕踩著。若哪根魚線哧溜哧溜從他腳下竄走，他便不慌不忙地提那根線。天海子的魚憨而猛，每每提上來的都是兩三斤重的狗頭魚。

今天的頭條魚，半個時辰之後才上鉤。

海子爺從鉤上取下那條魚往身側土筐裡扔時，他不由自主地回頭望了望，兀自笑了。搖了搖頭，每當扔頭條魚時，他都會這樣。那是三年前的事。也是頭條魚，海子爺第一次鑿冰捕的頭條魚，當時他把魚往身後土筐裡扔過去之後，便沒有了動靜。回頭一望，他驚呆了。他的頭條魚已叼在一隻老狼嘴上。那老狼得手之後，回頭便逃，腿還一瘸一瘸的，兩隻耳朵只剩著一隻，似乎眼神兒也不濟，跑起路來歪歪扭扭、懵懵懂懂。老漢很快就追上了，舉起了手中的穿冰鑿子，但隨即又放下了。

原來是你，老伙計。他認出了那隻老雪狼。

嗚——嗚——，老雪狼咬著魚衝他齜牙。意思是說，就是我，你便怎樣。

海子爺盯視牠片刻，衝牠揮揮手說，你走吧，那條魚我送給你了。

老雪狼咬著魚蹣跚而走，低垂的雪色長尾衝海子爺搖了搖，意思顯然是在表示謝意。

海子爺目送那隻老雪狼一直走回到海子邊巢穴，那個沙崖下黑蒿子後邊的岩洞。爾後老漢有些興奮，自語說沒想到，這冰天雪地的天海子邊，還有個活物！我還有個老伙伴兒哩！

其實，這老雪狼是他多年的冤家對頭。

早年他剛來天海子草地時，雪狼家族在這一帶很興旺，是這片草地的半個主人。但牠們不進攻人和畜，因爲草地上繁殖著吃不完的兔鼠禽鳥，只是偶爾清理牧人丟棄的牲口腐屍罷了。後來各路兵團進駐開發這一帶，雪狼家族生存遭到危機。人們幾乎殺絕了兔鼠飛禽。那時候，草地上生活著成千上萬的旱獺，皮值錢肉可食，是雪狼的主要食物來源。知青們爲了取其皮食其肉，採用了一種滅絕性手段，就是把逮住的一隻活旱獺油泡之後，用火點上再把牠放進洞穴內，旱獺的洞穴在地下都縱橫相連，那隻燃燒的火旱獺在地下洞內四處狂竄，驚動轟趕地下所有旱獺跑到地面上來。這時，守候在地面洞口的知青戰士們，揮動著手中的大棒鐵器一一擊斃竄出洞的大小旱獺，幼崽也不放過。

那場景十分慘烈，滿世界逃竄的旱獺，滿世界揮棒擊打的人群，人歡狗叫，馬嘶槍鳴，不時傳蕩著旱獺吱吱尖叫聲和得手者的狂笑聲。這時，餓急的雪狼們從一旁竄出來也爭奪旱獺，兵團戰士們轉而圍攻雪狼，幾經毀滅性的火器圍剿，雪狼也所剩無幾，只存活了一對年輕矯健的公母狼，長期跟人類周旋，叼走過營盤的嬰兒，襲擊過野外的行人，甚至夜夜進村咬開豬肚、羊肚、雞脖、鵝頭。海子爺剛出生的牛犢也被咬死後，他才參加到捕獵隊的。

海子爺帶領的捕獵小組，在天海子岸上堵住了這對兒雪狼。當時是秋末初冬，天海子水上剛結著一層薄冰，無路可逃的雪狼竄上了天海子冰面上。薄薄一層新冰載不動狼，冰面開始哧啦哧啦地碎裂撕開，被海子爺的火銃打傷的公狼身子遲滯不夠輕捷，很快掉進水裡，被吞沒在碎冰下的天海子深處，而那隻母狼則輕靈如飛，像一位輕功高手在場裂的冰面上左跳右竄，如蜻蜓點水，轉眼消失在茫茫望不到邊兒的天海子冰面盡頭，從此便沒了音訊。牠就是現在這隻偷吃海子爺魚的缺耳短腿眼快瞎的老雪狼。

海子爺感嘆，這麼多年牠能熬過來，還活著，真難爲牠了。在冰天雪地的天海子邊，已成荒無人煙的泛沙大漠之地，突然相遇這位老冤家、老伙計，海子爺有一種恍若隔世、物是人非的感覺。也只有他們倆了，不肯拋離這片故土。

日頭在遙遠的南天緩行，吝嗇的光線暖不到天海子這裡，冰窟的水面上不久又結上了一層薄冰，凍住了魚線。海子爺重新拿穿冰鑿子清理一遍。每一兩個時辰來這麼一回，撈在一旁的碎冰已堆成小山。實在不能再堆了，海子爺就換地方重新開闢據點。天海子冰面上堆著無數個這樣的小冰山。

第二條魚上鉤了，卻是個不足二兩的小傢伙，海子爺搖搖頭又把牠放回冰窟水裡。說去吧，不夠塞牙縫的，來年夏天下完幾窩崽子後再來上鉤。那條小魚如得令般地搖頭擺尾，沉進冰窟水裡不見。老漢摸著鬍子樂。

當南天的日頭西斜時，海子爺終於釣到了他的第五條魚。然後他就收起釣具，挎上裝魚的土筐，扛上鑿子撈子收工回家。他每天從天海子只取五條魚，多了不要，若是一鉤上了兩條總數變成六條魚，他準把最後一條放回去。另外，半斤以下的也一概放生。這是他的規矩。他認爲天海子有一雙眼睛盯著他。天海子寬容但不能濫用這寬容，取之於它不能貪不能惡，更不能玷污了它。他從不在天海子冰面上拉屎撒尿隨便排泄糞便，實在憋不住，他就走到岸上出恭，有時也攜帶上一個瓶罐上冰面。海子爺是盡一切可能與天海子達成和諧，尊重它，融入於它，謙卑地把自個兒當成全靠天海子恩賜活著的一個可憐的老漢。

海子爺一邊咳嗽著一邊往回走。這兩天著了風寒，身子骨乏力，他索性把工具擔放在土筐上，然後在冰上拉著土筐走，這一下輕鬆了許多。

路過沙岩下的岩洞時，海子爺從筐裡揀出一條魚，扔過去。然後頭也不回，繼續往前走路。待他走遠，從那叢沙蓬子和黑蒿子後頭走出那條老雪狼來，嗅嗅覓覓，找到那條魚叼在嘴上，衝海子爺身後嗚嗚嚎兩聲之後，牠便鑽回穴內進晚餐。每天都如此。每天海子爺的五條魚分給牠一條。剩下的四條，海子爺自己晚上吃一條，早上吃一條，另兩條曬乾儲存，以備不時之需。

夜裡北風刮得緊。聽著凜冽的寒風從地窨子上邊呼號著襲捲，海子爺從被窩裡爬出來往灶口填了兩塊木頭疙瘩。慢慢引燃的老杏樹根是海子爺熬冬的寶貝。過去人們砍光了野杏樹、野榆子，天海子岸邊裸露出不少這樣可燃的死樹根疙瘩。要變天呢，海子爺重新鑽進熱被窩時這樣自語。

從海子邊傳來老雪狼的哀嚎。這麼冷的夜，真夠它嗆的，海子爺想。他真想走過去瞧瞧老東西是不是凍僵了，一想又作罷。每物有每物的生存之道，老雪狼儘管老，肯定也有牠的熬冬之能，自己不能壞了牠的規矩，惹牠不高興。儘管他與牠三年來相安無事，但畢竟是不同物界，又曾敵對了一輩子，他們之間始終保持著某種戒備，哪方也不輕易越過界線貿然接近對方。

海子爺一般在天海子開春化冰之後，就不給牠丟魚吃了，那時，老雪狼就在天海子岸邊的淺水處徜徉，狩獵和襲擊游到岸邊來的魚鱉。有一次，海子爺看見老雪狼咬住了一條大魚的尾巴，刷刷地被大魚拖往深水處沒了影，海子爺喊一聲這回老東西玩完，趕緊跑過去。可沒多久，老雪狼居然又浮出水面，慢慢走回岸邊。身後拖著那條一二十斤重的大青魚。牠還對靠近牠的海子爺齜牙，轟他離開。海子爺趕緊知趣地閃避。

海子爺想著這些與老雪狼的趣事，聽著牠的哀嚎，重新入睡。其實他早已聽習慣了牠的哀嚎，反正牠是夜夜要嚎的，或許這是牠對往日輝煌的懷念，或許這是在呼喚遠近可能出現的同類，或許根本沒有任何含意，只是在嚎嗓子熱身子，以打發漫漫長夜。這一夜，老雪狼的嚎叫似乎格外的淒厲刺耳，又格外的久長。

一早，一陣狂風捲開了海子爺的地窨子門。冷氣噎得海子爺張不開嘴，渾身打了個冷戰。他趕緊去關上板門。外邊風雪怒號，翻天覆地。唉，今天可不好下天海子了。海子爺叨咕，一邊點燃已熄的灶火。熬粥烤魚，吃完早飯，海子爺身上有了熱呼氣兒，他又到門外看看。雪是停了，可寒風依然強勁，捲起地雪直往脖裡灌。

海子爺本是徹底放棄了下天海子的打算。可他察覺天海子邊上的老雪狼嚎了一夜，而臨到早晨沒有了聲息，他有些不放心。他加穿衣物，提上工具，又從地窨子樑上摘下兩條乾魚就奔天海子。他要去看看那老東西，別是凍過去了。

老漢走在風雪中，如一只圓球在滾動。

到了老雪狼洞口，海子爺依舊吹起口哨。似有似無的綠點過了好久才出現。老頭兒這才鬆下心來，人家嚎了一夜早上正補覺呢，他多慮了。老雪狼在黑蒿子後頭低吼，趕他走。海子爺覺得無趣，從懷裡摸出的兩條乾魚又放回去。想了一下，還是丟出一條過去。

他現在矛盾了，這鬼天氣，他是下天海子還是回地窨子貓冬兒？這時風小了許多，天海子冰面上微風追逐著雪粒。冰面上落不住雪，倒也依舊光滑如鏡，只是比平時冷寂了幾倍。已走到這兒，海子爺不想就這麼空手回去。這老天爺說變就變，要是真的下上幾天幾夜的大暴雪，天海子下不去腳，勞作就難了，趁現在還能走動，能打幾條就是幾條。

海子爺就這麼著，下了天海子冰面。

兩個冰窟窿凍得更結實，冰層厚了許多。鑿開冰層時多花了些工夫，好在他的穿冰鑿子比冰層堅硬。黑色的冰窟水面打著漩兒，陰森森，望上去如無底深淵挺恐怖。水面結冰也快了許多，老漢不時地去撈冰，清理水面。天過於冷，手上若沒有手套很快會凍僵，可戴了手套工作起來又不太便當。

半天魚漂兒不動，天冷，魚都沉到深底臥沙去了。海子爺把魚線又多送出去幾米，然後就乾等。煙袋鍋滅了幾回，點了幾回，魚依然不咬鉤，清理出的新碎冰已堆了不少，凍得海子爺坐不住，不時站起來跺跺腳。

海子爺基本上要收線回家了。那大魚來得一點先兆都沒有。先是魚漂兒被風吹了一下，稍搖了搖，爾後就半天一動不動。突然，魚線哧溜溜往水裡竄，魚漂兒早沒了影兒。海子爺大喊一聲好大的魚，便踩住魚線，又伸手抓住魚線頭兒拴著的小方木，他終於穩住了魚線繩。可這回魚線繩又變得輕飄飄，壓根兒沒有魚上鉤的感覺。海子爺嘆息，說脫鉤跑了，鬼東西。他慢慢收魚線，懊惱著，心也放鬆了。可猛然間，那魚線又崩直了，沉甸甸的，似乎水下那頭不是魚而是有好幾個大漢在拽拉著那魚線。海子爺又尖叫一聲，拼命拽住線不鬆手。

那魚線繩有筷子粗。海子爺拽拉還能使上勁兒，可腳下不行了，冰面滑，使不上勁兒，大魚還在狂暴地往水下逃竄。海子爺猛地一個趔趄，腳下一滑，小方木塊就被那根魚繩呼啦拽下冰窟去，落水了。沒入了那黑沉沉的水中不見了。

海子爺心裡罵，真倒楣，趕緊放開手中的魚線繩，從水下掙扎著冒出頭，往冰窟邊上爬。冰冷的海子水浸透了他的棉襖棉褲，冰凍著他的肉體，如無數根針在刺砭著他。

海子爺終於伸出雙手，攀住冰窟邊沿，喘著粗氣，想爬上來。可冰岸太滑，手指沒有抓頭，他又掉落下來。幾次攀爬，幾次滑落，海子爺就這麼在冰窟裡折騰起來。那被水泡透的厚棉衣棉褲，越來越變得無比沉重，如鉛如銅般往下墜著他的身子。他的四肢開始凍僵後變麻木，他開始精疲力盡。

這時，有個東西咬住了他往上伸抓的手和衣袖。

是那隻老雪狼。牠趕過來死死咬住了海子爺棉襖袖，連著手腕，不讓他沉下冰窟去。從老雪狼的鼻孔中竄出兩道白氣，一雙昏花模糊的老眼此時冒出很強的綠光，低著頭嘴，弓著腰身，撅著屁股，拼命拽拉漸漸下沉的海子爺身體。牠想把老冤家拽出冰窟去。

謝謝你，老伙計。海子爺凍紫的嘴巴張了張。

嗯兒——嗯兒。老雪狼的喉嚨裡滾動有聲，顯然催促著海子爺趕緊使勁爬。

海子爺就抓緊往上爬。

他鼓起最後一點力氣，借老雪狼的上拽作最後的努力。可凍麻木的四肢不太聽使喚。由於時間已拖長，那冰窟水面開始結冰封凍，連著海子爺的身子一起封凍。於是海子爺的身體活動起來更困

難了，露在水面外的頭部和肩膀上的濕水也凍成一層薄冰閃著亮，像是披著一層鐵鎧冰甲。

老雪狼惱怒起來，嗚嗚低吼著，咆哮著，身後搖動著鐵掃帚般的長尾，繼續不放鬆地又拉又拽海子爺那似被無數根鐵索冰繩拴住的身軀。

海子爺的嘴巴稍稍啓開一條縫，趁失去知覺之前喃喃低語說，老伙計，我是上不去了，你快走吧，不要管我了，要不，你也會在這兒凍硬凍乾巴的。

老雪狼不聽他的話，還是不鬆口，眼睛都充了血，赤紅赤紅。儘管牠那老弱身軀力道已有限，也快支撐不住了，可牠沒有放棄的打算，依然堅決地咬拉著海子爺衣袖不讓其沉下水去，就那麼僵持著，硬挺著，死死地硬挺著。

快走吧，老伙計，求求你，走吧。海子爺眼角有淚。

老雪狼不走，也不鬆口，只一個姿勢：低頭、弓腰、屁股後撅後拉。

牠的四隻爪子踩在冰面上，被濺出的水浸泡後漸漸凍成冰砣子，連在冰面上，猶如焊在那裡的四根冰柱子。隨著時間的推移，牠的身體也開始變得僵硬。在這零下三十多度的極度寒冷中，在這冰天雪地的大澤上，任何活血活物用不了半小時都會凍凝固。老雪狼的尖嘴自咬海子爺袖子起沒有鬆開過，姿勢也大致沒有改變過，漸漸地，牠的身軀連著海子爺的手臂一起凍硬凍僵，紋絲不動了。唯有那雙老眼睛閃出的綠光，始終沒有消失，跟牠的眼球一塊兒凍凝固。而掛在眼眶下的兩滴淚或水，卻凍成小小冰球，晶瑩玲瓏。

風雪又開始怒號。

天海子又被吞沒在漫天的狂風怒雪中，時隱時現。於是，事情變得很簡單。

天海子冰窟上矗立著一對冰雕。海子爺的下半身封凍在晶瑩的冰窟水下，上半身半爬在冰窟冰沿上凍硬，他伸出的手臂則被老雪狼低頭弓腰往後咬拉著，一同活活地凍硬在那裡，成爲一對兒連體的活標本，鑄造在曠野的天海子冰面上。

幾經雪下雪化雪凍，這對兒冰雕變得更爲透明晶瑩，栩栩如生，完全融入了天海子大自然原始野景，成爲天海子的一部分，成爲一對永恆的冰雕，守護天海子的這片天和地。

大澤用這種方式接納了他們。

六、公狼

六、公狼

這事情發生在山郎村長死之前。

那時他正盤腿坐在「三喇嘛」家的炕頭吃血腸。村裡人殺豬都請他來嘗鮮，吃新鮮的灌血腸。二小子山龍闖進來愣頭愣腦地說，爹，西北沙坨子來狼了。山郎到嘴邊的一塊血腸停住了。狼？咱們這兒二十年沒見那獸了。嘿嘿。血腸如期送進張開的血口。山郎不信來狼之說。

翌日。村西有戶丟了小羊，便又有人告之山郎村長這必是狼所爲，於是山郎村長騎馬挎槍，帶兩名獵手「娘娘腔」金寶和歪嘴羅奔了西北那片荒沙坨子。

那一帶荒蕪人煙，早年曾有狐狼出沒，後成爲土匪盤居殺人越貨分贓匿跡之地。解放後，土匪狐狼均消失。儘管離村莊只有二三十里，但懼於往日威名，村人很少光顧那被稱之爲黑沙窩子的野地方。山郎村長當過兵，手裡只要有了槍，他什麼都不懼。

他們三人轉遍了坨子、窪子、野沙坡，終於找見了那狼洞。遠遠趴在樹樁子後邊觀察。手裡端著槍，三人心有些跳。背陰的硬沙崖下，黑乎乎的狼洞敞著大口，卻不見野狼出入。他們等得手癢癢。

當午後斜陽正半照射洞口時分，只見從狼洞咿咿呀呀、歪歪趔趔走出三隻狼崽來，暖陽暖坡下嬉戲起來。不見狼父狼娘。始終未出來。想必遠赴山野覓食未歸。

他們等得不耐煩，山郎說，先宰了狼崽兒再說。三人中的金寶有獵獸經驗有些猶豫，被村長刺兒了一句娘娘腔娘娘膽兒。他們很勇敢地站起來，跑過去，趁狼崽兒進洞前一一抓住。小狼崽兒才幾個月，沒有長牙，但會裂開嘴唇做出哧哧嚇人狀，被抓在山郎村長手裡，有一隻卻用肉牙床咬住山郎手指不鬆口，生疼。氣得山郎一把摔在地，又踢了一腳，怕其不死接著加上幾刀。

另一隻也被歪嘴羅同樣處理，他弄得更慘，刀捅得狼崽兒肚腸都出來了，血灑滿地。只有「娘娘腔」金寶抱著手裡的那隻沒殺，山郎問時答曰有用，帶回家玩玩。

怕還有其他狼崽兒，山郎朝狼洞放了幾槍，不見動靜，自己又貓著腰端著槍，走進一米深的狼洞，再灰頭土臉出來時，手裡拎著半隻野兔子，呵呵笑著說晚上的下酒菜有了。滅了狼崽兒當然要繳獲戰利品，任何戰爭都如此。

聽！「娘娘腔」金寶的臉一下子白了。

他們便聽見了那野狼嚎。長長的、冰冷的、刺人心肺的狼嚎從近處傳來。

快跑！金寶慌忙爬上馬背，要逃。

膽小鬼！山郎罵。

先殺了狼崽兒，大狼會紅眼，人鬥不過紅眼的凶狼！

是這樣，我看咱們也……歪嘴羅的歪斜的嘴巴抖抖的。說著他也上了馬。山郎村長這才膽怯了，小聲罵一句狗日的，壯著膽子朝天放了一槍，然後騎上馬與金寶等絕塵而去。倉皇奔逃的形態全沒有了打狼英雄的氣概。

但人類的苟且而殘忍的屠殺嬰乳行爲，激怒了那對公母狼。

村莊和附近相繼出現不可思議的事情。

三位獵手的馬不明不白地都被狼掏了肚子，有的在棚內有的在村附近。接著，村裡夜夜聞狼叫。那叫聲如嚎如哭，如泣如訴，時而哀婉如喪子傷哭，時而凶殘如虎豹燃起怒火。村裡夜夜狼來光顧，夜夜有戶失豬丟羊。可恨的是，狼只是禍害，根本不吃那些羊呀豬的，只把家畜肚子掏開丟棄在路邊野外。山郎村長組織村里民兵們圍剿那對可怕的公母狼。可如精靈般，他們根本摸不著那

對狼的影子，只是夜夜聞其聲，那令村人心驚膽戰的長嚎，時時把酣睡中的村人驚醒。

山郎和他的材民們被攪擾得無計可施，有人在背後議論猜測三位獵人所幹的行爲。而且最後查明最早丟失疑爲狼所爲的那隻小羊，原來被村東二嘎子偷去換酒了，不是那對公母狼所爲，是個冤假錯案。有經驗的老人這會兒也說，狼一般不輕易向人進攻，野外有足夠牠們吃的兔鼠草果。於是山郎村長更有些受不住了，覺得自己給村裡帶來了災禍，決心一定消滅了這對狼。他召來同樣負有責任的「娘娘腔」金寶和歪嘴羅商量。說，不滅那對狼，咱仨可沒臉見人了。

怎滅？歪嘴羅嗡聲嗡氣，一提狼就心跳臉變。咱滅得了嗎？

是啊，我帶隊搜索了半個月，連影都見不著。這對狼成精了，真後悔當初……山郎村長沮喪之態溢於言表。

我倒有個辦法，可試一試。「娘娘腔」金寶垂著眉眼盯著桌角說。

快說說。山郎如搖晃草篩子般搖晃起金寶的雙肩。

誘捕。

怎誘？

狼崽兒。

你帶回的狼崽兒還活著？

我餵得挺胖，都長牙了。嘿嘿嘿。「娘娘腔」很得意。

你老黏兒，滿肚子鬼點子，當初留活口，是不是想到今天有用？

咱們沒那高深，當初只想留著養幾天，再賣到城裡公園兒換點酒錢花花……嘿嘿嘿。

接著，如此這般地解說了誘捕之策和實施方案。

山郎拍案叫絕，歪嘴羅的歪嘴更歪向一邊哈哈傻樂。

於是，山郎先在村裡召開了一次村民會議，宣布打狼計劃，從狼之出現、狼之公害、狼之不可饒恕罪惡再說到當狼落入圈套時，號召全體村民齊動手出來打狼，爲其丟失的豬羊家畜報仇，爲以後的安寧而戰鬥。他又說眼下打狼是頭等大事，關係到全村的安定團結，爲保衛家園，匹夫有責云云。說得口沫四濺。如影片中希特勒的戰前動員。聽得村民們也熱血沸騰，摩拳擦掌，紛紛磨刀備棒，準備與狼決一死戰，與勇敢的村長山郎同生死共患難。

當晚，夜幕徐徐降臨。

全村關門閉戶熄燈隱光，呼吸著緊張的空氣。

村口有一孤樹。孤樹有一橫枝。橫枝上吊著一活物。活物時時發出嘶叫。那嘶叫如哭泣、如長嚎、如低訴，哼哼嘰嘰、嗚嗚咽咽，黑夜裡如貓爪子般抓得村民的心難受巴拉，五臟挪位，翻上倒下。那自是留活口的狼崽兒在呻吟哭叫。爲的是召那對公母狼來。孤樹後埋伏著以山郎村長爲首的一群村民，當然都是膽子大的年輕力壯者。沒讓拿槍，夜黑怕誤傷了人自己，每人手攥著粗棒、鐵釵、石錘之類武器。

活誘餌狼崽兒一直哽哽著。

黑夜也照舊沉寂著，死靜中卻不見那對惡狼出現。

時間久了，那狼崽兒哽哽乏了便打盹，此時，便會從孤樹後邊伸出一長棍捅捅那隻偷懶的狼崽的屁股，於是那頭朝下懸吊的狼崽兒繼續發出哼哼嘰嘰哭聲，傳達出快來救救我的狼子信息，呼喚

著不知在何處的狼父母。

夜深萬籟俱寂中，這狼崽兒的呻吟傳得久遠，又駭人。奇怪的是，其父母始終未露面，也沒有傳出村民都聽慣了的那聲聲狼叫。一直尋機報復的公母狼此時躲哪兒去了？難道眼見著自己小崽兒被吊在樹上哭泣而不顧，膽小縮頭一走了之？

天亮了。狼崽兒無力地閉上嘴，再也叫不出聲了。牠實在太累了，耷拉著頭，渾沌睡去，怎麼捅也懶得搭理和掙動了。牠猶如一只長藤上懸掛的吊瓜或一顆葫蘆，隨風搖擺。其實村民們也累了，大白天了，狼是不會來了，緊張了通宵，該回去補覺或吃上早飯，該幹啥就幹啥了。山郎村長抬頭看看那風中悠蕩的狼崽兒，又遠眺著村外的原野沙坨，忿忿自語該死的老狼不上當，算啦，回家歇著去。於是最後一撥兒狩獵者也散了。

「娘娘腔」金寶捨不得那想換酒的狼崽兒，儘管他的獻計未能呈效，仍壯著膽子跟村長說要解下那狼崽兒。解個頭！吊死牠！山郎氣不打一處來，罵得「娘娘腔」頓時耷拉了腦袋，與那狼崽兒無二致。

太陽在晨霧中很模糊地上升起來。

村口孤樹上吊掛著那隻孤苦伶仃的狼崽兒，不正常狀態下依舊昏然睡著。

村中的女人們開始忙活著一早兒的活計；做飯、餵豬、哄雞、餵男人和孩兒，學生上學，男人下地，驢叫牛哞，鄉村晨景一般很忙亂中展現。生即是忙，忙著忙著累著了心，那就只剩下亡了。

此時，那無人的村口，突然從遠處射來一支箭般的灰影子。悄無聲息，圍著孤樹轉一圈兒，敏捷機警地嗅一嗅周圍物什，接著退出幾十米，飛速助跑，然後一縱，身體凌空飛起，衝向那半空中的狼崽兒，同時那張開的利牙準確地咬斷了那草繩。灰影子與狼崽兒同時下落，無法擺脫地心引力，只好往下垂落。

喀嚓！灰影子落地一刹那，地上那隻埋在土裡、上有浮沙覆遮的大號鐵夾子起動了，狠狠夾住了落進夾子裡的一隻狼腳。

噢兒——那灰狼發出一聲惱怒又懊喪的嗥嘯。嘴裡叼著那隻狼崽兒，牠的孩子。

或許牠是為躲過了想襲擊的人群卻未能躲過地下埋設的機關而懊惱不已。牠開始掙扎，拖著鐵夾子躥跳，可是鐵夾子連著小手指粗的一根鐵鏈子，鐵鏈子有兩三米長，那邊頭兒拴在一根胳膊粗的木樁子上，而木樁子深埋在土裡。怕驚動了村民，這隻高大健壯如牛犢、灰毛如箭刺的大公狼，不敢出大聲怒嚎，只呼哧呼哧喘著粗氣圍著樁子猛烈地掙撞。腳腕上夾著鐵夾子，夾子後邊嘩啦嘩啦拖著鐵鏈子，嘴上卻始終沒鬆下自認為已救下的小狼崽兒。

牠來回奔撞著，掙扎著，用肩骨去猛撞那木樁子，又狠狠踢甩夾住其腳的鐵夾子，兩眼勾射出憤怒無比的綠色光來。牠無法容忍人類的這種狡猾，靠鐵夾子算計，鐵夾子只能證明人類的退化，只能證明上帝對人類的偏愛。

牠開始伏地喘口氣歇息，伸出紅紅舌頭舔舐狼崽兒嘴臉。已經甦醒的狼崽兒突然見自己倚偎在父狼懷中，深感驚喜咿咿嘰嘰直往狼脖子下竄拱。

遠處另有一隻狼在樹叢中徘徊，那是焦灼萬分的母狼。牠已知道先去探路的公狼落入圈套，無法掙脫，牠幾次想衝過去，公狼卻低哮發出警告使其止步。見公狼始終無法擺脫困境，這隻母狼不顧一切躥過去。正這時，村中傳出了呼喊，還有敲打鐵盆鐵鍋聲。

六、公狼

打狼哩！狼來了！打狼喲！快打狼喲！

最先發現公狼被夾住的是「娘娘腔」金寶。他不甘心，一直在暗中觀察著村口的動靜。一見公狼落套，他便驚恐地喊叫起來。「娘娘」的腔，真如女人般地細長亢奮，聲嘶力竭。

打狼呀！

大家都出來打狼呀！狼落套了！

山郎一得到消息，從炕上一躍而起，拎著大棒就往外跑，一邊在嘴裡大喊著，號召著全村人去打狼。

村民們揮動著棍棒湧向村口。村中婦女們敲打的鐵盆鐵鍋響成一團，孩子哭，家狗叫，亂作一片。

一見這陣勢，那撲來救夫的母狼遲疑了一下，絕望地嗥一聲，便掉過頭去，復又向野外竄去。牠當然不會笨到白白來送死。

公狼復又竄動，更加猛烈地拽著鐵夾子和鐵鏈，妄圖去掙脫拴死的木樁子。山郎們舞動著棍棒挨近了，公狼嗷兒一聲齜牙咧嘴，高高躍起向靠近的人撲過去，那人媽呀一聲往後逃跑，抑天摔倒，好在鐵鏈又把公狼拽回去了。村民們誰也不敢上前了，只是圍著叫嚷。

公狼毫無懼色地圍著木樁子轉著圈咬嘶狂嗥，不讓村民靠近。面對那白白如刀的尖牙、那紅紅裂到耳根的血口、那張牙舞爪的凶惡態，人們除有設計鐵夾子的頭腦，更有吝惜性命的自私想法，一一臉露怯色眼含懼意，嘴巴上空喊之外，毫無行動的勇氣。

槍打！拿槍來！人類中的「智者」金寶擠著娘娘腔喊。

對！快去拿槍來！人類中的權威者山郎發出命令。

當然有執行的，小跑著回村去備槍。

似乎聽懂或看懂了人類下一個陰謀，公狼意識到了再過一會兒將會是什麼結果，牠急了。牠咆哮一聲，如力拔山兮般猛烈地拽著鐵鏈一躍而起，這時，被牠一直很聰明地轉著圈鬆動的那根木樁子，終於抵不住牠最後一擊的排山倒海般力量，拔地而起！公狼終於脫困。

牠，長嘯一聲，一條腿拖著鐵夾子、鐵鏈還有木樁子，撲向圍著的人群，凶殘無比。

啊呀媽呀，人們鳥獸散，四方逃。嚇退了人群，公狼回過頭從容地伸嘴叼咬起自己的小狼崽兒，然後連看都不看一眼身後那些驚愕中發呆的兩條腿的人們，快速地向村外荒野奔去。後腿上依然拖著那鐵夾子、長長的鐵鏈子和鐵鏈子拴死的木樁子。鐵鏈和木樁子在地上唰唰地拖滾，冒起陣陣白煙，捲起強勁的風勢。望著如衝過一陣狂飆。

狼跑啦！快追呀！

人們驚醒過來，揮舞著棍棒又尾隨追過去。

山郎又急又恨，失去剛才大好的擊打時機，讓狼跑脫，這回兒從後邊追擊難度大了，好在那狼腳上有沉重的拖累，無論如何是跑不脫追蹤的。想到此，他振作起來，振臂一呼：孩兒們，上！牠跑不掉的！追上去！打死牠！

村民一聽村長令，重燃起勇氣的火花，嗚哇喊叫著，舞棍弄棒著，虛張聲勢中相互鼓勵著，群團式地尾追著孤狼而去。這是什麼樣一幅圖畫喲。狼父嘴叼狼兒，拖著重重鐵夾鐵鏈等物勇敢無比地奔逃，手持器械的村民們亂叫亂嚷著追趕，單從這面圖上看，真不好分出哪一方更勇敢、更氣盛、更有膽識和更有犧牲精神。

儘管是四條腿，拖著那麼多東西，狼還是跑不快。村民們逐漸趕了上來，形成合圍狀。那狼喘著粗氣，胸脯急遽起伏，怒視著人群，身體猛地轉了一圈兒。於是，牠被夾住的後腿拖起了鐵鏈和木樁子橫空掃起，唰啦啦，捲動著草屑與塵土，擊向圍過來的人群。人們急忙後退，手腳不俐落者被木樁子擊中而受傷，鬼哭狼嚎般喊起媽來，魂飛魂散，肝膽俱裂。

被逼急的公狼如此掄了幾遍，牠的狠勁兒，牠掄起長鏈木樁子和力道的猛勢，再次嚇退了圍過來的人群。於是乎，公狼重新開始拖著一大串兒奔逃起來。當然，山郎他們知道狼拖著那許多東西難以逃脫的，他們也不放棄地重新追蹤起來。這是一場殘酷的遊戲。對狼和人都不輕鬆。

前邊橫出一條稀疏的林帶，這是走進西北荒漠的最後一道屏障了。人們在稀林裡又一次截住了公狼。那公狼齜牙咧嘴伏著地，粗而密的脖頸長毛怒聳直立，發出陣陣嗥哮威脅著人群。公狼再次躍起，身體狂烈一轉，那被鐵夾子夾得露出白骨鮮血直流的傷腿也隨之掄動鐵鏈和木樁子，唿啦啦掃向人群。學乖的村民早有防備，紛紛後退。

可這裡不是村口平地，橫空掄起的長鐵鏈一下子纏在近處的一棵樹上，被帶動的那根木樁子也隨著旋勁兒死死纏繞在了那棵樹上。於是，可憐的公狼便終被固定在這棵要命的樹上，再也無法掙脫了。卡死的鐵鏈和木樁子紋絲不動，公狼狠命地咬起自己被夾的腳腕，那裡血肉模糊，鮮血四濺，腳腕骨被牠自個兒咬得嘎吱嘎吱發響，看得村民們毛骨悚然。畢竟是自己身上長的骨頭，堅硬如鐵，無法咬斷。

公狼絕望中長長嗥了一聲。隨後，牠放棄掙脫，放棄啃咬自腿。牠轉而輕輕舐舔起嘴邊的小狼崽兒來。於是小狼崽兒臉脖上全是血跡，爸爸的血跡，血舌吐抹上去的血跡。小狼崽兒哽哽哭泣低吟，親暱地依偎在狼爸頸下，四環眼不解地迷茫中望著圍上來的兩條腿的人獸那惡狠狠的樣子。人們仍不敢輕舉妄動，只圍站在公狼傷不到的地方，揮舞著棍棒。虛張地喊叫著，亂罵詛咒著，但誰也不敢上去擊打牠。

公狼其實這會兒完全安靜了。牠清楚眼下這擺不脫的絕境。牠甚至不屑一顧張牙舞爪的人群。牠就那樣安靜地舔著狼兒。牠把狼兒拱攏在頷下，然後閉合了雙眼，尖嘴伏在地上一動不動。牠甚至不屑以反抗，放棄掙動，傲慢中顯盡對人類的輕蔑和鄙夷。牠自始至終沒有瞧過一眼那些人，那些猥瑣的人們。牠的樣子在說，來吧，你們，這些靠上帝造的智慧求存的人類。

棍棒如雨落下。

公狼一動不動，如擊死物，只有噗噗聲響，眼睛從未睜開，唯有被擊碎的頭蓋中溢出的腦漿血液在證明牠是個生命體。被輕蔑激怒的村民，爲人的尊嚴而毫不留情地忘情地擊打著，以此證明著自己的勇敢，凶狠，當然，另一面也是爲了掩飾自己的自始至終的怯懦。他們忘記了被擊打的這隻狼，是完全放棄的抵抗，也沒時間思考一下意味著什麼。只有祖上有留訓，對惡狼絕不能手軟。

亂砸的棍棒，終於徹底證明了山郎們的不膽小、不怯懦等等。公狼已經死了。死得沒吭一聲。只有血泊中蠕動的狼崽兒在低低呻吟泣訴，向天向地向周圍。

這一天村中過節般熱鬧。女人和孩子們爲打狼英雄們獻去媚笑和掌聲。山郎在村部支起一個大鍋，燉起狼肉。人們聽說狼肉能治哮喘，治肺病，治心弱，便爲分得一羹，排起了長長的隊伍，並向山郎露出諂笑媚眼。

只有「娘娘腔」金寶沒去討狼肉吃。他曾聽說狼肉在人體內會化成人的血液，就終生攜帶起狼味兒，便終生受到狼類襲擊。他，瞅著貪婪地大嚼狼肉的村民們，自得地嘎嘎樂了。

七、母狼

那母狼看呆了臘月給娃兒餵奶。

娃兒三歲。臉蛋又紅又胖，秋風吹得皸裂成道道紅印，但裹住媽媽大黑奶頭的勁頭不小，裹吸得咕嘰咕嘰發響。一隻手還很有占有欲地抓揉著媽媽的那空閒的半露的大白奶子。臘月是坐在地頭割倒的豆捆上餵娃兒。

母狼躲在離此不遠的樹叢後頭看了很久。

這是野外。草上有蟈蟈叫。樹頂有烏鴉飛。

臘月是山龍的女人，山郎村長的二兒媳婦。山龍擔任村裡的民兵連長職務，上鄉政府武裝部集訓去了。地裡的活兒只好她一個人幹，還帶著三歲的娃兒彪子。一到秋忙，農戶們誰也顧不上誰。好在臘月屬於那種吃苦耐勞型農婦。半人高長得極旺的黃豆葉她割下了一大片，再幹個一天半天，這片黃豆地就清了。

那母狼的胸肚上也有三隻往下耷拉的大奶子。那是牠的三個娃兒——三隻狼崽兒裹吸大的。如今，狼崽兒已不在，空閒下三隻狼奶子，鼓漲得要裂。那黑黑的奶頭子細孔都滲滴著依然是白的奶。狼奶也是白的，與人沒兩樣。

那母狼的眼神很奇特。盯得這麼久，始終沒移開，也不眨一下，還充滿了柔情和慈意，雌性的哺乳期的慈意。牠微有些不安，有些騷動，那是三隻發漲得要命的奶子給鬧的。當初，三隻狼崽兒每天風捲殘雲般地同時裹吸自己的奶子，那是何等愜意而痛快的感覺喲。母狼微閉上眼睛，似乎回憶中尋找往日餵自己狼崽兒的那幸福。這三隻愈發沉重的奶子，已漲疼了很多天了。弄得牠六神無主，難受至極，時時發出哀號。牠甚至抬起後腳使勁撓抓前胸的奶頭，拉出道道血跡也無法甩乾那漲滿的狼奶。

臘月望不到那受漲奶之苦的母狼的焦灼不安，她只顧低著頭餵自己的彪子，把鼓漲的雙乳輪著塞進娃兒的嘴裡，以傾洩發漲的沉重，換得滿胸的輕鬆，然後好再去割那片剩下的黃豆。娃兒當然丟在地頭由他自個兒玩。抓蟲抓草吃土，啃啃把他裝在裡邊的柳筐邊兒。農家娃兒不需嬌貴，吃啥都長肉。

臘月餵夠了娃兒，拿起鐮刀又去割黃豆了，嘴裡咂咂誇著娃兒，俺的彪子真乖，坐在筐裡別動啊，媽給你抓個蟈蟈回來。吃飽了奶，彪子吐著奶嗝兒又去啃那筐邊兒了，他正在發牙，磨牙的樂趣比注意媽媽去向更誘人，反正她一會兒會回來，不會丟下他的。臘月呢，一步一個回頭割起黃豆，嘴裡不停地時不時招呼著，彪子，老實點啊，媽媽在這兒，媽媽這就來了。割著割著走遠了，幾乎看不見人影了。

彪子當然依舊沉浸在磨牙的樂趣中。

當母狼出現在柳筐邊兒輕輕舔彪子小手時，彪子呵呵樂了。家裡也有一條這樣大的灰花狗，常舔他的手，更主要是舔他的屁股，在拉完屎之後。農家沒有那麼多衛生紙給孩子擦屁股，喊狗子們過去舔舔就乾凈了。可這會兒自己沒拉屎，這大狗還來幹啥呢，不過小彪子沒在意這些，有狗陪他玩可比啃筐邊兒更有趣多了。他伸小手摩挲大狗的脖子和嘴鼻，那大狗也伸出紅紅的長舌舔他的臉，舔他吐出的奶嗝兒，舔他的露肉的雙腳，還有開襠褲後露出的光屁股。舔得他好癢，他又咯咯咯樂起來，樂得很開心。

彪子！你樂啥呢？

咯咯咯……呵哈哈哈哈……

彪子！

臘月聽兒子脆生生樂，也笑著支起腰來，搭手遙望一眼娃兒到底樂啥呢。於是她就發現了那隻逗娃兒樂的「大狗」。

誰家的狗竄到野地來了？她起初沒想到那是一條狼，心不在焉地瞟了那麼一眼、說了那麼一句，爾後又去低頭割黃豆了，想著割到頭兒，再回頭割到娃兒跟前時，好好認認那條狗，究竟村裡誰家的狗呢。可突又覺得不對勁兒，又抬頭回身看了一眼。這時，她看見那條大狗嘴巴上叨著柳筐，連娃兒正往旁邊的樹叢裡走。娃兒依舊咯咯樂著。

放下我的娃兒！大狗！放下我的娃兒！

臘月丟下手裡抓著的一把黃豆棵子，心慌慌地揮舞著鐮刀，向那條大狗邊喊著追過去。

「大狗」聽到她喊叫，悄悄潛行變成小跑。可是柳筐絆著前腿，牠也跑不快，跑不起來。

該死的狗！快放下娃兒！放下我的娃兒！

臘月有些急了。大聲呼喝。可那條大狗依舊小跑，快進了樹林子。臘月跑得更急了，上氣不接下氣，從橫裡斷住大狗的路跑，終於在那片小樹林旁截住了那條盜娃兒的大狗。那大狗仍叼著柳筐衝她嗚兒嗚兒地低狺哮了兩聲，眼神在變。臘月不認得這大狗，村裡沒有這樣的大狗，體魄大得如狼般雄猛，毛色灰花得也如狼……

狼！臘月終於叫出口。同時臉也唰地蒼白如紙。但握緊了手裡的鐮刀。

大狗被這女人叫出了名認出了自己，身上似有激顫了一下，隨之那眼神就變了，變得綠綠的，野性而血性的綠光。

放下我的娃兒！

臘月舉起鐮刀，提著心，猛力喝了一聲。

那母狼的綠眼盯著臘月，對峙片刻，沒有鬆下娃兒的意思。凶狠的目光，是心神和膽識的較量，若逼退對方對牠更有利，此時此刻，牠還沒有茹毛飲血的心態，牠現在只想哺乳。哪怕一次！哪怕是人孩兒！

那是我的娃兒！快放下來！

臘月救娃兒救自己骨肉的急切和憤怒，終於戰勝了最初的膽怯，大喝著揮著鐮刀向母狼逼近了一步。

母狼這回鬆下柳筐和娃兒了。但牠沒有轉身逃。牠不能放棄，牠在暗中追蹤盯視了這哺乳期的母子已有幾天了，不能輕易放棄。村民殺了牠的公狼，殺了牠兩個狼崽兒；另一隻誘殺公狼後也不知去向。牠一直在伺機報復。可哺乳的母子和自個兒的漲疼的三只奶子使牠改變了最初的血性復仇本意。牠要找回一個自己能哺乳的娃兒。

母狼迅疾無比地撲過去，撞倒了臘月。

臘月的鐮刀也砍在母狼的後背上，只傷了皮毛。

母狼叼起柳筐和娃兒繼續跑。臘月從地上翻身爬起，揮著鐮刀追上母狼。

母狼放下柳筐，回轉身，又撲追上來的臘月。這回，母狼的尖牙咬破了臘月的肩頭。衣服撕開，露出白的肩頭和紅的流血。臘月的鐮刀也砍在了母狼的腿胛，比第一次稍稍深了些，也湧出些

許血跡。

狼和臘月翻滾起來。狼咬人砍。

母狼一躍而起，丟下受傷的臘月，又叼上柳筐跟娃兒，固執地奔那片樹林。那娃兒彪子見大狗與他媽打架，初是咯咯咯笑，接著便哇地哭了。大狗不咬、不咬媽媽……他剛會說話，但意思明顯地袒護起自己的媽媽，責備大狗。

這時的臘月完全瘋了，不顧流血的疼痛，仍然勇敢地操起鐮刀追擊母狼。她唯一的念頭就是救回娃兒。自己的生死度外。

母愛喲。人類的母愛。狼類的母愛呢，也差不多如此吧，同樣是雌性哺乳生命體，喪子也會同樣發瘋。

母狼見臘月又追上來砍下刀，丟下嘴叼的柳筐和哭泣的娃兒，翻身一滾躲過刀，再躍起撲向臘月。於是，狼和人近體肉搏起來。都流著血。異常的慘烈。

臘月的鐮刀被狼咬掉，可她的嘴牙咬著狼的腿部，滿嘴的毛和血。母狼更凶了，咬得臘月遍體是傷，血肉模糊，大腿露出耷拉著的肉塊，臉和脖子被抓得血跡斑斑。但她毫不氣餒地搏鬥著。手抓腳踢，摸索著鐮刀，從健壯如牛犢的母狼身上掙扎著爬起，鐮刀砍在母狼的後腿，斷了。

母狼噢兒一嚎，紅了眼，裂到耳根的大嘴一下子咬住臘月的肩脖處，撕下一塊肉，並把她甩在地上。母狼接著撲上去要咬斷臘月的脖子。

別、別咬媽媽，大狗，別咬媽媽！

娃兒彪子大聲哭叫起來，傷心哀婉的稚嫩乞求聲終使母狼回過頭來，望了望彪子。隨之，那母狼放下臘月，又奔回柳筐和娃兒旁，重新叼起筐和娃，後腿嵌著刀片，一瘸一拐大步逃向樹林中。

臘月已經昏迷。嘴中喃喃低語，放下我的娃兒……

她流血過多，精疲力盡，加上急火攻心，奄奄一息。

不知多久，一個放牛的老漢路經這裡，把她救回村中施救。也許娃兒彪子牽著她的心，她居然奇蹟般地活過來，開口頭一句就是母狼叼走了我的娃兒！快救救我的娃兒！

山郎、山龍們立即行動起來。山龍是匆匆忙忙趕回村的。

那片小樹林子沒有母狼與彪子的蹤影。草叢中有一灘血跡，還有被丟棄的柳筐和從狼身上掉出來的鐮刀片。山郎率人沿循依稀血跡和狼腳印，追出小樹林。母狼叼著小娃彪子走走停停，竟選一些草深或窪溝處，掩藏著行跡向西北的大沙坨挺進。

天黑了，追蹤的人們看不見狼腳印了。有人怕黑暗中遭受母狼襲擊，踟躕不前。心急如火的山龍顧不了那麼多，帶幾個親戚好友騎著馬、打著手電筒追向大沙坨子方向。

彪子！我的兒彪子！你在哪裡！

老狼你快出來！彪子！彪子！老狼快出來！

山龍們的呼喊聲在黑莽莽的沙坨子裡回蕩，此起彼伏。

可夜沉沉，大漠無際，除了人們的呼喊聲，荒漠中沒有任何動靜。夜鳥從樹上驚醒，啁啁地飛起。他們鳴槍，朝空空的夜空和空空的大漠開槍，以洩憤怒和仇恨。

追蹤和搜捕連續進行了三天。

似用篦子梳頭般細細搜索了西北的幾十里沙坨子，可母狼與彪娃兒如石沉大海般失去了蹤跡。

尤其第二天的一場秋雨，沖洗了所有的痕跡，他們完全失去了追蹤的方向。

山龍在馬背上號啕大哭。媳婦臘月躺在炕上瘋瘋癲癲，嘴裡只說母狼還我娃兒，還我娃兒。哀傷和悲痛籠罩著山氏家族，全村也沉浸在不祥和不安的氣氛中，各種流言在村民的舌尖上傳送。

唯恐母狼又來叼走了誰家的娃兒，家家戶戶關門閉戶，看緊了自個兒的娃兒，連出去拉屎撒尿也大人跟著。村裡的孩童們受到了從未有過的特殊保護。

第五天頭上，不甘心的山龍從外村放牛人嘴上聽說了母狼腳印兒出現在大西北七十里外的塔民查干沙漠中，便帶領十幾個民兵騎馬追進號稱死亡之漠的塔民查干沙漠。

第七天早上，當日出時分，他們遠遠瞧見一座高沙丘上赫然佇立著那隻野獸——母狼。緋紅的晨霞中，牠安詳而立，而在牠後腿前肚臍下跪蹲著一個兩條腿的人娃，正仰著頭兒吸吮母狼的奶！那母狼則微閉雙眼，神態慈柔，無比的滿足和愜意，任由那人娃貪婪地輪著吮吸三只奶頭，一動不動。

驚呆了，山龍們。無法相信眼見的奇景。

彪子，他的兒子彪子在吃狼奶！而且是自願的，完全是心甘情願地吃狼奶，以狼爲母！

彪子幾乎是赤裸著，只剩下一件紅圍兜裹在前胸肚上，在燦爛的朝霞中更是鮮艷奪目。身上沒有傷痕，沾滿泥沙，灰土土的臉，髒兮兮的手腳，全然是個野孩子的模樣。唯有吃飽狼奶之後發出咯咯咯的脆聲聲的笑音，使得這邊偷窺的山龍們毛骨悚然。他們真的相信了有奶便是娘這句名言。而且不管是人或獸，只要是奶。

怎辦？

民兵們問他們的連長山龍。

包抄上去，不要開槍，先奪下娃兒！於是十幾人悄悄包抄過去，個個貓腰曲腿，保持著高度機敏，當然緊張得握槍的手在出冷汗。心都提到嗓子眼上。

母狼伸了個懶腰。噢兒——嗥了一聲，然後輕輕從彪子紅圍兜上叼銜起，不屑一顧這邊正在靠近的追蹤者們，邁開矯健的四腿，拖帶著彪娃兒飛速下高沙丘，向遠處的大漠遁去。牠眼觀六路，耳聽八方，動物的本能使牠早已察覺到了這邊人群的動靜，身後的沙丘上只留下了牠那聲長嗥，在灰色的天空中久久回蕩。

追！山龍用拳擊打大腿。可當他們重新騎上馬追蹤過去時，那母狼早已消失在起伏的沙坨中不見了。山龍悔恨和憤怒，牙咬得嘎嘣嘎嘣直響，把馬打得劈啪亂響，可大漠中馬是跑不快的，四蹄陷沙，沒跑出幾里都鼻噴熱氣兒趴窩兒了，起不來了。

他們再次失去了母狼與彪娃的蹤跡。

他們在大漠中險些迷路和倒斃，轉了幾天，只好無功而返。找回彪娃的希望變得微乎其微，只好聽天由命了，好在彪娃還活著，母狼沒有吃掉他，而是當成自己的狼崽餵養和領帶！荒野中正出現一隻狼孩兒，這個過去只在傳說中聽說的狼孩兒，如今正在他們身邊出現！一想到此，山龍和村民們不寒而慄。

再說那母狼。重新獲得了一人娃爲狼兒，心情格外的好。發漲的奶子不再漲了，鬱悶的仇結和血恨感消失了，不再去想復仇和襲擊村莊了。牠此時此刻唯一念頭就是餵養好這隻身子光滑不毛的「狼子」。

這「狼子」胃口極好，三只狼奶頭不夠他吃一頓的，遠比原先的三隻狼崽兒吃得多，牠身上的奶有些供不應求。牠拼命去追捕沙漠中的跳兔、野兔、沙狐、野鳥等等，有時也尋覓些蟲豸或沙斑雞蛋來充饑補奶。牠更愛偷襲趴窩的母沙斑雞，吃完之後下奶特多，那奶噴泉般湧出，樂得那彪娃嘎嘎嘎的笑。

母狼有母狼的下奶之道，與人也差不多，大同小異。只有不同的是牠愛撫方式與人兩樣，人是用手撫摸拍打屁股，母狼則伸出紅紅的長舌舔，從頭到腳，前胸後背，粗拉拉的舌頭唰唰地舔。把個彪娃兒舔的一天天粗壯起來，皮膚變硬生出老繭，手腳變粗個頭兒變大，而且不用牠叼銜也四肢趴地或兩腿直立著行走如風。

如此這般送走了秋季，度過了一兩個月，寒冷的初冬在母狼唰唰舔兒聲中來臨了。大北方，大沙漠，水源極缺。平時夠充飲的一點點沙湖水，入冬則全結冰結個透，無法飲用，母狼無奈，只好嘎嘣嘎嘣嚼乾冰或舔那水晶般的冰面。牠還可以應付，可「狼兒」卻不行了，牙還沒長硬，舌頭也不長，沒法兒舔冰面。

這一天，母狼攜領「狼兒」趁黑夜潛回到人類生活的那條河邊。這裡有人類飲牲口的水口子，鑿開兩尺厚的冰層，露出下邊的活水，供人類提水，供牲口伸脖飲用。那狼兒可以在這裡痛飲河水，以解燒渴。

母狼先是叭叭地伸舌飲水。

然後，那狼兒學著母狼的樣子，也伸脖子伸舌地飲用，可他與狼不同，由於舌頭短小，必須把整個嘴伸進水裡才能飲得到。於是，他就伸出了嘴巴，同時，他撐地的前面兩肢冰上一滑，「撲通」一聲，這「狼兒」就掉進了冰窟窿裡頭，轉瞬間沒了影兒，兩米深的沙水黑沉沉不見底。

噢——嗚——

母狼見狀狂嚎了一聲，沒絲毫猶豫，縱身一躍，也「撲通」一聲跳入那冰窟窿中，沒入黑水中去救「狼兒」。

黑沉沉夜色裡，黑沉沉的冰窟窿水面上，也曾露出過幾回那狼兒的頭脖，下邊由母狼用嘴拱上撐著。可嗆水又在極寒冷的冰水中凍麻木的「狼兒」，無力爬上冰面上來，幾經掙扎，幾經沉浮，終不見了那「狼兒」和母狼的頭脖露出狹小的冰窟窿水面上。

徹底不見了。回漩湍急的冰下河水，早已沖走了牠們力竭的身軀，而下游的河面冰封千里，無處無孔可露頭了。嗚呼哀哉。

夜也就安靜了。

冰面也安靜了。

整個這世界也安靜了。

稍稍的騷動絲毫也沒打破這冷寂而無情的黑夜的安寧。一切都如此的死靜。連夜鳥也不知啼鳴，連村狗昏睡中不守夜，唯有冰河面上偶而傳出輕微的咚咚聲響，那或許是冰面在凍裂，更像是那不屈的母狼正用頭顱從下撞擊凍死的冰層！

第二天早上，有人在冰河下游幾里處發現了一個奇景：水晶透明的冰層下，上面貼著兩張臉，一個是母狼的毛茸茸長臉，一個是山龍兒子彪子的小圓臉，都緊緊貼著冰層凍死後固定在那兒了。好似活標本。碩大的水晶棺材中兩具活標本。母狼與狼孩兒。人與獸。如此栩栩如生。

據說第一個跑來冰面上認子的是臘月。

她趴在那水晶玻璃上一次又一次地抓撓，一次又一次地把臉貼在兒子彪子的圓臉上。只是沒有溫暖，中間隔著一層寒冷的冰。

她號啕大哭，她已發瘋。沙啞著呼喊：兒回來吧！彪子回來吧！咱們不跟狼玩了，咱們回家吧，這一切是怎回事啊？

誰也說不清。

這天底下，因爲不只生存著人類這單一物種。

八、狼子

那狼子盯得他發毛。

屁股下的乾草尚軟，他往後蹭了蹭。那狼子依舊盯著他。冷冷地。他真有些發毛。莫非這東西還記得我，記得去年的事？那一雙眼白占多又綠光閃閃的圓眼，陰冷陰冷，似是兩條寒極射線，把他釘在冰涼的牆角，不敢動一動。

一條鐵鏈噼哩啪啦拴在狼子脖頸。他壯著膽揮了揮手裡抓到的樹枝。嗞——狼子毫不含糊地衝他翻起上嘴唇，白牙利齒連紅紅的牙床一併露出來，發出氣哮。他身上一抖。

他不再惹牠，知趣地遠遠的躲到狼子搆不到的牆角。

羅鍋！羅鍋！他開始喊叫。

長子羅鍋聞聲，出現在低矮的狼子窩前邊。後背馱著一個小山包，拱著上身成九十度地面朝大地，手裡的拐棍是唯一的支撐以防跌落。

爹又怎了？

牽走這狗東西！

牠只是個狼崽兒！

牽走！我看著煩！老衝我齜牙，牠肯定還記著去年的事！

不會吧，這一年我馴得牠老實多了，像一條狗崽兒。

山羅鍋跨進土坎，摩挲了一下狼子脖頸。那狼子伸出紅紅的舌頭舔起羅鍋的手。

你看沒事吧，「黑條」老實點啊。山羅鍋說著，緊了緊狼子「黑條」的皮脖套，還有那鏈子。

那狼子身上的黑灰雜毛長而發亮，尾巴毛茸茸地拖在地上，儘管是去年的狼崽兒，可也長成半條狗般大小，頗具狼風。

爹，到底你們犯啥事了？

你不要管，我肚子餓了，一會兒叫你媳婦送飯來！

出去上屋吃吧。

不成，那幫雷子萬一找到你這兒怎辦？

那是去年冬天。西北大沙坨子裡出現了一窩狼，一公一母，還下了一窩崽子。村裡有人丟了豬羔子，懷疑是那對公母狼所爲，反映到他這位一村之長山郎耳朵裡來。他便找著快槍領著兩個民兵去挑了狼窩。殺死了兩隻狼崽，卻逃脫了公母狼。留下活口的一隻狼崽被他帶到村裡，夜裡吊綁在村口樹上，誘捕了公狼。逃遁了母狼。

當他大功告成，接著要浸死那狼崽時，恰逢長子山羅鍋柱著拐棍路過村口，要回坨子裡的窩棚上，便向他求說：爹把這小崽兒留給我吧，我帶到窩棚養一養看家。這可是狼崽，不是家狗，開始時他不很贊成。沒事，我一口肉一口肉餵養牠，野外過日子，我用得著。就這樣，看著兒子羅里羅鍋，又住在野外窩棚，靠給村裡人看管野外散牲口爲生，不容易，他當時便讓其帶走了那隻狼崽。

小狼崽兒如今長成半搭狼子，凶狼地盯著他。

牠必定認出了自己是滅其全家老小的仇人，他接著想。那一夜，小狼崽被吊掛在樹上。哽哽地嗚咽哼叫，那一對公母狼圍著村子轉，不時發出恐怖的嗥叫，引得全村的雜狗們驚恐地亂嚎亂撲，如大禍臨頭般。

八、狼子

他抱著快槍趴在樹後的屏障裡，身後是一幫基幹民兵們，都大氣不敢出，狡猾的公母狼儘管求子心切，也不敢貿然靠近樹底，只是圍著村子轉著嗥。他不時從樹底往上捅那隻狼崽，讓其哼哭得更傷心些，更悠遠些，好讓公母狼亂了方寸不顧一切撲過來，落進他們的陷阱。

他至今猶聽得見那夜那隻狼崽刺耳的哀傷的嗚咽聲，嗥得狩獵者們心驚肉跳，毛髮直豎。那真是個難忘的夜晚。叫人興奮、狂亂、而又充滿刺激。他往手心吐著口水，衝身旁的民兵連長低語。

村裡他是老大，只有幾十戶人家的窮沙窩子村，山姓為多，選村長自然是他這山姓中唯一能說會幹、又當過兵、入過黨、見過世面、上下都有人的具有資歷的人是理想人選。不知不覺他當了十幾年的村長，自然還要當下去，不出遮不住的大錯，他肯定能當一輩子村長，當到死。

對這一點，村裡連三歲小孩都信。一說山老大山村長來了，連啼哭的嬰兒都住聲。他大名叫山郎，背後膽大些的叫「山狼」，他知道了也不在意，嘿嘿樂曰：老子本就是山裡來的老狼，來鎮你們這些群羊！

隨著一陣大咧咧的腳步聲，山羅鍋的媳婦黑妞來到狼子窩前邊，手裡捧著一碗飯菜，怯生生地低著頭，往低矮的狼子窩裡瞅。

爹……吃……飯了。聲音細細地結巴著叫。

送進來。他盯著窩口的狼子不敢動窩。

黑妞不大情願地貓著腰走進狼子窩。這是個由原來的小羊圈改建的，上有籬笆頂，四面是土坯牆，後有透風的方口子。下邊還鋪著乾草。有股刺鼻子的腥臊氣。那狼子「黑條」用頭蹭一蹭黑妞的大腿，蹭得她好癢，咧開嘴露出黃牙，撲哧樂開了。一雙奶牛奶子般的塌吊其胸肚上的奶子，隔著單花褂子很是自由地顫蕩了起來。老公公山郎的雙眼隨之如狼眼般變綠了幾許，死死盯起那雙聳湧的波峰浪頭，燃起希望的星火。他就欣賞兒媳的這堆贅肉。

黑妞放下飯碗，慌亂地轉身離去。

等一等。

爹。

過來。

爹……

黑妞向外瞅一瞅，眼神中閃過一絲畏懼。貓著腰站在原地。那驚恐的眼神期盼著什麼呢，盼羅鍋丈夫及時出現？喊她出去餵羊？其實她什麼也沒有等到，也不會等到。這她心裡清楚。嫁到這一家的第一天起就知道。所以她鼓動著羅鍋丈夫承包了村裡的野外窩棚，看管村裡放進坨子裡的散牲口，以躲避她所害怕的重複過多次又無法抗拒的那事兒那一幕。

不聽話是吧，明日個回村，我就撤了妳爹開的小商店，再收回那兩畝甸子地。公爹山郎說得很平常，像是開玩笑，說著玩。嘴角歪斜著擠出一絲微笑，瞇縫起一雙眼。

別……別……爹……平常的話聽得黑妞驚濤駭浪，面如土色。乖乖地，貓著腰湊在公爹山郎身邊。

山郎的雙手準確地抓揉起那堆贅肉，嘴裡嘿嘿樂起來。

當初娶妳過來，不是娶給羅鍋，是娶給我自個兒的，這妳心裡清楚。他把她壓在身下時說。

黑妞唯有在其龐大的軀體下蠕動的份兒。閉上雙眼隨其折騰，臉木木的，被扯開後裸露的那堆贅肉也木木的。往下吐擼掉她的褲子，身下的乾草有些扎她，她也沒有感覺。她這會兒只盼著快完事。沒別的，靈魂都木木的，還能有啥呢。

她是村東楊老歪的半傻獨女，少時患了羊癲瘋，說話又結巴，嫁不出去，村長山郎考慮多方利益，就把三十歲的黑妞娶給自個兒的羅鍋兒子山虎。自然是有條件，用他的權力讓楊老漢在村口開了家小商店，又把沙村中最好的河邊甸子地分出兩畝讓其種，過上了不錯的日子。

這些，半傻的黑妞也自然心中明晰。公爹死了老婆，二兒子山龍娶了媳婦單過後，他的日子過得更不舒服，雖然外邊喝五吆六，人見人畏，威風八面，可回到家，面對一個羅鍋兒子只有嘆氣的份兒，娶過來黑妞一切都變了樣，儘管是半傻，不時犯羊癲瘋，口吐白沫不醒人事，但當公爹有一次趴在她身上哭泣時，她便意識到自己永遠擺不脫這頭狼了，並且清楚了她這一生真正的丈夫是他這頭狼，而不是那躲在外屋的懦弱的羅鍋。

山郎沒完沒了地拱擁著。此時，有一雙眼睛正從狼子窩外邊陰冷地窺視。這是一雙奇特的目光，幽深幽深，陰冷中又透著一種漠然。要是仔細看，尚能發現那隱藏在深處的兩點弱弱的似有似無的火苗子。可又被強大的忍力壓迫著，火苗子稍縱即逝。變得又超漠的目光，毫無聲息地欣賞著那翻江倒海的一幕。

他雙手攥的生疼，尖指甲掐進手掌心滲出細血。他何嘗不想像個真正的男人般，在女人身上直著腰推波助瀾！他恨後背上隆起的小山包，恨自己永不直起的羅鍋腰。當然，他更恨造成這一切的眼下正在自己媳婦身上行雲做雨的親老子。

十二歲他死了娘，爹娶來後媽。他被趕到不燒火的隔壁土炕睡。他喊腰腿疼。爹請來一位江湖郎中給他治腿，架起一口大鍋，鍋裡裝滿水，水上架板上按放上他的雙腿。然後鍋灶下燒起木炭火。他活活被蒸了三天三夜，昏過去數次，腰腿沒有治好，反而如抽了筋般讓他彎起了腰，後背也漸漸隆起了包。孩童時的那一幕讓他刻骨銘心，造就了他這一代羅鍋，名揚沙鄉，不人不鬼地熬到三十五歲。可他老爹又送他一個女人折磨他，不僅是肉體的，而且是靈魂的折磨。他拿那個女人沒辦法，拿自己永不堅挺的水槍沒辦法，唯有躲在一旁觀戰。起初還心驚肉跳，後來就痲木了，能夠跳出事外觀賞而不動心。

半傻女人黑妞鼓動他躲出村去住窩棚，他著實疑惑了半天。原以爲這傻媳婦多麼需要那事兒，從此他另眼相看這女人，兩個人在無人的野沙坨子中搭幫過起平安日子。

狼子「黑條」卻受刺激了。

嘶——唿——

牠一口咬住了褪到腳邊的山郎的褲腿兒，往後扯拉。

一邊忙活著，老山郎一邊往上提提褲子想從狼子嘴裡拽出那褲腿兒。受刺激的狼子「黑條」毫不鬆口，咬住褲腿兒低著頭使勁往後撤退。哧啦——。終於，山郎的一隻手沒有留住褲子，黑瘦黑瘦的屁股便光溜溜地裸露個全部。

狼子有了戰利品，撕扯起來，爪子尖牙將那半條褲子轉瞬間撕個稀爛。還不夠，一下子咬住了那隻不小心往下滑到牠嘴邊的腳後跟。

哎喲！疼得山郎殺豬般叫起來，翻身而起。可後腳跟還在狼子「黑條」嘴裡咬著。

鬆口！救命啊！羅鍋兒！快來呀！

外邊的羅鍋兒漠然。默默地悄然而走。裝做沒看見，也沒聽見。

狼子「黑條」唿兒唿兒地嘶哮著，尖利的牙齒連鞋帶肉地咬個透徹，咬個結結實實，毫無鬆開的樣子。山郎的另一隻腳踹那狼子的頭，踹那鼻子。嘴裡噭噭叫著，疼得他鑽心，發顫。

黑妞，妳這臭娘們，還趴那兒不動，快起來叫牠鬆口呀！疼死我了！妳快溜點呀！

黑妞這才懶洋洋爬起來，一手提上褲子，一手拍拍屁股上沾的草，貓著腰走過去拍了拍狼子「黑條」的鼻子。

鬆口……黑條。別咬了……，你咬…壞……他他他、他又咬咬咬壞我……

狼子「黑條」果然鬆口。

山狼收回那隻自由了的腳，撫摸那滴出血的後跟。

我宰了你，狗日的！他惡狠狠的衝狼子叫罵，狼子卻帶著鐵鏈撲上來。他慌亂往後閃，躲回原先搆不到的遠牆角。

該死的羅鍋兒，死哪兒去了？羅鍋兒！羅鍋兒！

爹，孩兒在這兒那。又怎了？

羅鍋山虎必恭必敬地站在狼子窩口那兒，十分孝順地耷拉著耳朵聽老子的教訓。

快給我打死這狼崽兒！打死牠！

不能，爹。牠幫我看家，看牲口。我離不開牠。爹，你的褲子怎扯碎了？你的傢伙可全露了……嘿嘿嘿……

還不給我拿條褲子去！

山郎嘴發紫臉發青，身上狂抖，雙手適時地擋在雙腿前。

黑妞，妳去拿妳的褲子吧，我的褲子，爹沒法穿。羅鍋山虎衝匆匆地走過身旁的自己女人說，說得認認真真，平平常常。

黑妞低著頭去了。

羅鍋低著頭去撫摸狼子「黑條」的脖毛，嘴裡唔唏唔唏地低聲怪叫著，從懷裡掏出一個窩窩頭餵給牠吃。那狼子吃得很快很乾淨，連他掌心的細屑兒也舔個乾淨。

好了，別沒個夠，別貪得無厭，明日個帶你去追跳兔，也開開葷，別鬧了。羅鍋兒如孩子般地哄著那隻狼子。

山郎的那雙閃著火光的眼睛，如吃人般地盯著羅鍋兒子和那狼子。他似有不認識了自己唯唯諾諾的羅鍋兒子的異樣感覺。

你當真不宰這狼崽兒了?!

不能。

那我連你一起宰了。

你不會的。我是你兒子，你又是村長，不能殺人。再說，還有個更重要的……

啥?

殺了我，可留不住黑妞了。除非你娶了她，可你是村長，不會娶自己的兒媳婦的，你不會幹那種不體面的事兒。

你！山郎頭一次感到羅鍋兒子確實變了，變得不認識了，這麼多年他養活著他，對自己言聽計從的這孝順兒子，怎麼突然變得如此桀驁了呢？這麼多年，他也頭一次拿正眼死死地盯著他的這位行屍走肉般的羅鍋兒子。

爹，我吃飯去了。你也吃飯吧，忙活了半天也該餓了，這一夜長著呢，且難熬呢！

嘟、嘟、嘟，羅鍋的拐棍敲著地面走遠了。

山郎縮在牆角下不寒而慄。要是平時，他跑過去一腳踹趴下了他。如今他不敢動窩，倒不是擋路的狼子，而是那些縣城裡正到處找他和二兒子山龍的警察們。他不能走出這隱身的狼子窩。他扒拉些乾草蓋在身上，只露出腦袋，眼睛賊亮賊亮地盯著外邊，雙耳諦聽捕捉著遠處的動靜。

黑妞扔進一條女人的花褲，又扔進一床破棉被。雖然是初秋，可沙坨子裡的夜晚很涼。一抹晚霞從西牆通風口子飄進來，落在狼子窩裡的乾草上。活似跳動的火焰。那狼子「黑條」倒也安靜了，可那雙綠眼始終沒有離開過他的身上，或許牠不高興與別人同宿一窩兒，要不牠瞅準機會想報仇雪恨，一口咬死了他。

他心裡有些淒涼。堂堂一村之長，受人尊敬威風八面的土皇上，如今弄成如此局面，同狼崽兒共宿，受殘疾兒子奚落。他忍不住嘆氣。拽過被子蒙在頭上，伸手抓些乾草胡亂遮在被子上。熬過這一夜，熬過這趟子事再說吧。

趁著變暗的晚霞，散放在坨地裡的大小牲口三三兩兩回到窩棚前邊的土井邊，等著飲水。

半傻女人黑妞搖動轆轤把，撅著屁股將提來的水倒進長長的木槽子裡。牛們羊們驢們搶著拽脖伸嘴，擠到槽子邊滋滋痛飲清涼的沙井水；擠不進去的在外邊轉圈，急慌慌地尋縫覓隙，嗷嗷亂叫亂嚷。

山羅鍋揮動棍子嘿哈地吆喝。擊打貪飲者的鼻梁，扶推弱小者的臀部。圍著土沙井飲水的牲口大約有幾十頭，每月每頭牲口交納兩塊錢的管理費。沙坨子裡種不出莊稼可以放些牲口，但得由人住窩棚管理，飲水了，下犢了，防狼叼了，生病了，事兒不少又麻煩。村民們一般都不願意離開村莊住進這幾十里外的荒野坨子里，白天伴牛叫，黑夜聽狼吼。而村子周圍全是莊稼地，無法放牲口，閒散牲口還必須放進遠處沙坨子不可。這活兒，還很適合山羅鍋，他種不了地，可這每月百十來塊的收入能讓他維持生活。當然，他出來住窩棚還有其他的原因。

黑妞露出黑紅結實的粗胳膊，晃動著奶牛奶子，吱扭吱扭地搖轆轤把，眼角不時偷窺一眼在那邊始終虎著臉的丈夫山羅鍋。

山羅鍋不看她，啪嚓啪嚓打牲口。

俺、俺……也、也、沒、沒……法法、法兒……

黑妞衝著丈夫結巴著。

羅鍋丈夫光顧打著牲口。還是不看她一眼。天漸漸黑下來，牲口們挨打中擠擠攘攘飲完水，啪啦啦晃動一下腦袋，摔落嘴邊臉面上的水珠，然後習慣地懶洋洋走進一旁的木欄圈內。

羅鍋走過去，拴上柵欄門，然後抬起頭往遠處看了一會兒，那是朝村的方向。似有顧盼。他嘟嘟囔囔著地走回窩棚，黑妞粗手提著桶水，跟在後面，嘴裡還訴說著俺沒法兒。

妳也願意！山羅鍋終於迸出一句。黑妞哇地哭了。哭得很委屈的樣子。

進屋前，山羅鍋又回頭看一眼遠處朝村的方向，那夜色蒼茫處。

你、你……在看、看……啥……黑妞停住哭問。

老頭子到底捅了啥大事呢？他這一輩子怕過啥，今天竟躲進狼狗窩兒不敢出來。山羅鍋仍沒出聲，心裡琢磨著。回屋上炕後，他兀自倒下便睡了。

後半夜，山羅鍋的窩棚前來了一輛警車。倒沒有刺耳地鳴叫，悄悄駛過來，從車上下來了三五個山老大所說的「雷子」，戴著大蓋帽兒，別著盒子槍。卻笑嘻嘻的，沒有張口就罵，動手就推搡。

油燈下，站起了山羅鍋，拱著他的山包，後邊是找半天褲子找不著的黑妞，裹了條毯子哆嗦著。滿屋子站著警察們，手電筒刺眼地照來照去。有兩個跳上土炕，翻開炕腳的被摞兒和板箱子，又揭開地下牆角的水缸蓋兒看了看。簡陋的窩棚裡再沒有其他可以隱身的地方。

沒有。負責搜索的一個警察向中間的一個頭兒說。

領路來的村民兵連長問山羅鍋：你爹呢？

俺爹……不知道。山羅鍋想了一下，平靜地回答。

你老子沒上你這兒來嗎？那一頭兒和顏悅色話家常式地問。問得山羅鍋莫名其妙，摸不著頭腦。他的態度怎麼像個來串門兒的人似的問話，他們是警察呀，他們應該聲嚴厲色，拍桌斥喝。見他們態度好，羅鍋打算著繼續裝下去不知道。

秋收大忙，他跑到俺這個野窩棚裡幹啥？

你兄弟山龍說可能在你這兒躲著呢。那頭兒仍微笑著。

這該死的混蛋。把自個兒的老爹給賣了。爹從小寵他，這回可真白搭了。山羅鍋想著心事，不搭腔。

喂，問你話吶。耐不住的一個警察終於提高了嗓門。

山羅鍋明顯感覺到依偎著他後背山包的黑妞悸顫了一下。他依舊默默地看著那盞如豆油燈，不吱聲。一張始終漠然的臉上，既看不出慌亂，也看不出高興。他思謀著啥呢，只有天知道。

——你、你、們們、們、找找找、他幹幹、啥？黑妞出於恐懼，憋不住這樣問。

把藏起來的山郎村長交出來，你們就知道了。那頭兒笑呵呵地側過頭，想瞅清楚躲在山羅鍋身後光身裹著毯子的黑妞。

半傻的黑妞歪著頭想了想到底說不說。這些人是來抓公爹的還是找他去吃席喝酒的？過去在村裡時，常常見有小車接走公爹吃酒。山羅鍋的後山包有意無意拱了一下靠著的黑妞。於是想說出去換明白的黑妞，只是咽了咽口水。

那頭兒和警察們耐心地等待著。

俺爹沒來過這裡，你們還是上別處去找吧，山龍他胡說。

警察們基本上要走了。嗚——唔——此時，窩棚外邊傳出那狼子的嚎聲。那恐人的狼嚎，令警察們驚得都手摸腰上槍。

外邊有狼？！

嘎嘎嘎……格格格……黑妞見警察們的樣子終於開心地樂了。那、那、不是狼、狼，是俺、俺家、養養、養的狼、狼崽兒……

到外邊兒看看！頭兒若有所悟立即命令道。

呼啦啦跑出去了這些個警察。狼子窩那兒手電筒照出了許多條光柱子，惹得狼子「黑條」咆哮著衝出來撲過去，不讓警察們靠近自己的窩兒。

狼崽窩裡有個黑團東西！一個警察向那頭兒報告。

羅鍋，看住你的狼崽兒！要不以防礙公務把你也抓走！這回那頭兒變了臉，嚴厲了許多。

山羅鍋看了看那頭兒，走過去按住狼崽的頭脖，他身後寸步不離地跟著媳婦黑妞。黑妞臉上有些幸災樂禍地朝窩裡邊那黑團東西看。黑暗中別人看不見他的表情。可羅鍋內心中看得見，又用後山包拱了一下媳婦。

幾把手電筒齊照射那黑團東西。

山郎村長，你自個兒走出來吧！

那東西還是不動。沒有一絲反應。

進去，請出來。那頭兒又命令。

一個警察貓著腰走進狼子窩裡。手裡的電筒照出了那團東西，是一床舊棉被。掀開了棉被，下邊是一堆乾草。不見人影。

是一床舊棉被，沒有人！

那警察的手電筒照在後牆上那個通風口子。

這兒有個通風口子，掉了兩塊土坯子，好像有人從這口子逃走了！那警察向外報告。

那頭兒和警察們都跑到狼子窩後牆外邊查看。那邊是連著蒼茫的大沙坨子，黑夜裡逶迤茫茫，人若消逝在那裡，就如石子掉進大海裡一般。

警察頭兒搖了搖頭笑道：他跑個啥勁兒呢？真逗。算了，咱們回去吧。

警車這回嗚嗚長鳴著，在黑夜的沙坨子裡威風八面地開走了，驚得圈裡的牛羊亂跳，坨子上野鳥亂飛。那狼子衝黑茫茫的荒坨子嗥了良久良久。

山羅鍋和媳婦黑妞又鑽進了土炕上的被窩。涼了半天，被窩裡沒有一點熱乎氣兒。經歷了這陣折騰，這對夫妻沒有了絲毫睡意。縈繞在他們腦海中的疑問有許多。老頭子夠精，可人跑到哪裡去了？這麼多警察興師動眾，老爺子究竟幹了啥大事？

公爹、他、他躲、哪哪裡、去去啦？黑妞捅了捅山羅鍋。

妳擔心他？

不、不……俺、俺、想看、看、警、察察、抓抓他他、他的樣子……

山羅鍋在被窩裡兀自笑了。

光禿禿的大沙坨子裡，白天一隻耗子都藏不住。山羅鍋說著，聽見狼子在外邊磨牙聲，又說，除非他鑽那個……

鑽、鑽啥、啥？

鑽那個黑沙坨子的狼洞！

你、你、知知、道那狼狼、洞？

有一次我找牛遇大雨，就鑽那狼洞躲過雨的。那狼洞就是俺家狼子黑條原先的家，被老爺子給挑了，眼下正閒著。嘿嘿嘿。山羅鍋乾笑。

山羅鍋和黑妞接著無話。不再關心老爹和狼洞。睡意終於襲擊了他們，朦朦朧朧中昏然睡去。

不知過了多久，天還是那麼黑咕隆咚，伸手不見五指。此時，窩棚的板門黑暗中悄悄推開，走出一人，輕手輕腳走到狼子窩那兒。這人的手摸索著，哆哆嗦嗦解開了拴住狼子脖頸的鐵鏈，狼子自由了，嗯兒嗯兒嘶哮著，圍著那人打轉爬上爬下。那人拍了拍狼子屁股，低語一聲去吧。狼子「黑條」舔了一下主人的臉和手，爾後噌地一下箭般射出去了，義無反顧，直奔山老爺子消失的大漠蒼茫處。

那人站在黑夜中，從狼子跑走的方向凝視了很久。此人接著步履有些搖晃地走回窩棚裡，一切又歸於沉寂。

又不知過了多久，天還是那麼黑時，從屋裡又悄悄走出另一人，來到狼子窩邊兒，摸摸索索著解那鐵鏈子。可摸到鐵鏈那頭，已經不見狼子「黑條」，不禁失聲唔地一下，茫茫然地呆愣在原地。這人也向那茫茫荒野望了良久良久。黑夜裡，唯有那雙眼睛似在燃燒，亮晶亮晶的。

第二天清晨，山羅鍋照常起早打開牲口欄的柵欄門，黑妞也照常撅著屁股搖轆轤把提水飲牲口。誰也不提夜裡的事兒，也不去看一眼狼子窩兒。都避著對方的眼睛，都忙著各自應幹的活兒。放出去牲口，接著弄早飯。至此，誰也沒有開過口，似乎都一下子變成了啞巴。中午時分，昨夜的警車又來到他們窩口。還是那個警察頭兒，卻只帶著一個手下，自己開車。

你老子還沒回來？

沒有。

你知道他躲在哪裡嗎？

……

不吱聲說明你知道。快帶我們去！

你們抓他到底出啥事了？

誰說我們要抓他？真是的！

不抓還深更半夜來堵他，現在這樣心急火燎的。

嗨！沒有他簽字，一個小案子結不了案。告訴你吧，你老子和弟弟山龍昨天在縣城喝醉酒，山龍騎摩托車後邊帶著你老子，撞倒了一個老太太，他倆以爲撞死了老太太便逃之夭夭，其實，那老太太被人送往醫院的路上就清醒了，開藥也沒花幾個錢，老太太的家人也沒有索賠要求。我們找你爹，一是讓他在事故調查報告上簽個字，二是要教育教育他，他們倆撞人後逃離現場，態度有些惡劣，但不至於抓他坐牢呀，他瞎逃啥勁呢！耽誤我們工夫，現在上邊抓辦案效率，我們這才急著了結這小案子。

山羅鍋無言。旁邊的黑妞也無語。

怕是……山羅鍋嘴裡嘟囔，瞅了一眼已空了的狼子窩。

警察沒注意，幾乎是半拖半拉著山羅鍋上了警車，黑妞見狀也掙擠著上了警車，結巴著一定要跟隨丈夫。

越野吉普車在山虎羅鍋準確指點下，非常迅速地接近黑沙窩子地帶。

車如奔跳的兔子般顛蕩，從未坐過小汽車的黑妞興奮中眼睛睜得好大，可不一會兒哇哇嘔吐起來，警察趕緊讓她把頭伸出窗外，讓噴湧的穢污傾瀉在外邊，當然也有些殘渣是濺在警察的褲子上

八、 狼子

和汽車窗上門上，那是實在沒辦法的事情，黑妞也不想這樣，尷尬地不好意思地傻笑了一下。爲了結案的警察只好忍著。

黑沙窩子一帶全是硬沙丘組成，長有稀稀疏疏的沙蒿子、酸棗棵之類耐旱植物。一座背陰高沙丘下，他們找到了那個舊狼窩。洞口上方往下垂掛著一叢茂密的蒿子，不知地形的人很難發現這里隱藏的狼洞。洞口外邊沙土上留有人的腳印，還有一行狼狗類進出的爪印子。黑呼呼的大洞高約一米多，也較寬敞，人只要貓一下腰便可自由出入。

就這個狼洞嗎？

沙坨子裡沒有別的狼洞。

有狼嗎？

去年從北邊罕山那邊來了一對狼，在這兒安家，也被滅了，這就是那對狼的窩兒。

警察頭兒膽子大了些，走到洞口，手握著槍朝裡喊話。

山郎村長，你出來吧！我們是縣裡警察，有話跟你說！

狼洞裡沒有反應。

山郎村長！

爹！警察不抓你！山羅鍋揚起的黃臉愈加陰鬱起來，眼神怪異，聲音也怪怪的，空空蕩蕩，乾乾巴巴。

狼洞中依然寂靜。

我進去看看。山羅鍋走過去，查看狼洞前的那亂爪印兒，嘴裡不知嘀咕著什麼。他不用貓腰，很從容寬綽地走進那黑呼呼的狼洞裡去，不一會兒便消逝了。

啊!!從狼洞傳出山羅鍋的驚呼。人們緊張起來。

山羅鍋拖著一具屍體從狼洞裡爿爬著出來。那個人是山郎，胸前被撕爛，血肉模糊，肚腸破露，衣褲成條狀，人已經停止了呼吸。觸目驚心。致命傷是被獸類尖牙咬斷了喉嚨。外邊的人們一陣忙亂。警察頭兒沒想到會遇上這種事，亂了方寸，嘴裡只說這怎麼搞的，這怎麼搞的。

是狼……野狼……山羅鍋的臉蒼白如紙。

你不是說這一帶沒有狼嗎?警察頭兒摸著額頭上的汗。

那獸……俺能說得準嗎?一隻狼一夜能跑幾百里，俺尋思北邊罕山的狼又下來了，爹……他給撞上了，山羅鍋陰沉著臉。

是罕、罕山、山下下、來來的、野野野、狼——

半傻媳婦黑妞支持著丈夫山羅鍋的結論。走過去扶抱著羅鍋，似是安慰，又似是厭惡地看一眼地下那具穿著她花褲子不成人形的公爹屍體。

現場只有山郎和狼爪子印兒，撕搏得很凶。進去查看狼洞的警察頭兒摁滅了手電筒，拍著身上的土。死亡原因顯而易見。

唉，一件小事，怎搞的。這山老爺子……唉。警察頭兒不勝感嘆。你們倆口子，把你們老子抬回去埋了吧，我們從這兒直接回縣城了。警察頭了揮了一下手，開著車，一溜煙消逝了。

山羅鍋和黑妞相擁蹲地半天未動，也不說話，一旁躺著慘不忍睹的他們父親山郎。此時，晚霞燦爛如血紅，從西天漫灑下無數道血線，網住了這東方的天和地，那大漠、那橫坨、那沙窪子都沉

浸在這血光般紅影中靜默並失去原色昇華爲幻影。

拖著那具屍體，他們夫妻倆半夜才回到窩棚。把屍體放在那空了的狼子窩裡等候，人死後屍體不能再進正屋。

上午，被釋放的山龍帶著一夥村里幹部和幫忙的人來了，馬車上放著褐紅漆大棺材。哭聲一片。這是死人後的習慣現象，當然多數人眼睛是乾的。山郎被拉回去隆重安葬，村幹部待遇。全村人吃一次酒席，村上支付開銷，所以沒有不吃撐的，沒有不喝醉的。普通百姓死人也小範圍吃席，何況這麼老資格的村長，不吃個天昏地暗才怪，而且不吃白不吃。農民們難得吃上一次公家嘛。有個農民醉後笑說，天天死個幹部多好，那農民天天有好日子過了。

唯一沒吃沒醉的人是山虎羅鍋。他早早回了野外窩棚。

後半夜，遠處野外傳出一聲孤零零的狼嗥。

接著便沉寂了。

不久，淡淡的月光照出一獸，正貼著地面伸展腰軀，悄悄接近狼子窩而來。

「砰！」

山羅鍋的獵槍響了。那狼子腿上中獵槍鐵砂子，趔趄了一下，卻紅了眼，「嗷兒」地一聲，向山羅鍋撲過去，來不及再裝鐵砂子，槍管已被狼子凶猛地咬開撞歪，那張牙舞爪的狼子便凶狠無比地撲抓在山羅鍋單薄而不便的身體上。經不住一撞，他便倒在狼子身下。

他霎時感覺到那冰涼而尖利的狼牙嵌進自己喉嚨肉裡，再使點勁橫向咬動，他的喉嚨便可被咬斷。那麼，一切就結束了。他放棄掙扎，雙眼安靜地凝視離他臉貼近的一雙閃射綠光的狼子眼。他等候著那一刻。覺得應該如此。

兩點綠光突然閃避了。接著喉嚨裡的尖牙鬆開了，代替的是粗礪的狼舌舔起他正在滲淌的熱血。

你咬哇！快咬！咬死我、咬死我——！他狂喊。

但狼子丟下他，瘸著腿，淌著血，向黑夜的荒野走了。沒有再回頭。

山羅鍋的呼喊正變成無力的嗚咽。那背負的羅鍋一聳聳的動，依舊擠壓著他，使他無法舒展，這真是個很無奈的事情。

風雲動物文學
狼與狐

作　者　郭雪波
出版者　風雲時代出版股份有限公司
出版所　風雲時代出版股份有限公司
地　址　105台北市民生東路五段一七八號七樓之三
網　址　http://www.books.com.tw
電子信箱　h7560949@ms15.hinet.net
服務專線　（○二）二七五六—○九四九
傳　真　（○二）二七六五—三七九九
郵撥帳號　一二○四三二九一
執行主編　朱墨菲
封面設計　蕭麗恩
法律顧問　永然法律事務所　李永然律師
北辰著作權事務所　蕭雄淋律師
版權授權　郭雪波
出版日期　二○○七年十一月初版
定價　新台幣二八○元
總經銷　成信文化事業股份有限公司
地　址　台北縣新店市中正路四維巷二弄二號四樓
電　話　（○二）二二一九—二○八○
行政院新聞局局版台業字第三五九五號
營利事業統一編號二二七五九九三五

國家圖書館出版品預行編目資料

狼與狐／郭雪波 著. -- 初版. -- 臺北市 ：風雲時代, 2007.10
面；公分

ISBN-13: 978-986-146-399-5 (平裝)

857.7　　96017507

Wolf & Fox